야흐야 학끼의
생애와 문학

야흐야 학끼의
생애와 문학

전완경 지음

KSI 한국학술정보㈜

머리말

1988년 10월 텔레비전 방송국의 뉴스를 보다가 노벨문학상 수상자 발표 소식을 듣고 깜짝 놀랐던 기억이 있다. 바로 낯익은 이집트 소설가의 이름이 귀에 들어온 것이었다. 덕분에 신문사로부터 수상자의 작품세계에 관한 글 청탁을 받아 분주한 시간을 보냈으나 국내에서는 아랍문학이 너무나 생소한 문학이라는 사실을 알고 씁쓸해할 수밖에 없었다.

사실 아랍문학은 유구한 역사와 업적을 갖고 있다. 한 예로 7세기에 이슬람이 출현하기 이전 이미 아랍인들은 까시다, 즉 일종의 정형시(定型詩)라는 높은 예술적 수준의 문학을 자랑하고 있었다.

따라서 그들의 문학적 성과에 비추어 볼 때 아랍인이 최초로 노벨문학상을 받았다는 것은 때늦은 감이 없지 않다.

노벨문학상 수상 작가를 배출하면서 이집트 문학은 물론 아랍문학의 위상을 높인 이집트는 22개국에 달하는 아랍국가들 중에서도 다른 아랍국가들의 문학 활동을 주도하는 문화 선진국이다.

국제화시대에 남의 문화를 존중하며 살아가야 하는 시대적 요청에 부응하기 위해서라도 이집트문학에 대한 심층적이고도 체계적인 연구는 반드시 필요하며 문학을 통해 이집트 사람들은 물론 아랍인들의 삶과 문화를 이해하는 것이 보다 용이할 것이다.

이집트 문학 발전의 선구자인 야흐야 학끼는 비이집트인의 피가 섞인 이집트 사람으로서의 독특한 위치 때문에 이국적인 민감한 관찰력과 이집트 민중을 가까이하려는 친밀감을 갖게 되었고, 진정한 민족적 동질성을 인식하려는 간접적인 노력으로 누구보다도 능숙한 아랍어로 이집트의 꿈과 걱정을 표현한 현대 아랍문학의 대표작가 중 한 사람이다.

그는 1905년에 출생하여 100년이 경과한 2005년부터 그의 작품의 보편성과 높은 수준의 예술성 때문에 아랍문단에서 재조명되는 작가이다. 이렇게 재평가되고 있는 그의 작품세계는 특히 우리나라의 보수와 진보 간의 갈등의 시대에도 시사하는 바가 크지 않을 수 없다.

이번 출판을 계기로 아랍문학의 독자 저변 확대에 노력하고 있는 한국학술정보(주)에 큰 박수와 감사를 드리지 않을 수 없다.

2008년 글쓴이

목 차

제 1 장

들어가는 말

야흐야 학끼의
생애와 문학

قنديل أم هاشم

يحيى حقي

1) 연구 목적

아랍세계는 오스만 터키 치하에서 모든 분야에 걸쳐 오랜 동면기에 빠져 있었다. 그러나 1798년 프랑스 침공의 영향으로 근대화 과정이 샴(Sham) 지역을 제외한 다른 아랍 지역에 비해 빠르게 진행된 이집트에서는 샴(Sham)계 이주 문인들의 활동으로 문학부문도 근대화가 다른 지역에 비해 빠르게 진행되었다. 1920년대에는 폭넓은 독자층을 배경으로 질적으로나 양적으로 이집트가 아랍문학의 근대화 과정의 선두를 지키면서 다른 아랍 국가들의 문학 활동을 주도하였으며, 특히 현대 아랍소설은 거의 전적으로 이집트를 중심으로 발전해 왔다.[1]

더욱이 1988년에 이집트의 소설가인 나집 마흐푸즈(1912 - 2006)가 노벨 문학상을 수상함으로써 이집트문학이 아랍문학은 물론 세계문학에서 차지하는 비중은 높아졌다.

흔히 20세기 이집트문학을 3세대로 나누어 분류하고 있는데,[2]

---

1) 송경숙, 전완경, 조희선 공저, 아랍문학사, (서울: 송산출판사, 1992), p.390.
   조희선, 이집트문학의 근대화 과정 연구, (서울: 한국중동학회 논총 13호, 1992), p.66.
2) Yu:suf Naufal, al - Fann al - Qissasi Baina Jilai taha husain wa Naji:b Mahfuz(al - Haiah al - Misriyyah al - A:mmah Lil - kita:b, 1988), pp.7 - 19. 유수프 나우팔의 분류에 따르면 다음과 같다.
   제1세대는 무함마드 후세인 하이칼(Muhammad husayn Haikal)에서 야흐야 학끼까지로, 여기에는 타하 후세인(taha husayn), 무함마드 타이무르(Muhammad Taimu:r), 이사 우바이드(Isa Ubaid), 샤하타 우바이드(Shaha:ta Ubaid), 타우픽 알 - 하킴(Taufi:k al - haki:m), 이브라힘 압드 알 - 까디르 알 - 마지니(Ibrahim Abd al - Qa:dir al - Ma:jini:), 무함마드 알 - 시바이(Muhammad al - Siba:i), 마흐무드 타이무르(Mahmu:d Taimu:r), 압바스 마흐무드 알 - 아까드(Abba:s Mahmu:d al - Aqqa:d), 무함마드 파리드 아부 하디드(Muhammad Fari:d Abu: hadi:d), 그리고 현대학파 회원들이 속한다.
   제2세대에는 1910년대부터 1952년 혁명까지 출생한 작가들이 해당된다. 나집 마흐푸즈

제1세대가 여러 장르의 문학에서 선구자적 역할을 담당한 것만은
확실하다.

야흐야 학끼(Yaḥya: ḥaqqi)는, 1905년에 태어나 제1세대에 속하
는 작가이지만, 1992년 영면하기까지 아랍 소설의 초기 발전 단계
에서부터 최근에 이르기까지 장·단편소설, 비평, 자서전, 수필 등
다방면에서 활동한 이집트 문학의 산 증인으로서, 크게는 현대 아
랍 문학에서, 작게는 이집트 문학에서 매우 중요한 역할을 수행하
였다.

그래서 본 연구는 다른 아랍 국가들의 문학 활동을 주도하면서,
노벨 문학상을 수상함으로써 세계 문학에서 차지하는 비중과 관심
이 더욱 높아진 이집트 문학에 대한 총체적인 이해와 체계적인 연
구의 일환으로, 이집트 문학의 대표적인 작가 중의 한 사람인 야
흐야 학끼를 그 연구 대상으로 선정하여 그의 생애와 문학 세계를
고찰한 것이다. 특히, 본 연구에서 그의 문학 세계 가운데에서도
문학적 탁월성이 두드러지게 나타나고 있는 소설 중에서 일관되게
나타나는 3대 주제를 중심으로 그의 작품에 반영된 사상과 예술성
을 연구하고자 한다.

그를 연구 대상으로 선정한 보다 구체적인 이유는, 야흐야 학끼
가 현대 이집트 문학의 장르 가운데에서 단편소설을 이집트 문학
에 확립시켰고, 장편소설 발전에도 큰 자극을 주었던 여러 선구자

(Naji:b Mahfu:z), 무함마드 압드 알−할림 압둘라(Muhammad Abd al−hali:m Abdu
Alla:h), 이흐싼 압드 알−까두스(Ihsa:n Abd al−Qadu:s), 유수프 알−시바이(Yu:suf al−
Siba:i), 아딜 카밀(Adil Ka:mil), 유수프 이드리스(Yu:suf Idri:s), 아민 유수프 구랍(Ami:n
Yu:suf Ghura:b), 압드 알−라흐만 알−샤르까위(Abd al−Rahman al−Sharqa:wi:), 알
리 아흐마드 바크시르(Ali: Ahmad Ba:kathi:r) 등이 있었다.
제3세대는 1952년 혁명 이후 세대를 말한다.

들 중의 한 사람이며, 문학형식과 문체에서 실험적 작업을 계속해 왔기 때문이다.

그는, 작품을 양산한 작가는 아니었으나, 작품 하나하나를 세심하고 엄격하게 다듬어서 작품 속에서 뛰어난 기교를 보여주었고, 또한 '이집트 정신(al‒Ru:ḥ al Miṣriyyah)' ― 이집트 민중의 의식속에 살아 있는 그들의 신앙, 역사, 유산과 환경에 대한 강한 믿음 ― 에 대한 작가의 깊은 신뢰와 인간 모두가 지니고 있는 여러 가지 결점과 사회의 불완전한 측면들에 관심을 가지며, 인간에 대한 따뜻한 이해와 동정, 그리고 관용을 보여준 작가였다.

따라서 그의 작품은 여러 비평가들이 지적한 바와 같이 거의 모두가 한결같이 높은 수준의 예술성을 보여주고 있다.

이처럼 독자적인 경지를 이룬 야흐야 학끼는 작품의 주제와 소재를 선택하는 과정에서도 다른 이집트의 작가들과 차이점을 나타내고 있다. 도시 중산층을 통해서 세계를 조망하는 대부분의 동료 작가들과는 달리 그는 자신의 소설 세계를 도시 중산층에만 국한시키지 않았고, 중산층과 인구의 다수를 차지하고 있는 농부들 이외에도 가난한 하류 계층으로 설정하고 있다. 즉 야흐야 학끼는 이집트 단편소설 발전의 여러 선구자들 가운데 마흐무르 따히르 라쉰(1894‒1954)과 마흐무드 타이무르(1894‒1973)의 몇몇 작품들을 제외하고는 이집트 사회 저변을 심층적으로 탐색하는 데 성공한, 보기 드문 작가이다.

당시 이집트 단편소설에 등장했던 판에 박힌 듯한 전형적 인물들을 피하고 등장인물의 다양성과 이집트인들의 보편적이고 인간적인 특질을 보여주기 위하여 야흐야 학끼는 카이로의 알‒사이이다 자이납(al – Sayyida Zainab)과 상이집트의 가난한 시골인 알 – 사이드(al – Şaid)에서 소설의 주제와 인물들을 집중적으로 선택하였다.

보다 이집트적인 개성과 특징이 보존되어 살아 숨 쉬는 이 두 지역을 통해 그는 폭넓은 경륜과 직접적인 유럽 문화의 접촉을 바탕으로 한 그의 통찰력과 명상적인 자세를 가지고 새로운 관점에서 이집트 정신(또는 이집트주의)에 접근하였고, 이집트 사회의 저변을 심층적으로 탐색함으로써 그의 조국과 인간에 대한 사랑을 보여주었다. 카이로의 저변 — 즉 알 – 사이이다 자이납 — 을 예술적으로 파헤치는 데 성공한 점에서 그는 사이이드나 알 – 후세인(Sayyidna al – ḥusayn)을 다루었던 노벨 문학상의 수상자인 나집 마흐푸즈와 비견되고 있다.

그의 작품 속에 등장하는 인물들은 자신을 모델로 하거나 작가 자신이 창조한 인물들이다. 그러나 작품 속에 재현되는 과거의 경험과 회상은 작가 한 개인의 경험의 영역을 보여주는 것을 뛰어넘어 이집트 사회나 이집트 사회의 운명으로 연결되어 보편적인 특징을 보여주고 있다.

예를 들어, 작가의 고민과 번뇌를 여실히 보여주며 작가 자신을 모델로 한 중편 『움무 하쉼의 램프(Qindi:l ’Umm Ha:shim)』의 주인공 이스마일이나 장편 『안녕히 주무셨습니까?(Şaḥḥ al – Naum)』의 화자는 서구 문명과 동양 정신, 개혁과 보수 간의 갈등에서 방황하는 당대의 지식인들을 대변하는 인물들이다.

또한, 알 – 사이드의 작중 인물들은 어느 특정인의 운명이나 시련이 아니라 상이집트에서 살아가는 시골 사람들의 공통적인 운명이자 시련이다.

작가 자신은 중산층 가정에 속하지만, 그는 조상 대대로 뿌리 깊은 전통 속에서 살아가는 가난한 이집트 민중의 고통과 불행을 스스로 함께 나누고자 노력했고, 자신이 그 불행과 고통을 맛보는 마지막 모습이고 싶어 했다.

그는 해외에서 근무하면서 새로운 문명과 낙후된 조국의 모습을 보면서 갈등을 겪을 때 알-사이드와 알-사이이다 자이납에서의 인상 깊었던 생활이 작가 자신을 구제하여 주고 보호해 준 버팀목이었다고 술회한 바 있다.

이와 같이 큰 인상을 받았던 알-사이이다 자이납과 알-사이드를 주요 배경으로 야흐야 학끼는 작품의 보편성과 높은 수준의 예술성을 보여주고 있다. 따라서 선구자적 면모를 지니고서 아랍 문학 사상 확고부동한 작가로서의 위치를 차지한 그의 생애와 문학에 대한 연구는 당연히 필요하리라 본다.

2) 연구 현황

야흐야 학끼는 그가 가진 문학사적인 중요성에 비해서 장기간에 걸친 해외 체류와 작품 발표 시기의 간격 등으로 비교적 늦게 인식된 작가이며, 그에 대한 연구도 비교적 최근까지 활발하지 못하였다.

1970년대 들어와서야 그와 그의 작품에 대한 본격적인 연구 문헌들이 이집트 국내·외에서 출판되기 시작하였다.

특히, 야흐야 학끼의 작품은 그가 다른 나라에서 이집트에 이주한 후예들이 공통적으로 겪는 이질적인 소외감을 극복하고, 진정한 민족적 동질성을 스스로 확신하려는 노력의 일환으로 순수 이집트인보다도 더욱 뛰어난 그의 아랍어(표준어와 방언 모두) 실력과 이국적인 민감한 관찰력으로 이루어진 작품 이해의 난해성 때문에 외국인 학자들에게는 다소 부담이 되었던 것이 사실이다.

다음에는 야흐야 학끼만을 다룬 단행본 중에서 언급할 만한 주요 연구 업적에 관한 논자 나름대로의 평가를 밝혀 두고자 한다.

무쓰따파 이브라힘 후세인의 『소설가와 비평가로서의 야흐야 학끼(Yaḥya: ḥaqqi: Mubdi`an wa Na:qidan)』(1970)는, 제목이 시사하듯이, 야흐야 학끼의 창작과 비평에 관한 개괄적인 소개서이다. 이 저서는, 야흐야 학끼 문학 연구의 중요성을 인식시켜 야흐야 학끼에 대한 연구를 촉진시킨 것으로 평가된다.

또한 나임 아띠야의 『야흐야 학끼와 그의 소설 세계(Yaḥya: ḥaqqi: wa `A:lamuh al – Qiṣṣaṣi:)』(1978)는 야흐야 학끼 소설을 본격적으로 분석한 연구서이다. 그러나 그가 다룬 여러 주제들 가운데 '의지'라는 하나의 주제만을 중심으로 분석한 점이 다소 아쉬움으로 남는다.

미리암 쿠크의 『이집트 지성 야흐야 학끼의 분석(The Anatomy of Egyptian Intellectual Yahya Haqqi)』(1984)은 그동안 야흐야 학끼에 대한 연구를 가장 심도 있게 해 온 미국 학자의 저서이다. 이 책은, 야흐야 학끼의 연구서 가운데 가장 폭넓은 학문적 접근을 이룩한 것으로서, 야흐야 학끼의 거의 전 작품에 대한 분석을 보여주고 있다. 그러나 예술적 특성과 사상적 관점에서 다루기는 했으나 모든 장르를 총망라하고 있어 순수 창작에 대한 분석의 깊이

가 떨어지고 산만하다는 평가를 받고 있다.

나지 나집의 『세계성으로의 소망(al – Nuji:`u 'Ila:al – `A:lami:ya:)』 (1985)은 야흐야 학끼의 생애와 문학에 관한 역사 연구서라고 할 수 있고, 압둘 알 – 파타흐 오스만의 『야흐야 학끼의 문체(al – 'Uslu:b al – Qişşaşi:`Inda Yaḥya:ḥaqqi:)』(1990)는 야흐야 학끼의 문체에 관한 연구서이다.

그 외에 파리다 알리 사이이드 칼리파가 야흐야 학끼 작품에 나타난 이집트 정신에 관한 주요 특징을 연구하여 박사학위를 받았고, 유수프 알 – 샤루니가 편집해서 1975년에 출간한 『야흐야 학끼 인생의 70개 촛불(Sab`una Sham`ah fi:ḥaya:Yaḥya:ḥaqqi:)』은 야흐야 학끼의 70회 생일을 기념하여 그간 50년간 발표된 야흐야 학끼에 대한 주요 논문들을 모은 유용한 논문집이라 할 수 있다.

그 외에도 푸아드 두와라의 『안녕히 주무셨습니까(şaḥḥ al – Naum)』 등 야흐야 학끼 작품에 대한 수많은 평론들이 발표되었다.

특히, 사브리 하피즈는 야흐야 학끼의 작품들을 영어로 번역, 소개하였고, 그의 논문 「야흐야 학끼의 소설(The fiction Yaḥya:ḥaqqi:)」 (1978)과 그의 박사학위 논문 「이집트 단편 소설의 성장과 발달 (The Rise & Development of the Eygptian Short Stories)」 (1881 – 1970(1979))에서 야흐야 학끼의 사실주의 소설의 주제 및 예술성을 개략적이긴 하지만 예리하게 분석하였다.

야흐야 학끼에 대한 그간의 이집트 국내·외 연구 동향은 다방면에서 학문적 접근을 하고 있으나, 야흐야 학끼의 문학적 탁월성이 두드러지게 나타나는 소설세계에 관한 심층적인 분석이 부족하였음을 보여주고 있다. 다행히 1992년 그가 세상을 떠난 이후에

학계에서는 그의 문학에 대한 관심이 고조되고 있어 올바른 평가
가 기대되고 있는 시점에 와 있다.

우리나라에서는 그의 작품 번역은 물론 그에 대한 연구가 거의
전무한 실정이다. 그래서 논자는 본 연구에서 야흐야 학끼의 소설
중에서 일관되고 핵심적으로 나타나는 3대 주제를 중심으로 야흐
야 학끼의 대표 작품들을 선정하여 개개의 작품에 반영된 사상과
예술성을 주요 관심사로 한다.

3) 연구 범위와 내용

야흐야 학끼는 1926년 26세에 문학 활동을 시작하여 1974년에
절필을 공식 선언하기까지의 54편의 단편소설과 1편의 장편 소설,
그리고 평론, 수필, 자서전 등을 다양하게 발표하였다.

인상 비평가로서 그가 평론 분야에서 이룩한 업적은 물론 문학
사적 가치와 의미, 그리고 그는 이집트 민족 문학의 방향을 제시
하였다는 측면에서 훌륭한 평가를 받고 있다. 수필에서도 소위 '소
설적 수필'이라는 독특한 장르를 개척하여 인정을 받았다. 그러나
무엇보다도 그는 단편 작가로서 출발하여 이집트 사회의 저변을
탐색함으로써 궁극적으로 민족주의자와 휴머니스트임을 보여주며
문학적 탁월성으로 인해 그가 명성을 얻은 것은 소설 분야였기 때
문에 본 연구는 소설만을 연구 대상으로 한정하였다.

본 연구에서 선정한 11편의 소설(그의 유일한 장편소설 포함)들
은 연대별로 그의 걸작들을 모두 망라하고 있으며, 각 단편집에서

그의 사상과 예술성을 대표하는 작품들로 평가되고 있기 때문에 야흐야 학끼 소설의 주제 분석에는 손색이 없을 것으로 판단된다.

작가 자신의 생애를 아는 것이 그의 작품을 이해하는 데에 크게 도움이 되기 때문에 본 연구에서는 역사·사회학적 연구 방법과 텍스트 비평 방법을 혼용하였다.

야흐야 학끼 작품의 텍스트에 내재된 의미를 도출해 내어 그의 사상과 보편적 예술성을 탐구하기 위해 본서의 제1장에서는 본서 연구 목적 및 연구 현황과 그 범위와 내용을 밝혔다. 제2장에서는 야흐야 학끼의 생애와 문학을 그 상호 관련성을 중심으로 살펴보고자 하며, 제3, 4, 5장에서는 각각 야흐야 학끼의 작품을 '근대화의 갈등과 화해', '운명에의 도전과 시련', '삶의 의지' 등 주제별로 나누어 분석하였다. 제6장은 결론으로서 야흐야 학끼 문학의 3대 핵심 주제인 근대화의 갈등과 화해, 운명에의 도전과 시련, 삶의 의지의 문제를 총체적으로 종합·평가했다.

제2장
야흐야 학끼의 생애와 문학

야흐야 학끼의
생애와 문학

قنديل أم هاشم

يحيى حقي

본 장에서는 이집트의 사상·문학계 동향과 야흐야 학끼의 생애와 문학의 상호 관련성을 중심으로 하여 고찰함으로써, 야흐야 학끼의 문학이 갖지 않을 수 없는 특징에 대한 인식을 구체화하고 야흐야 학끼 문학의 전반적인 특징과 이집트 문학에서 그가 차지하는 위상을 밝혀내고자 한다.

1. 사상·문학계의 동향(19세기 말 – 20세기 초)

야흐야 학끼의 작품을 분석해 보면, 그의 문학에는 이집트적인 성격이 매우 두드러지게 나타남을 알 수 있다. 따라서 야흐야 학끼의 작품을 분석하기에 앞서 작가의 정신과 작품 성향에 영향을 주었던 19세기 후반부터 20세기 초반까지의 사회상과 사상·문학계의 분위기를 검토하여 당시의 사회가 야흐야 학끼의 문학관과 작품에 끼친 영향을 고찰하고자 한다.

1801년 이후, 이집트에 대한 영국의 영향력은 증대되어 왔다. 그러나 1882년에 이르러 이집트 지도층의 권위 추락과 동시에 이집트 민족주의 세력의 부상에 놀란 영국은 전격적으로 이집트를 점령하였고, 이때부터 이집트는 사실상 영국의 지배하에 놓이게 되었다. 무능하고 부패한 이집트 지도층과 외세의 간섭이 노골적으로 드러난 이집트 사회에서는 두 가지 주요 운동이 일어나고 있었다.

1) 사회개혁운동

사회개혁운동 가운데에서도 19세기 후반기에 사회적·정치적 동기로 대두된 이슬람 개혁 운동은 매우 격렬하고 중요한 의미를 갖고 있었다.

이슬람 개혁 운동을 주도한 대표적인 인물 중의 한 사람으로서 알-아프가니(1839 – 1897)를 들 수 있으며, 그는 이슬람의 정체성(正體性 identity)을 보지(保持)하면서 유럽의 새로운 문물을 수용해야 하며 그러기 위해서는 기성 체제의 재정립이 불가피하다고 보았다. 나아가서 모든 무슬림 국가는 단독으로 서구 세력의 돌진에 대응하는 것보다 상호 협력해야 한다고 주장하며, 모든 무슬림의 단결을 촉구하며 범(汎)이슬람 운동을 주창하였다.3) 또한 그는 당시 이스마일의 독재 정권에 정면으로 도전하면서 사회 각성에 커다란 역할을 담당하였다.

그 후 그의 추종자였지만 독자적인 사상 체계를 확립한 사람이 무함마드 압두(1849 – 1905)이다. 그는 위대한 이슬람 문화를 창조한 선조의 얼을 이어받아 그 뒤를 따라야 한다는 살라피야(Salafiya:) 운동을 알-아프가니의 범이슬람 운동에서 발전시켰다.

그는 이집트의 전통적인 교육기관에서 수학한 울라마였지만,4) 맹목적으로 외래 문물을 배척하는 대신에 선조들의 찬란한 문화를 제시함으로써 민족 문화에 대한 긍지 속에서 서양 문화를 받아들

---

3) 김정위, [이슬람 사상사], (서울: 민음사, 1987), p.191.

4) Albert Hourani, A History of the Arab Peoples, (London: Faber & Faber Ltd, 1991), p.308.

여야 한다고 주장하였다. 압두의 사상은 19세기 중반 이후 이집트의 과거를 무시하지 않고서 현대의 서구 사상을 받아들여야 한다는 신지식인 계층의 근간을 마련하였다.

한편 이집트에서의 사회개혁 시도는 서구 사상의 직접적인 영향을 받은 지식인들에 의해 이루어졌다. 지주 계층과 더불어 당시의 중산층을 형성하였던 사상가와 문학가들이 구시대로부터 각 개인과 이집트 사회를 해방시키기 위해 여러 가지 시도를 감행하였다. 그중에서 두드러진 인물이 여성 해방을 부르짖은 까심 아민(1863 - 1908)이다. 그는 19세기 말 보수적인 이슬람 사회에서 구습과 전통으로부터 개인과 사회를 해방시키기 위해서는 이집트 여성의 해방이 반드시 필요하다고 주장하였다.[5]

2) 이집트 민족주의의 등장과 이집트 민족 문학의 창출

이집트 지도자들에 의한 개혁 정책의 추진으로 1860년대부터 서구 교사들에 의해 교육을 받은 신지식인 세대가 등장하였는데, 그들에 의해 민족주의 사상은 보다 명확해졌다. 그러나 정치적 운동으로 활성화되기 위한 이념으로서 민족주의 사상이 중요시된 것은 20세기 직전의 일이었다.[6]

1882년, 아흐마드 우라비 대령을 구심점으로 반영(反英) 민족주의 세력이 부상하였으나, 영국군에 의해 제거되었다. 그 후 이집트

---

5) 조희선, 「이집트 문학의 근대화 과정 연구」, (서울: 한국 중동학회 논총 제13호, 1992), p.81.
6) Albert Hourani, op.cit., (1991), p.309.

의 민족지도자인 무쓰따파 카밀(1874 - 1908)의 민족 해방 운동이 일어났다. 그는 영국의 식민 통치에 반대하고, 대중적 지지 기반에 바탕을 둔 정치적 해방 운동을 주도하였으며, 민족을 우선하고 애국주의에 근거한 이집트 민족주의를 처음으로 구체화시켰던 이집트의 정치가였다.[7]

그의 정치적 운동의 영향으로 인해 사상과 문학계에 또 다른 민족 운동이 파생하였는데, 그 주동 인물 가운데 한 사람이 아흐마드 루뜨피 알 - 사이이드(1872 - 1963)였다.

그는, 범이슬람주의나 아랍 민족주의에 반대하고, 이집트의 옛 파라오의 영광을 지향하고, 이집트인을 위한 이집트를 건설할 것을 주장한 민족주의자였다. 움마(Ummah)당의 당수인 그는 1907년 영국 점령에 대항하는 정치적 투쟁보다 교육과 사회개혁에 중점을 두고 이집트 문화생활에 새로운 시대를 열어[8] 당 기관지인 알 - 자리다(al - Jari:da) 신문을 창간하고, 많은 젊은 작가들을 후원하면서 이집트 민족주의 문학 창출을 위한 구심적 역할을 하였다.[9] 그래서 그는 이집트 민족주의의 아버지로 간주되고 있다.

알 - 사이이드는 이집트의 정치 및 사회 문제에 관한 자신의 태도를 밝힌 글을 썼는데, 범이슬람주의는 하나의 환상에 지나지 않는다는 내용이었다. 그 이유는 현대에 와서 국민의 단합은 종교가 아닌 공동 이익의 바탕 위에서만 이루어지기 때문이라는 것이다. 또 그는 이집트는 모든 무슬림들의 고향이 아니라 뿌리와 신앙에

---

7) 사희만, 「무스따파 카밀의 수사 및 언어 분석 연구」, (서울: 한국외국어대학교 대학원 박사 학위 논문, 1993), pp.49 - 58 참조.

8) David Semah, Four Egyptian Literary Critics, (Leiden: E. J. Brill, 1974), p.75.

9) 송경숙, 전완경, 조희선 공저, [아랍문학사], (서울: 송산출판사, 1992), p.424.

관계없이 모든 이집트인들의 고향이라고 언급했다.

이와 같이 국민의 단합을 이루기 위해서 공통점은 더욱 확대시키면서 차이점은 좁혀 국민의 공감대를 형성할 것을 국민들에게 설득하였다.

알-사이이드와 그의 추종자들은 이집트 민족주의의 긍정적 내용으로 묘사되는 일치된 민족 철학을 제시하였다. 다수의 젊은 작가들(따하 후세인, 알-아까드, 슈크리, 살라마 무사 등)이 이와 같은 민족 철학을 알-자리다지에 기고하였다.[10]

특히, 하이칼은 현대 이집트 문학의 미래에 관한 방향을 제시한 첫 번째 작가로 기록될 것이다. 그는 1912 - 1913년에 알-자리다에 발표한 「문학의 혼란」과 「언어의 혼란」 등 두 편의 논문에서 이집트 민족 문학의 창출을 주장했다.[11]

알-사이이드의 영향 이외에 상호 보완적인 두 가지 주장이 있었는데, 이 주장들은 문학이 이집트 특수성의 개념을 포용하는 데에 실질적으로 도움을 주었던 것으로 보았다.

첫 번째는, 모든 국가는 환경과 종족의 성격으로 이루어진 독자적인 정신을 갖고 있다는 신념이다. 이것은 알-사이이드의 동료인 아흐마드 파트히 자그룰이 주장한 것으로, 그는 한 국가의 역사와 우수한 문화는 민족성에 크게 영향을 받는다는 논지를 폈다.[12]

두 번째 주장은, 프랑스의 언어학자 겸 비평가인 '르낭(Ernest Renan)'(1823 - 1892)이 주장한 '셈족의 사고(Semitic Mind)'라는 이

---

10) David Semah, op.cit., (1974), p.76.

11) Ibid. 재인용.

12) Ibid.

론으로, 이는 전체 아랍 문화를 평가한 것이다.[13] 그는 아르얀 (Aryan)족의 우월감과 셈족의 열등감을 믿으면서, 셈 문학의 단점은 셈족의 사고가 갖고 있는 부정적인 특징 때문이며, 고대 아랍시에서 서사시와 드라마가 없는 것은 셈족의 상상력과 호기심 부족에서 오는 필연적인 결과라고 주장했다. 그의 견해는 20세기 초 프랑스에서 수학했던 지식층을 통해 이집트 국내에 알려지게 되었다. 그와 같은 르낭의 날카로운 비판은 아랍 문학뿐만 아니라 이슬람 자체에도 큰 상처를 주었다.

이슬람에 대한 공격에 대해서 압두와 같은 사상가는 즉각적인 반응을 보였지만, 아랍 문학에서는 구체적인 대응을 보여주지 못했다. 그러나 후에 현대학파에 소속된 작가들은 르낭의 견해에 크게 영향을 받은 것 같이 보였다. 비록 그들이 그의 논조에 동의하지는 않았다 하더라도, 사실 아랍 문학에 관한 그의 관찰은 그들에게 강한 인상을 심어 주었다. 그 결과 아랍 문학의 오랜 결점에서 벗어나서 현대 독자들의 구미에 맞는 새로운 문학 형태를 개발할 필요성을 그들이 인식하였던 것이다. 그것은 이집트 민족 문학에 대한 욕구로 나타났고, 아흐마드 아민, 타우픽 알-하킴, 그리고 하이칼 등의 작품에서 그 예를 찾아볼 수 있다. 특히, 하이칼이 최초의 현대 이집트 소설이라 할 수 있는 『자이납』을 '농촌 태생의 한 이집트인'이라는 익명과 『시골의 풍경과 인물들』이라는 제목으로 발표함으로써 이집트 문학의 장을 열었다.

민족주의 지도자 사이드 자그룰(1857 - 1927)이 이끄는 와프드 (Wafd)당을 중심으로 영국의 보호령 철폐를 요구하며 시작된 1919

---

13) Ibid., p.77.

년 민족 혁명은 위와 같은 요구와 주장들이 눈에 띄게 구체화되었고, 문학과 사상에 반영되도록 큰 영향을 주었다.

1919년 혁명은 정치 분야에서는 민족주의 사상의 승리였으나, 사상가들과 작가들에게 이집트적인 개성을 지닌 문학을 창출해 내는 데 자극을 주었다. 따라서 그들은 이집트의 현실 문제 해결을 위해 노력하는 정신을 갖게 되었고, 가난이나 계층 간의 차별 문제 등과 같은 이집트가 직면하고 있는 문제점들에 접근하게 되었다.

부유층 출신인 타이무르 형제도 각자의 독특한 방법으로 위와 같은 문제들을 문학에서 다루었다. 그 외에도 우바이드 형제 및 본 장의 제2항에서 자세히 언급될 현대학파 회원들이 포용했던 여성 문제 및 과학과 종교 간의 갈등 문제는 작가들의 주된 관심사였다.

위와 같은 분위기 속에서 야흐야 학끼는 성장하였으며, 아울러 그의 문학도 성장하게 되었다.

2. 야흐야 학끼의 생애와 문학

일반적으로 작가의 생애와 교육 배경 및 정치·문화·사회적 환경 등은 그 작가의 창작에 영향을 미치는 중요한 요인들로서 인식된다. 더구나 야흐야 학끼 문학에 있어서 그의 가정환경, 교육, 국내외에 걸친 다양한 공직 생활과 잡지의 편집 경험 등은 그의 모든 체험의 결정체로서 직·간접적으로 그 영향이 민감하고 폭넓게 작품에 반영되고 있기 때문에, 전 생애에 걸친 환경과 그 영향은 자세히 분석되어야만 한다. 광범위한 경륜과 유럽 문화의 직접적인 체험을 통해서 그는 단편소설에서 독보적인 경지에 오를 수 있었던 것이다.

본 장에서는 야흐야 학끼의 생애를 1. 출생 및 성장(1905 - 1926), 2. 알 - 사이드 근무(1927 - 1929), 3. 젯다·이스탄불·로마 시절 (1929 - 1935), 4. 카이로 근무(1935 - 1949), 5. 제2차 해외 근무 (1949 - 1953), 6. 국내 근무(1954 - 1970)로 나누어 그의 생애와 문학의 상호 관련성을 중심으로 하여 살펴보고자 한다.

1) 출생 및 성장(1905 - 1926)

야흐야 학끼는 터키인의 후손으로, 그의 할아버지인 이브라힘은 19세기 초에 메카 순례를 마치고 난 후 이집트에 정착하여 3형제를 두었다. 이브라힘의 장남이자 야흐야 학끼의 부친이 되는 무함마드는 종교성(宗教省)에 취직하여 알 - 사이이다 자이납(al - Saii:da Zainab) 사원 뒤에 위치한 허름한 관사에서 살았다. 바로 이곳에서 야흐야 학끼는 9남매 중 셋째로 1905년에 태어났고, 알 - 사이이다 자이납 동네를 중심으로 어린 시절을 보냈다.

예언자 무함마드의 외손녀(움무 하쉼이라고도 부르고 있음)의 이름에서 빌린 알 - 사이이다 자이납 사원 안에는 또한 움무 하쉼 성인(신성 속에서 인간성의 자기 소멸을 가져와 신의 은총을 받은 수피)의 무덤이 있었기 때문에 그곳은 항상 많은 아랍·무슬림 순레자들이 찾아드는 성지일 뿐만 아니라 그 지역을 둘러싸고 있는 지역은 과거부터 뿌리 깊은 이집트 전통과 행동 방식의 생생하고 사실적인 보고로서[14) 서민 계층의 생활을 대변해 주는 곳이다.

이집트 시골에 사는 사람들과 시골에서 도시로 이주한 사람들에게 성인의 무덤은 특별한 의미를 갖고 있었다. 즉 성인의 무덤은 생명은 아직도 하나의 의미를 갖고 있다는 확신의 구체적 표현으로서 그 위치를 차지하고 있었고, 그 성인의 축복을 받을 수 있다고 생각하였다. 알−사이이다 자이납은 낯선 세계로 이주한 시골 사람들에게 경외스러운 곳인 동시에 친근한 대상으로 간주되고 있었다.[15)

특히, 그 묘지의 관리인은, 불행에 빠진 사람들, 아기를 갖지 못하는 부인, 도둑이나 이웃의 원한으로 희생된 사람 등의 모든 인생 문제에 영향력 있는 중재자로 행세하였다. 그리하여 이곳은 외부에서 순례 차 찾아드는 아랍인은 물론 전통적 방식에 의한 믿음과 행동에 의존하며 살아가는 이집트의 하류 계층들이 많이 모여드는 곳이다. 이곳에서의 생활을 통해 야흐야 학끼는 그들의 일상생활의 모습들을 머릿속 깊이 자연스럽게 남겨 놓을 수 있었으며,

"음식 파는 아줌마, 이발사 아저씨, 밀가루 파는 장사꾼, 사원을 배회하던 거지와 수도승인 다르위쉬들과 아직도 나는 생활을 같이 하고 있다"[16)

고 그는 술회하였다.

---

14) Miriam Cooke, <u>The Anatomy of an Egyptian Intellectual Yahya Haqqi,</u> (Three Continents Press, 1984), p.4.

15) Albert Hourani, op.cit., (1991), p.399.

16) 『움무 하쉼의 램프(al−Hai'ah al−Miṣriyyah al−'A:mmah Lil−kita:b)』(1975), p.25.

위와 같이 알 – 사이이다 자이납 동네가 야흐야 학끼에게 남겨 준 인상은 너무나 강렬해서 나중에 언급될 알 – 사이드 지역과 함께 그의 최대 걸작인 『움무 하쉼의 램프』 등 많은 작품의 주요 배경으로 등장하였다. 특히, 이 지역은 그가 해외에서 외교관으로 근무하면서 느낀 외국과 비교되어 더욱 강한 조국애를 느끼도록 만들기도 했다.

한편, 야흐야 학끼의 문학 생애에 있어서 그의 부모와 형제들이 그에게 끼친 영향 역시 막대한 것이어서, 그의 혈통에 대한 연구는 그의 작품을 이해하는 데에 도움이 될 것이다.

야흐야 학끼는 이집트 사회에 깊이 뿌리 내리지 못한 조상의 후예였던 관계로, 부분적으로는 이집트 공동체에서 고립됨과 동시에 고동치는 이집트 생활에 대해 호기심을 채운 소외 요소들이 그의 성장과정을 특징짓게 하였다.

이와 같이 비(非)이집트인의 피가 섞인 이집트 사람으로서의 독특한 위치 때문에 그는 이국적인 민감한 관찰력과 이집트 민중을 가까이하려는 친밀감을 갖게 되었고,[17] 실로 그의 작품들을 통해서 그가 뛰어난 관찰자임을 보여주고 있다.

야흐야 학끼는 심정적으로 이집트 사회의 근저에 깊이 뿌리를 내리고, 차원 높은 지적 활동에 참여함으로써 자신에 대한 부정적인 요소들을 제거하려는 노력을 보여 왔다. 자신이 갖고 있는 소외감을 극복하고 공동체의 삶 안에 뿌리를 내리며, 진정한 민족성 동질성을 인식하려는 간접적인 노력으로 그는 누구보다도 능숙한 아랍어로 이집트의 꿈과 걱정을 표현했고, 이집트 안에서 민족

---

17) Sabry Hafez, "The Fiction of Yahya Haqqi", (Azure. 2, 1978), p.45.

적·문학적 일체감을 갖고자 하였던 것이다.

라쉰의 걸작 『마을 이야기(ḥadi:th al - Qarya)』와 마흐무드 타이무르의 『미트 왈리 아저씨(Amm Mitwali:)』 등 몇 작품들을 제외하고는, 야흐야 하끼의 단편소설들이 이집트 사회 저변을 심층적으로 파헤친 유일한 작품들이라고 평가받고 있기 때문에, 그는 단편 발달의 선구자들 중에서 탁월한 위치에 놓여 있는 것이다.[18]

그가 이집트 사회에 진정으로 동화되고자 하는 강한 욕망은, 그가 표준어 사용의 강력한 예찬론자였음에도 불구하고[19] 그의 작품에서 이집트 방언을 사용함으로써 이집트 민중과 동화되려고 노력했다는 점에서도 잘 드러나고 있다. 예를 들어, 단편집인 『피와 진흙』 등에서 방언을 사용했다는 점은 그의 이와 같은 욕망을 단적으로 보여주고 있는 것이다.

한편, 야흐야 학끼는 독서를 매우 좋아하는 환경에서 성장하여, 작가 스스로 어린 시절부터 아랍 문학은 물론 해외 문학, 특히 러시아 문학에 심취하게 되었고, 이러한 어린 시절의 문학적 경험은 작가로서의 그의 인생을 출발하는 데에 결정적인 요인으로 작용했다. 또한, 그의 가족의 영향을 받아 아랍 문학은 물론 영문학 등의 해외 문학에도 조예가 깊었던 것이다.[20]

그의 모친은, 신앙심이 매우 돈독하여 코란과 하디스에 깊이 심취하였고, 자식들의 이름도 보통 이름이 아닌 코란의 장(章)에 나오는 주요 인물들의 이름에서 따왔다.[21] 출산일이 가까워지면 코

---

18) Ibid.

19) 『움무 하쉼의 램프』, op.cit., (1975), p.56.

20) Mahmoud Manzalaoui, Arabic Short Stories(1945 - 1965), (AUC, 1984), p.76.

21) J. Brugman, An Introduction to the History of Modern Arabic Literature in Egypt,

란을 펴서 그녀가 만나게 되는 이름들을 선정해 놓기도 했다. 또 모친은 알-부카리, 알-가잘리, 알-하리리 등 고대 아랍 사상가나 작가의 저서들을 자식들을 모아 놓고 읽어 주곤 했다.

부친도 압바스시대의 대(大)시인인 알-무타납비의 시를 좋아하여,[22] 가족들이 모이는 저녁이면 자식들에게 알-무타납비의 시를 낭송해 주었고 길을 가면서도 책을 읽었다고 한다.

카이로의 서점주인 가운데서 야흐야 학끼의 맏형인 이브라힘을 모르는 사람은 없다고 할 정도로 그는 아랍어 및 영어 장서를 많이 갖고 있었고, 또한 1915년에 창간된 알-수푸르(al-Sufu:r)라는 잡지 편집에 참여하기도 했다. 이 잡지는 현대학파와 함께 이집트 민족 문학의 선구자적 역할을 수행하던 잡지였다. 둘째 형 역시 비록 연출되지는 않았지만 희곡을 썼고, 숙부인 마흐무드 따히르도 장·단편소설,[23] 희곡 등을 집필했고, 언론에 관여하고 있었다. 특히, 그의 숙부는 당시 이집트의 대표적 시인이었던 샤우끼와 친분이 두터웠던 관계로, 야흐야 학끼는 숙부를 통해 샤우끼를 여러 번 만날 기회가 있었고, 그로부터 단편 『알-안달루스의 공주('Ami:rah al-'An`andalus)』 등을 선물로 받기도 하였다. 이때 야흐야 학끼의 나이는 16세였고, 그는 이미 15세 때부터 알-만팔루띠와 지브란의 작품과 맏형의 권유로 디킨즈 등 영문 작품을 읽게 되었다.

(Leiden: E. J. Brill, 1984), pp.263-264.

22) Ibid., p.263.

23) 그가 1906년에 발표한 소설 『아즈라 딘샤와이』 'Adhra:' Dinshawa:y는 초창기 이집트 소설(J. Brugman, op.cit., 1984, p.263) 또는 최초의 현대 이집트 소설(Saad al-Gabalawy, Three Pioneering Egyptian Novels, York press, New Brunswick, 1985, p.5)로서 평가받고 있으며, 딘샤와이 사건을 다룬 작품이다.

위와 같은 가정의 독서 분위기와 자신의 이른 독서 습관으로 인해 그는 16세 때부터 자연스럽게 글을 쓰기 시작하였다. 그러나 대부분의 글들은 습작 단계였으며, 보관되어 있지 않다.

단편을 본격적으로 쓰기 시작한 것은 그가 법과대학에 다니던 시절이었다. 그는 대학 졸업 후인 1926년부터 외국 문학으로부터 도입하여 문학형식과 내용에 관한 실험적 단편을 신문과 잡지에 발표하기 시작했다.[24] 이는 야흐야 학끼가 창작에서의 예술적 기준의 중요성을 잘 인식하고 있었다는 것을 증명하는 것으로, 이후의 그의 작품의 예술성에 대한 평가가 올바르게 기대되는 것을 암시하는 것이다. 즉 그는 50여 편의 장·단편소설을 통하여 이집트 사회 저변을 심층적으로 파헤치고, 예술적으로 형상화하는 데에 크게 성공함으로써, 야흐야 학끼는 아랍 소설의 수준을 보다 향상시켰고, 2세대 작가들인 마흐무드 알-바다위, 나집 마흐푸즈, 유수프 이드리스 등 후배 작가들에게 큰 영향을 주면서 독자들로부터 가장 사랑받는 단편 작가 중의 한 사람으로 평가되었다.[25]

그가 법과대학에 다니던 시절은 그의 문학적 인생에 커다란 의미가 있던 시기였다. 우선, 당시 뛰어난 종교지도자이자 사상가인 아부 자이드, 아흐마드 아민 등으로부터 이슬람법을 포함하여 법률

---

24) 『죽음과 사고』(1926), 『풀라-미쉬미쉬-룰루』(1926), 『아이러니 또는 검은 얼굴을 가진 사나이』(1926), 『무함마드 베이는 그의 농장을 방문하다』(1926), 『도둑의 일생』(1926), 『미치광이는 누구인가』(1927), 『교도관, 압둘 타왑 아판디』(1927), 『인생의 제 모습』(1927), 『중재자, 아판디』(1927), 『쉐이크 무스타파의 종말』(1928) 등은 작가의 성장기를 대변하는 작품이다.

25) P. M. Kupershoek, The Short Stories of Yu:suf 'Idris, (Leiden: E. J. Brill, 1981), p.45.
Sasson Somekh, The Changing Rhythm,(Leiden: E. J. Brill, 1973), p.38. 'Idwa:r al-Kharra:t, al-Qaswah wa al-Diqqah wa al-ḥanan, ('Adab wa Naqd 72, 1991. 8), p.109.

에 대한 상당한 지식을 배우게 되었다.

국민당 강령을 지지하여 알-리와(al-Liwa:') 기관지를 애독했고, 1919년 민족 혁명 시위 대열에 적극 참여하였으며, 영국인들의 발포로 이집트 민중이 죽어가는 모습도 목격했다. 또 당시 민족주의자인 압둘라 알-나딤과 무쓰따파 카밀의 저서들과 딘샤와이 (Dinshawai) 사건에 관한 기사들을 읽음으로써 조국에 대한 사랑이 그의 머릿속에 가득 차게 되었다.

한편, 졸업 후인 1926년 말에 그는 맏형인 이브라힘의 주선으로 1919년 민족 혁명 중에 탄생한[26] 현대학파 al-Madrasa al-ḥadi:tha 의 회원으로 가입하면서 자신의 문학 활동, 특히 단편소설에 큰 영향을 받게 되었다.

1919년 이집트 민족혁명의 여파로 이집트에서는 민족 문학 창출에 대한 요구가 대단하였고, 그러한 분위기의 성숙으로 아흐마드 카이리 사이이드가 대표로 있는 현대학파는 진정한 토착 이집트 문학의 창출, 꾸밈과 혼란이 없는 새로운 스타일의 창출, 이집트에서 단편소설의 확립, 사실주의 경향의 보급[27]을 기치로 내걸고 1925년에 기관지인 알-파즈르(al-Fajr)를 창간하여 회원들의 작품을 발표하였다. 잘 알려진 바와 같이, 현대학파는 이집트 문학 가운데 단편에 가장 큰 관심을 보였으며, 단편발달에 매우 긍정적인 역할을 수행했었다.[28]

---

26) 『이집트 소설의 여명』, (Da:r al-Qalm, 1960), p.77.

27) Ibid., p.257.

28) Pierre Cachia, An Overview of Modern Arabic Literature, (Edinburgh Univ.Press, 1990), p.108.
   Sasson Somekh, op.cit., (1973), p.25.
   Majdi: M. Shams al-Din, al-Qaṣṣ Bayn al-ḥaqi:gah wa al-Khiya:l, (al-

장편소설에도 역시 큰 기여를 했던 현대학파 회원들은 두 단계에 걸친 문학수업을 통하여 외국 문학의 영향을 받았다.[29] 그 첫번째가 유럽과 미국 문학작품 분석을 통해 받은 지적 영향이며, 두 번째가 러시아 문학으로부터 받은 정신적 영향이었다. 특히, 그들은 러시아 문학의 정신적 자유에 관심을 두고 있었으며, 그 정신적 자유가 인류를 해방하기 위한 사명을 수행하고 있는 것으로 보였다. 야흐야 학끄가 현대학파에 가입한 시기는 그들이 러시아 문학에 경도되어 있던 때였다. 프랑스나 영국의 문화적 지배로부터 벗어나려는 욕구와 더불어 영국과 프랑스보다는 러시아적인 소설의 배경이 보다 자연스럽게 이집트의 배경과 어울릴 수 있다 — 예를 들어 광활한 땅에서 오랫동안 고통받아 온 러시아 농부들과 나일 강과 뜨거운 태양 아래 오랫동안 변함없이 살아온 이집트 농부들은 서로 상당히 유사한 데가 있다 — 는 관점에서 현대학파의 젊은 작가들은 특히 러시아 문학의 영향을 받았는데,[30] 야흐야 학끄는 특히 체호프, 투르게네프, 토스토예프스키 등의[31] 러시아 문학이 영혼의 구원을 다루고 있는 등[32] 사회적·철학적인 문제보다도 영적 문제를 사실주의 문체로 취급하고 영성(靈性)의 중요성을 찬양한 것이 그의 관심을 끌었다.[33]

Hai'ah al-Miṣriyyah al-'A:mmah Lil-kita:b, 1990), p.25.

29) 『이집트 소설의 여명』, op.cit., (1960), pp.80-81.

30) 송경숙, 전완경, 조희선 공저, op.cit., (1992), p.428.

31) Ni'ma:t A. Fu'a:d, Qimam 'Adabi:ya:, ('A:lam al-Kutub, 1984), p.341.

32) 『움무 하쉼의 램프』, op.cit., (1975), p.37.
Fu'a:d Duwa:rah, 'Asharah 'Udaba:'i Yataḥaddathu:na, (1965), p.105.

33) Saiid ḥ.al-Nassa:j, Taṭawwur Fann al-Qiṣṣa al-Qaṣi:rah fi: Miṣr 1910-1933, (Da:r al-Ka:tib al-'Arabi: Liлṭiba:'a wa al-Naṣhr, 1968), p.282.

한편, 외국 문학의 이집트 문학에 대한 영향과 관련하여 야흐야 학끼는 유럽 문학이 갖는 장점을 인식시켜 이집트인의 자각을 불러 일으키려고 한 점에서 돋보였다. 따라서 외국 문학의 번역과 외국 문학으로부터의 예술적 차용은 그 예비적 조치들로 허용된다고 보며, 그 스스로 『아이러니 또는 검은 얼굴을 가진 사나이(Sukhuriyyah 'Aw Rajul Dhu Wajh 'Aswad)』란 단편의 주제를 에드가 알렌 포 우로부터 차용하였다고 솔직히 밝혔다.[34)]

그는 작품 활동 초기에 사실주의 문학에 대한 모방 과정에서 좋은 경험을 얻은 바 있다. 1926년 알-시야사(al-Siya:sa) 신문에 『디 미트리의 커피(Qahwa Di:mi:tri:)』란 단편을 발표한 적이 있었는데, 그는 알-마흐무디야 도시에 있는 커피와 그곳의 촌장을 아무런 저의 없이 사실 그대로 묘사하였다가 자신을 비웃었다고 생각한 촌장의 강한 반발로 곤경에 처한 적이 있었다. 이후로 야흐야 학끼는 사실주의 문학이란 어느 한 개인에 대한 단순한 묘사가 아니라 개인의 총체에 관한 퍼스널리티를 묘사하는 것임을 인식하게 되었다.[35)]

아무튼 야흐야 학끼는 현대학파에 다른 회원들보다 비교적 늦게 가입하였지만,[36)] 이집트적인 개성을 보다 강하게 표출하고 이집트의 혼과 정신이 살아 있는 이집트 문학 창출에 부응하고 사실주의 문학을 추구함으로써 이집트 단편소설의 발달에 크게 공헌하였다는 점은 부인할 수 없다.[37)]

---

34) 『움무 하쉼의 램프』, op.cit., (1975), p.37.

35) Ibid., p.38.

36) Saiid ﺡ.al-Nassa:j, op.cit., (1968), pp.280-282.
    P. M. Kurpershoek, op.cit.,(1981), p.14.

2) 알-사이드(al-ṣaʻiːd) 근무(1927-1929)

1925년에 법대를 졸업한 야흐야 학끼는 같은 해에 공무원에 임명되어 지방법원 근무를 시작했다. 알렉산드리아[38]와 다만후르 근무를 거쳐 1927년 1월 상이집트(또는 알-사이드)에 위치한 만팔루뜨 본청의 행정 보좌관으로 임명받아 약 2년간 근무하면서 문학적 자양분을 축적하게 되었다.

이 2년간은 그의 문학 생애에서 가장 중요한 시기로 기록될 것 같다. 그가 처음으로 외부 세계와 단절된 채 나일 강 계곡의 풍경이 원래의 모습대로 간직되고 이집트의 순수성을 잘 보존하고 있는[39] 이곳 오지의 농부들[40]과 직접 섞이어 조국을 새로이 인식하게 되었던 것이다. 그들과 함께 들판에서 살면서 그들이 먹는 음식을 나누어 먹고, 당시 유일한 교통수단인 당나귀를 타면서[41] 그는 행복을 느꼈다.

그는 그의 자서전에서 만팔루뜨에서의 2년은 자신에게 여러 가

---

37) Ḥamdiː. al-Sakkuːt, Diraːsaːt fiː al-'Adab wa al-Naqd, (Maktabah al-Anjuluː al-Miṣriyyaː, (1990), p.67.
P. M. Kurpershoek, op.cit., (1981), p.15.

38) Miriam Cooke, Good Morning and Other Stories, (Three Continents Press, 1987), p.2.
이곳 재직 시에 알렉산드리아 신문 와디 알-닐(Waːdi al-Nil)에 이집트와 유럽 변호사들에 관한 논문들을 처음 발표하였다. 또 이 기간 중에 그의 최초의 단편 『첫 번째 교훈』 al-Dars al-'Awwal을 1926년 1월 19일 알-시야사 알-우스부이야(al-Siyaːsah al-'Usbuːʻiːyah)에 발표하였다.

39) Ḥilmi: Muḥammad al-Qaːʻuːd, Mausim al-Baḥth ʻan Huwaiyah, (al-Haiʼah al-Miṣriyyah al-ʻAːmmah Lil-kitaːb, 1978), p.68.

40) Inea Bushnaq(ed.), Arab Folktales, (Penguin Books XXVII, 1986), 이집트의 농부는 흔히 아랍으로 팔라훈 Falaːḥun이라고 하는데, 도시 거주민이나 베두인과 대칭되는 개념으로 땅에서 일하는 사람들을 일컫는다.

41) Albert Hourani, op.cit., (1991), p.337.

지 중요성을 갖고 있다고 언급하였다.[42]

카이로에서 학교 다닐 때 배운 공부는 암기에 의한 교육방법으로, 이론에 치우친 내용이 전부였기 때문에, 그는 밀과 보리조차 구별하지 못할 정도였고, 시골에 관해서는 차창 밖으로 보이는 피상적인 모습 외에는 아는 것이 없었다. 그러나 만팔루뜨의 생활을 통해서 그는 이집트의 자연, 동물, 식물, 이성(異性)과 직접 접촉할 기회를 갖게 되었으며, 특히 시골 사람들의 속성과 관습을 알게 되었다.

따라서 그의 작품 속에서 나일 강, 산, 다리, 시골의 적막한 밤 등 자연에 대한 그의 관심이 두드러지게 표출될 수 있었으며, 그 자연은 단순한 배경이 아니라 사건이나 인물과 상호 작용을 하며 작품의 중요한 소재로서 그 역할을 담당하고 있고, 때로는 나일 강이나 또 다른 이집트의 자연을 민중의 신화와 혼합하기도 하였다.

동물에 대한 관심도 소, 낙타, 말, 염소, 양, 개, 당나귀 등에 대한 자세하고도 뛰어난 묘사가 이어지고 있고, 동물의 의인화 등과 같이 동물에게 특별한 의미를 부여하면서 인물과 상황 전개에 영향을 주는 하나의 상징물로서 동물을 소재화하였다.

심지어 단편『안타르와 줄리야트』에서는 동물(개)이 주요 역할을 담당하는 주인공으로 등장하기도 한다. 이와 같은 동물의 묘사나 동물에 대한 작가의 애정은 도시이건 시골이건 간에 모든 이집트인의 불행에 대한 작가의 사실적인 표현이라 할 수 있을 것이다.

야흐야 학끼는 알-사이드에서의 체험을 작품으로 남겼다. 당시의 상황을 메모나 기록으로 남기지 않았으면서도, 그는 30년이 지

---

42) 『움무 하쉼의 램프』, op.cit., (1975), pp.35 - 36.

난 1959년에 알 - 사이드의 모습을 자서전 『하느님께 맡겨라(Khali:ha `Alla 'Allah)』 출간을 통해서 정확하게 설명하였으며, 자서전의 출간과 함께 예술성이 뛰어난 5편의 단편소설을 발표하였다.

이것이 소위 알 - 사이디야트(al - ṣa`i:diya:t)로서, 『우체부(al - Bu:sṭaji:)』, 『감옥 이야기(Qiṣṣa fi: Sijn)』, 『아부 푸다('Abu: Fu:da)』는 1955년에 출간된 『피와 진흙(Dima:' wa ṭi:n)』 제하의 단편선에, 『향수병('Iza:zah Riḥa)』, 『사원의 돗자리(ḥasi:rṣ al - Ja:m`i)』는 역시 1955년에 출간된 『무능력자들의 어머니('Umm al - `Awa:jiz)』 단편선에 수록되어 있다.

야흐야 학끼는 알 - 사이디야트로 이집트 작가들 중에서 상이집트의 일상생활을 매우 신중하고 포괄적으로 탐색한 최초의 단편작가라는 평가를 받았다.[43]

그는 이 작품들을 통하여 가혹한 운명 속에서 살아가는 이집트인들의 고통과 불행을 소설가이자 극작가인 타우픽 알 - 하킴처럼 일정한 거리를 둔 도시인의 관점에서가 아니라 그 내부에서 살고 있는 사람의 눈으로 묘사함으로써[44] 강한 휴머니티를 강조하고 있다.

3) 제다 · 이스탄불 · 로마 시절(1929 - 1935)

만팔루뜨 근무 중에, 야흐야 학끼의 표현을 빌리면, 그의 인생에 두 번째로 중대한 혁명적 사건이 일어났다. 업무를 마치고 귀가한

---

43) Sabry Hafez, op.cit., (1978), p.49.
44) J. Brugman, op.cit., (1984), p.265.

그는 우연히 신문에서 외무부의 해외 영사관 근무 요원 모집 광고
를 보게 되었다. 문서 담당관이라는 직종이었다. 그는 외교관 시험
에 합격하여 1929년부터 제다 근무를 시작으로 외교관 생활을 약
12년간 하게 되었다. 그가 해외생활에서 축적한 경험은 그의 작품
에 역시 크게 반영되었다. 특히, 그는 1·2차에 걸친 해외 생활에
서 무솔리니와 히틀러의 독재, 터키 민족주의 운동, 프랑스의 제4
공화국 종말, 리비아의 정치적 혼란 상황 등을 보면서 조국에 대
한 사랑을 더욱 갖게 되었다.

그는 제다에서 2년간 근무하면서 비교적 한가한 시간을 독서에
이용하면서, 간간이 세계 각처에서 모여든 순례자들을 보고 느낀
점이라든가, 알-와하비(al-Waha:bi:) 운동, 그리고 역사에 관한
글을 필명으로[45] 발표하였고, 그의 인생 처음으로 단련된 서구인
의 정신구조를 이해하게 되었다.[46]

또한 영사관의 도서관에서 이슬람 역사학자 알-자바르티의 역
사서를 처음으로 발견하고 그것에 매료되었다. 그의 말에 따르면,
알-자바르티와 같이 이집트 민족정신을 묘사할 수 있는 작가나
역사가는 발견하지 못했다는 것이다.[47] 그때부터 야흐야 학끼는
알-자바르티와 정신적으로 교감을 갖게 되었고, 그 느낌들을 수
상록 『사고와 미소(Fikra wa Fabtisa:ma)』에 수록하였다.

---

45) Miriam Cooke, op.cit., (1984), p.6.
   Mar'i: Madku:r, "Yaħya: ħaqqi: wa Hajj al-ṣadaq 'Alladhi: Raħala", (al-
   Faiṣal, 1993. 1), p.5.
   그가 사용했던 필명으로는 'Abd al-Rahman bin ħasan al-Jabarti,
   Labib Sha:kr Faḍl 'Allah, 'Abu Shanab Fidḍa, Qaṣi:r Yaħya가 있다.

46) 『움무 하쉼의 램프』, op.cit., (1975), p.39.

47) Ibid, p.40.

제다에 이어 터키의 이스탄불(1931 - 1933)에서는 오스만 이슬람 제국의 붕괴와 무쓰따파 카밀이 주도한 정치로부터의 종교 분리운동, 즉 터키 민족주의 운동을 목격하게 되었다.

로마(1934 - 1935)에서는 이태리 문학을 읽으며, 유럽문명을 직접 접할 기회를 가지게 되었다. 그는 학생의 입장에서 음악, 사진, 연극 등 서구 문화의 면면들을 배웠는데, 이때는 마치 어둠에서 광명으로 나온 듯한 기분이었다고 야흐야 학끼는 말했었다.[48]

서구 문명에 매료되면서부터 야흐야 학끼는 오히려 조국과 이집트 민중에 대한 생각에서 항상 떠나지 않았고, 하루하루를 어렵게 살아가는 불쌍한 민중들을 항상 동정하게 되었다.

1939년 로마에서 귀국한 그는 위와 같은 모든 감정을 그의 최대 걸작인 『움무 하쉼의 램프』를 통해서 표출하였던 것이다.

4) 카이로 근무(1935 - 1949)

외무부 본부 근무 시절 그는 시인 알 - 무타납비를 연구한 저명한 학자 마흐무드 샤키르와 두터운 교분을 쌓게 되었고, 그와 함께 아랍의 대표적인 고전과 시를 함께 읽는 시간이 많아졌다. 그때부터 그는 아랍어의 위대성과 아랍어가 갖고 있는 신비에 깊은 관심을 갖게 되었다고 한다.[49]

그는 펜을 들기 시작한 이후로 장식적인 문체에 대한 혁신을 항상

---

48) Ibid., p.42.
49) Ibid., p.45.

생각하고 있었고, 새로운 문체의 창안에 남다른 열정을 가졌었다.

이것이 소위 말하는 정확성, 깊이, 진실성을 특징으로 하는 '과학적 문체'[50] – 'Uslu:b al – `Ilmi:로서, 작가 자신이 작품에 적용하기도 하였으며,[51] 다른 사람들에게도 과학적 문체에 관심을 가질 것을 주장하기도 했다.

그는 의미에 아주 적합한 단어나 문장을 찾기 위해 30 – 40번의 연습을 거친 후에 선정할 정도로 정확한 단어나 문장을 사용하기 위해 고심하였다.

5) 제2차 해외 근무(1949 – 1953)

그는 해외 공관으로 다시 부임하여 1949년에 파리 근무를 시작으로 터키의 앙카라와 리비아의 벵가지에서 근무하였고, 1954년에 외국 여성과의 결혼으로 외무부를 떠났다.

파리 주재 일등 서기관으로 재직했던 파리에서 야흐야 학끼는 카이로나 제다, 터키, 심지어 로마에서도 경험하지 못했던 자유를 만끽하였고, 파리에서 그의 인생의 새로운 반려자인 프랑스 여인을 만나 1954년에 결혼하여[52] 외무부를 떠나 상공부로 자리를 옮기게 되었던 것이다.

야흐야 학끼는 외무부 근무 당시인 37세 때인 1942년에 이집트

---

50) `Abd al – Fata:ħ `Uthma:n, al – 'Uslu:b al – Qiṣṣaṣi: `Inda Yaħya: ħaqqi:, (al – Qa:hira: Maktaba al – Shaba:b, 1990), pp.37 – 67. 참조.

51) 과학적 문체가 두드러진 작품으로는 『안녕히 주무셨습니까?』와 『안타르와 줄리아트』 등이 있다.

52) Miriam Cooke, op.cit., (1987), p.4.

여성과 결혼하였으나, 불행하게도 그의 아내는 딸 누하(Nuha)를 낳고 3개월 뒤에 병사하는 바람에 그는 정신적인 충격을 받았었다.[53] 그는 아내의 죽음으로 인한 비통한 마음을 알-사까파(al-Thaqa:fah) 잡지에 『나빌라로의 죽음(al-Maut 'Ila: Nabi:la)』이라는 제목의 글로 표현하였다.[54]

한편, 그의 외동딸 누하는 외할머니와 외숙모에 의해 성장하여 1992년 12월 아버지가 사망한 후 아버지의 제자와 함께 아버지의 뒷얘기인 『야흐야 학끼 회상록(Yaḥya: ḥaqqi: - Dhikraya:t Maṭwiya:)』을 다르 수아드 알-싸바흐 출판사에서 출간하였다.

6) 국내 근무(1954-1970)

외교관직을 그만둔 후 그는 상공부, 국가계도부 등에서 근무하면서 비교적 직업적으로 한가한 시간을 빌려 작품에 몰두할 수 있는 기회를 갖게 되었다. 1955년에 단편집 『피와 진흙』과 역시 단편집인 『무능력자들의 어머니』[55]를, 그리고 그의 유일한 장편인 『안녕히 주무셨습니까?』를 각각 출간하였다.

또한 이집트 대중 예술 발달에 크게 기여하면서 자서전인 『하느님께 맡겨라』를 1956년에 출간하였고, 1958년에 국립도서관 고문

---

53) 『움무 하쉼의 램프』, op.cit., (1975), p.44.

54) Yu:suf al-Sha:ru:ni:, Sab'u:n Sham'ah fi: ḥaya:t Yaḥya: ḥaggi: (al-Hai'ah al-Miṣriyyah al-'A:mmah Lil-kita:b, 1975), p.61.

55) al-Sa'i:d al-Waraqi:, 'Ittija:ha:t al-Qiṣṣa al-Qaṣi:rah fi: al-'Arabi: al-Mu'a:ṣir fi: Miṣr, (al-Hai'ah al-Miṣriyyah al-'A:mmah Lil-kita:b, 1979), p.246. 중산층의 생활과 대비하여 하류 계층의 고난과 투쟁을 묘사한 단편집으로 평가받는 작품이다.

을 끝으로 공직에서 완전히 물러나 집필에 몰두하게 되었다. 그리하여 1960년에 네 번째 단편집인 『안타르와 줄리야트』를, 그의 최초의 문학평론집인 『이집트 소설의 여명(Fajr al – Qiṣṣa al – Miṣriyyah)』을 각각 출간하였다. 또 1961년에는 그의 걸작 중 하나인 『빈 침대(al – Fira:sh al – Sha:ghir)』를 문학 저널인 알 – 카팁(al – Ka:tib)에, 두 번째 평론집인 『비평의 제 단계(Khaṭwa:t fi: al – Naqd)』를 각각 발표하였다.

1962년부터 1970년까지 문학잡지인 알 – 마잘라(al – Majalla)의 편집장으로 근무하면서, 야흐야 학끼는 이 잡지를 통하여 많은 젊은 작가들을 일반 대중에게 소개함과 동시에 많은 저서를 출간하였다.

특히, 이 기간 동안에 수필집인 『사고와 미소』, 『눈물 그리고 미소(Dama` Fabtisa:ma:h)』, 『콘서트에 오라(Ta`a:l Ma`i: ’Ila: al – Kunsir)』, 『여행자 손에 든 가방(ḥaqi:ba fi: Yad Musa:fir)』을 각각 출간하였다.

알 – 마잘라 잡지의 편집장을 그만둔 후에도 그는 수필집과 문학 평론집을 잇따라 발표한 후[56] 1977년에 출간된 사우디아라비아의 작가 무함마드 울완의 단편집인 『빵과 침묵(al – Khubz wa al – ṣamt)』의 서문을 끝으로 작품 활동에서 손을 떼었다.

여기서 그의 비평과 수필 활동에 관하여 언급할 필요가 있다. 왜냐하면 야흐야 학끼는 단편작가로서 출발하여 단편소설로 명성을 얻은 것은 사실이지만, 앞서 언급한 그의 많은 평론과 수필도 이집트 문학사에서 결코 간과될 수 없는 중요한 의의를 갖고 있기

---

56) 『음지에 있는 사람들(Na:s fi: al – ẓill)』, 『연인들의 향기(`Itr al – ’Aḥba:b)』, 『단순에의 축가(`Unshu:da Lilbasa:ṭa:h)』, 『오! 라일, 오! 라일(Ya! Lail, Ya! Lail)』 등을 발표하였다.

때문이다.

그는 비평[57]을 통하여 이집트 문학의 토대 정립에 노력하였으며, 이집트 문학이 나아갈 방향을 명확히 제시한 다음, 그와 같은 토대와 방향을 실제로 자신의 창작 활동에도 반영한 점이 매우 중요하다고 본다.

비평 활동의 주요 내용을 보면 다음과 같다.

현대학파의 핵심작가인 마흐무드 따히르 라쉰(1894 – 1954)이 1926년에 첫 번째 단편집인 『플루트의 아이러니(Sukhri:ya:t al-Na:y)』를 발표하자, 야흐야 학끼는 그다음 해에 평론을 발표하여 이집트 평론계의 선구자가 되었다.[58] 그 후에도 계속해서 라쉰의 두 번째 단편집 『남들이 그러는데(Yahka 'Anna)』(1930) 등과 함께 타이픽 알-하킴, 나집 알-리하니, 무함마드 후세인 하이칼, 무함마드 타이무르, 무쓰따파 마흐무드 등의 작품들을 비평하였고,[59] 투르게네프 등 외국 작가의 작품들도 비평하였다. 이러한 그의 비

---

57) 야흐야 학끼의 비평 연구에 관한 주요 참고 자료는 다음과 같다.
   1) David Semah, op.cit., (1974)
   2) Miriam cooke, op.cit., (1984)
   3) Yahya: haqqi:,op.cit, (1987)
   4) 『비평의 제 단계』, op.cit., (1961)
   5) Mustafa: I.Husayn, Yahya: haqqi: Mubdi'an wa Na:qidan, (al-Majlis al-'Awwala al-Funu:n wa al-'Ulu:m al-'Ijtima:'iyyah, 1968)
   6) 'Abba:s Khidr, al-Qissa al-Qasi:ra fi: Misr Mundh Nasha'tiha hatta 1930, (al-Da:r al-Qaumi:ya Littiba:'ah wa al-Nashr, 1966)
   7) 'Izz al-Di:n al-Makhzu:mi:, "Yahya: haqqi: Na:qidan", (M.A, Univ. of Cairo, 1983)
58) 'Abba:s Khidr, op.cit., (1966), p.255.
59) Miriam Cooke, op.cit., (1984), p.92.
   상호 보완적인 장점을 발견하고 단점을 보충하여 줌으로써 이집트 문학을 더욱 광범위한 문학세계로 높였던 그의 변호적인(apologetic) 역할과 현명한 비평을 함으로써, 문학은 물론 사회도 반드시 발전해야 한다는 사회 – 정치적 역할을 수행하였다.

평 활동의 결과는 『이집트 소설의 여명』과 『비평의 제 단계』에 모두 수록되어 있다.

또한 그가 비평가로서 이룩한 성과 중에서 가장 중요한 점은, 그가 선배 동료 작가들의 생애와 작품에 관하여 처음 언급함으로써 특히 이집트 단편 문학의 성장에 기여할 만한 창작 활동을 하였던 그들에 대한 가치가 이집트 문학사에서 재발견된 것이다. 그는 이사 우바이드와 쉬하타 우바이드 형제의 작품과 생애를 처음 소개하였고, 라쉰의 단편집 『남들이 그러는데』와 그의 소설 『아담 없는 이브』와 같은 우수한 작품들을 야흐야 학끼가 그의 평론집에서 거론함으로써 그냥 지나쳐 버릴 수도 있었던 우수한 작품들에 대한 관심을 다시 일깨워 줄 수 있었다.

또한 야흐야 학끼가 재평가함으로써 부상한 작가로는 무쓰따파 압드 알 - 라지끄를 들 수 있다.[60]

특히, 야흐야 학끼는 『이집트 소설의 여명』에서 이집트 단편 발달의 역사를 자세히 밝혀 주고 있는 문헌적 가치를 남겨 주었다. 여기서 그는 이집트의 단편 발달에 결정적 공헌을 한 현대학파에 관해 자세히 조사함으로써 이집트의 소설 탄생에 관해 언급한 최초의 문학가로서 평가받고 있다.[61]

그는 '라우하트(Lauḥat)'라는 새로운 스타일의 수필을 여러 문학 잡지와 신문에 발표하였다. 이것은, 수필과 단편소설을 결합함으로써 그가 개발한 독특한 장르인 소설적 수필로서, 문학과 관련된 다양한 주제를 다룬 것이다. 이것은 그의 또 다른 문학형식에 대

---

60) 『이집트 소설의 여명』, op.cit., (1960), pp.190 - 195 참조.
61) Muṣṭafa: I. Husayn, op.cit., (1968), p.113.

한 도전으로 간주되며, 평론과 함께 앞으로 더욱 연구할 가치가 있는 독특한 분야에 속한다.

소설적 수필은, 그가 젊은 시절에 이집트의 소설가이며 극작가인 무쓰따파 루뜨피 알-만팔루띠(1876-1924)의 영향을 받아 개발한 것이다.[62] 알-만팔루띠는 유려하고 음악적인 문체의 수필을 통하여 현대 아랍산문의 발달에 크게 공헌한 작가로, 1916년에 『눈물들(al-`Abara:t)』, 1921년에 『눈길들(Naẓara:t)』을 각각 출간하였는데,[63] 이 작품들을 야흐야 학끼가 탐독한 것이다.

약 40년 이상의 작품 활동을 했던 야흐야 학끼는 수차례나 있었던 라디오와 텔레비전의 인터뷰를 제외하고는 실제로 1970년부터 거의 공식석상에 나타나지 않고 있다가, 1992년 12월 9일 노환으로 카이로의 한 병원에서 민족주의자이며 외교관으로서, 그리고 단편소설가, 수필가, 문학평론가로서의 그의 인생을 마감하고 영면하였다.

그는 1969년 이집트 문학 공로상을, 1970년에 프랑스 예술 문학상, 1990년에 킹 파이잘 세계 문학상을 각각 수상한 바 있는데, 이는 그의 작품에 대한 평가로서 그의 작품이 이집트 단편소설 발달에 끼친 공로를 크게 인정하는 것임을 반증하는 것이라 하겠다.

다른 작가들에 비해서 그의 작품의 양이 많지 않다고 해서 그의 소설 세계의 협소성을 의미하지는 않는다고 사브리 하피즈가 주장한 바 있는데,[64] 이는 그의 작품 분석을 통해 밝혀지는 사상적 토대와 예술성을 고려할 때 타당한 주장이라 하겠다.

---

62) Yu:suf al-Sha:ru:ni:, op.cit., (1975), p.13.
63) John A. Haywood, Modern Arabic Literature 1800-1970, (London: Lund Humphries, 1971), p.127.
64) Sabry Hafez, op.cit., (1978), p.46.

제3장

근대화의 갈등과 화해

야흐야 학끼의
생애와 문학

قنديل أم هاشم

يحيى حقي

1798년 프랑스의 침공으로 인한 충격의 결과로 이집트가 민족 유산의 재발견이라는 민족적 자부심을 회복함과 아울러 근대화를 추진하면서 발생한 문제들 가운데 핵심적이고 중요한 문제는 과학과 종교 간의 갈등과 개혁과 보수 간의 갈등 두 가지로 요약될 수 있을 것이다.

　신정일치(神政一致) 체제하의 이집트에서 과학과 종교 간의 갈등은 동서양이 만남으로써 필연적으로 야기되는 가치관의 혼란으로 지식인들이 겪는 위기이며, 개혁과 보수 간의 갈등은 국가가 주도하는 전반적인 사회 개혁에 대한 기존의 가치 체계와 생활 방식의 혼란으로 나타나는 민중의 우려와 불신에서 비롯된 것이다.

　그러므로 근대화로 인한 갈등은 시대적 반영이며 결과이다. 야흐야 학끼는 후술할 것처럼 위와 같은 갈등의 문제를 취급했던 여타 이집트 소설가들과는 다르게 그의 독특한 문체와 감동을 주는 내용으로 신중하고 진지하게 새로운 각도에서 접근했다. 중편 소설 『움무 하쉼의 램프』는 이미 아랍 고전(古典)의 위치에 있으며, 장편 소설 『안녕히 주무셨습니까?』는 그의 예술성이 최고 수준에서 유감없이 발휘된 작품이다. 두 작품 모두 뛰어난 상징성이 가미된 사실주의 작품으로, 그의 주요한 문학적 특성 중의 하나인 이집트 정신이 매우 잘 살아 있는 역작(力作)들이다.

　나일 강을 중심으로 기원전 4000년경부터 찬란한 파라오(Pharaohs) 문명을 이룩하였던 고대 이집트인들은 7세기 아랍인의 점령 이후 점차 아랍화(化), 이슬람화(化)되어 왔다. 9세기 중엽부터 이집트에 등장한 중앙아시아 출신의 터키족은 이슬람화를 거쳐 1250년 맘룩조(朝)를 건설했고, 마침내 1517년 오스만 터키에 의해 점령된 이집트는 이민족의 지배를 받게 되었으나 이슬람은 여전히 보호되어 왔다.

그러나 1798년에 행해진 프랑스의 원정은, 그 점령이 3년여에 불과했지만, 이집트인들에게 충격과 파문을 일으켰다. 이슬람과 고유문화에 대한 각성과 함께 프랑스 문화와 유럽 과학의 우월성을 인식하게 되면서 무슬림 국가와 사회는 고유문화 체제 속에서 더 이상 살아갈 수 없는 운명에 처하게 되었다. 특히, 19세기 후반 서구의 문화와 과학, 기술을 소개하는 저술, 신문 및 간행물을 통하여 유럽의 강대함에 대한 인식이 확산되었다.[65]

나폴레옹의 이집트 침공 후 실질적으로 프랑스를 퇴각시키는 데에 큰 공헌을 했던 마케도니아(Macedonia) 출신의 터키인 무함마드 알리는 이집트 내의 세력 불균형을 이용하고[66] 민중의 지지와 영국의 묵인하에 1805년 결국 오스만 술탄에 의해 이집트 총독으로 인정을 받게 되었다.

그는, 서방 문물을 받아들여 오스만 제국과는 별도로 독자적인 개혁을 단행하였고, 1952년 나세르의 혁명에 의해 멸망할 때까지 이집트 세습 왕조를 이루었다. 그러나 그의 후계자들인 사이드(1854 – 63년 재위)와 이스마일(1863 – 79년 재위)이 근대화 추진 과정에서 방만한 국가 운영으로 재정 파탄을 가져오게 하였으며, 결국 타우픽(1879 – 92)시대에는 외세인 영국의 내정 간섭을 받게 되었다.

---

65) Albert Hourani, op.cit., (1991), p.302.

66) Ibid., p.273.

영국의 이집트 보호가 1922년 끝나고 새 헌법이 1923년에 선포되면서 독립 주권 국가로서 입헌군주제가 채택되었으나, 실질적으로 영국군은 잔류하고 있었고, 상황에 따라 이집트 국내 문제에 여전히 영국이 간섭하고 있었으며, 이집트 왕실은 무능하고 부패해 있었다.

마침내, 카이로의 무질서를 이유로 1952년 7월 군사 쿠데타에 의해 과거와의 단절로서 왕정(王政)이 무너지고 공화정(共和政)시대가 도래하게 되었다. 아랍 민족주의에 의한 아랍 단결을 주창하고 아랍 사회주의에 입각한 광범위한 사회 개혁이 자말 압둘 나세르(1918 - 70)에 의해 주도되었던 것이다.

이와 같이 다소의 성격의 차이는 있으나 무함마드 알리시대부터 이미 이집트의 근대화가 추진되었다. 이집트 자치 정부에 의한 개혁이건 영국에 의한 간접적 개혁이건 간에 근대화 추진 과정에서 외래 문물의 도입과 마찰, 경제적 혼란의 발생, 그리고 영국의 내정 간섭과 영향력 증대 등으로 이슬람 성법(聖法)인 샤리아(al - Shari`a)에 의해 모든 분야가 지배되는 전통 사회의 기반이 흔들렸으며(이중 사회 dual society 형성 등),[67] 제2장에서 언급한 바와 같이 민족주의 성장 및 이슬람 개혁 운동이 발생하게 되었다.

7세기 이후 약 14세기 동안 아랍 민족의 정신적 지주로서 중동 사회의 모든 분야를 지배해 왔던 이슬람은 19세기부터 근대화의 물결이 밀려오자 강하게 저항하였다. 아랍에서 정치와 종교의 특수한 관계는 이슬람의 탄생 과정에서 아랍 국가가 성립되었다는 역사적 배경에 근원을 두고 있다.[68]

---

67) Ibid., p.98.

근대화된다는 것은 서구 유럽 국가들과 비슷한 정치적, 사회적 생활을 갖는다는 것이다.[69] 따라서 이집트의 근대화는 서구 국가처럼 내생적(內生的) 발전 과정이 아니라 외생적(外生的)인, 즉 서구의 충격에 의해서 진행되는 과정으로 그 근대화 작업이 착수되었다. 그러므로 전통 사회와의 단절은 불가피한 것이었다. 이러한 갑작스런 단절은 모든 생활 영역에 적지 않은 충격과 갈등을 불러일으켰다.[70]

어느 나라, 어느 사회에서나 근대화 추진은 시대적 요청이며, 근대화에 따른 갈등은 필연적 부산물이다. 이미 언급한 바와 같이 근대화 추진 과정에서 나타난 갈등의 중심 테마와 관심도는 서로 상이해도 이집트 작가들이 그와 같은 갈등 문제를 문학에 반영하는 데에 주저하지 않았음은 확실하다. 특히, 야흐야 학끼는 이집트와 이집트인을 사랑하고 이집트의 고유문화와 유산에 보다 많은 관심과 자부심을 가진 작가였다. 그 갈등이 외부에서 비롯된 것이든 내부에서 발생한 것이든 간에 그 정신적, 도덕적 위기를 극복하기 위해서는 무엇보다도 이집트 정신의 강화와 무장이 필요하다고 보았다. 이런 바탕 위에서만 갈등과 진정으로 화해할 수 있고 사회에 동참할 수 있으며, 따라서 사회는 발전할 수 있다는 것을 야흐야 학끼는 암시하였다.

본 3장에서는 이러한 이집트 정신을 야흐야 학끼가 작가로서 어떻게 문학에 반영하였는가를 그의 출세작 『움무 하쉼의 램프』와

---

68) 송민호, 아랍 세계의 근대화에 관한 연구, (서울: 한국외국어대학교 대학원 박사학위 논문, 1983), pp.90 - 91.
69) Albert Hourani, op.cit., (1991), p.344.
70) 송민호, op.cit., (1983), p.7.

그가 가장 아끼는 유일한 장편 소설인 『안녕히 주무셨습니까?』를 통하여 분석하고자 한다.

『움무 하쉼의 램프』는 알-사이이다 자이납을 중심으로 뿌리 깊은 전통과 믿음 속에서 성장한 주인공 이스마일이 영국과 그의 조국 이집트를 배경으로 서구의 문명과 가치와 충돌하면서 겪는 갈등을 묘사한 작품이다. 주인공 이스마일은 당시 나태한 민중을 사전에 올바르게 인도할 대비책 없이 혁명적인 사회변화를 바라는[71] 1930 - 1940년대의 지식인을 대변한다고 볼 수 있다. 국가와 민족의 주체성 또는 동질성을 잃지 않고 그 시대와 공존하며 살아가는 문제는 작가 자신의 문제이자 의문이었다.

이 작품의 집필 동기에 대해서 작가는 다음과 같이 언급했다.

> 나는 서구 문명을 직접 체험했다. 1934년부터 로마에서 부영사로 재직하였는데 서구 문명을 최초로 접촉하게 된 기회였다. 그곳에서 4년을 보내면서 많은 느낌을 받았고, 귀국해서 『움무 하쉼의 램프』를 통해 그 느낌들을 글로 표현하고자 노력했다.[72]

해외 근무에서 얻은 여러 가지 느낌과 경험이 이 작품을 나오게 만든 것이다.

장편 『안녕히 주무셨습니까?』는 작가가 알-사이이다 자이납을 떠나 알-사이드에서 근무하면서 경험한 또 다른 세계에 대한 표현이다. 즉 작가는 가난한 시골 농촌 생활과 자연에 관하여 많은 것을 느끼게 되면서 조국과 민족이라는 개념과 만나게 되었다.

---

71) Fu'a:d Duwa:ra, 'Asharat 'Udaba:'i Yata addathu:na, (Da:r al-Hila:l, 1965), p.113.
72) 'Abd al-Fata:h 'Uthma:n, al-ira:'a al-ada:ri: fi: al-Riwa:ya al-'Arabiyya, (al-Qa:hira: Da:r al-'Ada:la, 1990), p.77에서 재인용.

변화 또는 혁명이 이집트인들에게 주는 의미는 무엇인가? 작가는 일찍이 혁명이 사상 예술 문화생활에 끼치는 영향으로부터의 두려움에 관하여 표현했다.[73]

이집트 정신에 대한 작가의 입장이 가장 명확히 나타나고 있는 작품으로서 이 두 작품은 모두 뛰어난 상징성을 특징으로 하며, 작가 자신이 알-사이이다 자이납과 가까운 곳에서 태어났고 알-사이드에서 근무한 경험을 살린 자서전적 요소가 매우 짙은 작품이라 할 수 있다.

1. 『움무 하쉼의 램프(Qindi:l 'Umm Ha:shim)』[74]

『움무 하쉼의 램프』[75]는 1939에서 1940년에 걸쳐 쓰였고, 1944

---

73) Mu ammad Ru:mi:sh, Ya ya: aqqi: wa Thau:rah Yu:li:u: 1952, (al-Hila:l, 1990. 2), p.22.

74) 『움무 하쉼의 램프』, (al-Qa:hira: al-Hai'ah al-Miṣriyyah al-'A:mmah Lil-kita:b, 1975), pp.57-122.

75) 움무 하쉼'Umm Hashim: 예언자 무함마드의 손녀이며 제4대 정통 칼리파 알리의 딸인 자이납의 별명이다. 자이납(알-사이이다 자이납)은 많은 무슬림들에게 기독교인들의 성모(聖母)와 같은 이미지를 주고 있고, 그녀의 이름을 딴 사원은 신자들이 가장 많이 찾는 성지 중 하나이다. 하산과 후세인의 누이인 자이납은 연설과 웅변에 능하였으며, 후세인과 함께 이라크의 카르발라(Karbala) 전투에 참가했을 정도로 용맹스러웠다. A.D.682년 카이로에서 사망하여 자이납 사원에 안장됐다.
사람들은 그녀를 움무 하쉼(하쉼의 어머니) 또는 움무 알-아와지즈('Umm al-'Awa:jiz) '무능력자들의 어머니'라고 호칭하고 있다.
Yu:suf al-Sha:ru:ni:, Sab'u:n Sham'ah fi: ħaya:t Yaħya: ħaggi:, (al-Hai'ah al-Miṣriyyah al-'A:mmah Lil-kita:b, 1975), p.20.
'Isma:'il 'Abd al-Fattaħ, Qindi:l 'Umm Ha:shim Yaħya: ħaggi:, (al-Qa:hira: al-Hai'ah al-'A:mmah Lil-'Isti'ula:ma:t), p.6.
Fatma M. Mahmoud, The Arabic Novel in Egypt(1914-1970), (GEBO, 1973), p.34.

년 이끄라 Iqra' 시리즈로 처음 출판되어 그 후 중판을 거듭한 야흐야 학끼의 최대 걸작이자 출세작이다. 특히, 민족유산의 영향이 매우 강했던 40년대를 배경으로 사건이 일어나고 있기 때문에[76) 큰 화제를 불러일으켰던 작품이다.

이 작품은 상징적 사실주의[77) 성격을 지니고 있으며, 형식과 내용 면에서 볼 때 주인공의 조카인 일인칭 화자의 한정된 관점을 통해 서술되는 13개의 짧은 장으로 이루어진 중편 소설에 해당된다.[78)

1944년 출간된 후 종교 사상가인 사이이드 꾸뜹(1906 – 1966)이 『움무 하쉼의 램프』에 관한 최초의 비평을 알 – 리살라(al – Risa:la) 잡지에 게재한 후에[79) 국내외로 수많은 평론이 발표되어 좋은 평

76) `Abd al – Fata:h `Uthma:n, op.cit., (1990), p.101.

77) M. M. Badawi는 상징적 작품으로, The Lamp of Umm Hashim, (Leiden: JAL I, 1970), p.146., Muḥammad H. `Abd `Allah는 분석적 사실주의 작품으로 al – Wa:qa`iya fi: al – Riwa:ya al – `Arabiya:, (al – Hai`ah al – Miṣriyyah al – `A:mmah Lil – kita:b, 1991), p.408., Yu:suf Naufal은 상징주의 작품으로, al – Fann al – Qiṣṣaṣi Baina Jilai ṭaha ḥusain wa Najib Maḥfu:z, (al – Qa:hira: al – Hai`ah al – Miṣriyyah al – `A:mmah Lil – kita:b, 1988) p.161., ṭaha Wa:di:는 사실주의 분석에 입각한 상징주의 소설로, ṣu:ra al – Mara' fi: al – Riwa:ya al – Mu`a:ṣira, (al – Qa:hira: Da:r al – Ma`a:rif, 1980) p.119., al – ṣai:d al – Waraqi는 기록적 사실주의 al – Wa:qi`iyyah al – Tasjiliyyah의 첫 번째 이정표로, `Ittija:ha:t al – Riwa:ya al – `Arabiya: al – Mu`a:ṣira, (al – Hai`ah al – Miṣriyyah al – `A:mmah Lil – kita:b, 1982), p.80., J. Brugman은 인상주의와 사실주의를 결합한 작품으로, An Introduction to the History of Modern Arabic Literature in Egypt, (Leiden: E. J. Brill), p.266., `Ali al – Ra:`i:는 사실주의 단계에서 상징적 단계로 전환한 작품으로 Dira:sa:t al – Riwa:ya al – Miṣriya, (al – Hai`ah al – Miṣriyyah al – `A:mmah Lil – kita:b, 1979), p.173.를 평가하며, 그 이외에도 사실주의 경향에 대한 언급이 많다(R. C.Ostle(ed.), Studies in Modern Arabic Literature, (England: Aris of Phillips Ltd, 1975), p.102.

78) 송경숙, 전완경, 조희선 공저, [아랍 문학사], (서울: 송산출판사, 1992) p.432. 대부분의 아랍 학자들은 단편으로 간주하나, M. M. Badawi, op.cit, (1970), p.145, Roger Allen, Modern Arabic Literature, (Introduction ⅩⅩ, 1987), Pierre Cachia, An Overview of Modern Arabic Literature, (Edinburgh Univ. Press, 1990), p.108, Sasson Somekh, The Changing Rhythm, (E. J. Brill, 1973), p.32 등 서구 학자들은 중편으로 보고 있다.

79) Fu'a:d Duwa:rah, "Lima:dha: `Ara:da: Sai:d Quṭb Jald Yaḥya: ḥaqqi:"(al – Muṣṣawar, 1992. 12), p.53.

가를 받았다. 그 가운데 작품의 예술성에 대한 평가를 간추려 보면 다음과 같다.

무함마드 씨디끄는 『움무 하쉼의 램프』만큼 아랍어뿐만 아니라 그 밖의 다른 언어로 쓰인 작품 가운데 예술적 경제성과 기법을 자랑하는 단편은 없다[80]고 하였으며, 바다위는 리얼리즘(reallism)과 판타지(fantasy)의 특이한 혼합, 해학과 시적 이미지, 신비주의 경향, 예술적으로 흠 없는 문체 등으로 이 작품을 이미 현대 아랍 문학의 고전이라고 극찬하였다.[81]

또한 마흐무드 타이무르는 인간적 모델과 지역적 사건을 택하여 야흐야 학끼 인생을 가장 정확히 묘사함으로써 그의 예술성을 대표한다고 평하였고,[82] 심미적 결실(Aesthetic Achievement)이라 덧붙였다.[83] 그리고 작가의 견해가 가장 솔직하게 표현된 작품으로,[84] 사실주의와 상징주의의 혼합이 뛰어나다[85]고 평가하였다.

이 작품의 주제는 근대화 추진 과정에서부터 아랍에 유입된 서구의 과학 문명과 동양의 정신문명 간의 갈등과 조화 또는 화해에 관한 문제이며,[86] 이는 현대 아랍 문학의 주요 주제 가운데 하나이다.

---

80) Muḥammad Siddiq, "Deconstructing, The Saint's Lamp", (JAL ⅩⅦ, 1986), p.126.
81) M. M. Badawi, "The Lamp of Umm Hashim: The Egyptian Intellectual Between East and West", (JAL Ⅰ, 1970), p.145.
82) Yu:suf al - Sha:ru:ni:, op.cit, (1975), p.40.
83) Sasson Somekh, op.cit., (1973), p.32.
84) Shukri: Ayyad, al - Ru'yat al - Muqayyadat, (al - Hai'ah al - Miṣriyyah al - 'A:mmah Lil - kita:b, 1978), p.197.
85) Yusu:f al - Sha:ru:ni:, op.cit., (1975), p.180.
86) M. M. Badawi, op.cit., (1970), p.161.
Pierre Cachia, op.cit., (1990), p.108.
Sasson Somekh, op.cit., (1973), p.32.
al - ṣa'i:d al - Waraqi:, op.cit., (1982), p.81.

즉, 나폴레옹 군대의 침공으로 아랍 세계에 등장한 서구에 대한 알-아즈하르 학자들의 반발과 동시에 서구의 과학적 발전에 대한 놀라움이 19세기 초 무함마드 알리와 이집트 문예부흥을 주도한 리파아 알-따흐따위(1801 - 1873) 이래로 오늘날까지 사상가와 문인들 사이에서 끊임없이 제기되는 논쟁의 대상이 되어 왔다. 다시 말하면, 서구로부터 무엇을 취하고 무엇을 버릴 것인가, 서구 문명을 그대로 받아들일 것인가, 아니면 서구 문명을 거부하고 자신의 유산과 문화를 고집할 것인가, 아니면 보다 이상적이고도 바람직한 해결책은 없는가 하는 문제이다.

아랍 작가들은 19세기 초부터 주로 파리나 런던에 유학하면서 서구의 과학과 물질문명을 접하게 된 아랍의 청년이 겪는 문화적 충격과 전통 이슬람 가치와 서구적 가치 사이의 혼란, 그들이 다시 고향에 돌아왔을 때에 발생하는 부조화, 이질감의 문제 등으로 아랍인들이 보여준 다양한 반응을 작품에 표현하였다.[87]

'Abd al-Fata:ḥ 'Uthma:n, (Da:r al-'Ada:la,1990), p.77.

Sabry Hafez, "The Rise & Development of the Egypyian Short Stories(1881 - 1970)", (Ph. D. Univ. of London 1979), p.265.

David Semah, op.cit., (Leiden: E. J. Brill,1974), p.98.

Roger Allen, Modern Arabic Literature, (New York: The Ungar Publishing Co., 1987)

Jala:l 'Ami:n, "al-'Aṣa:lah wa al-Mau'a:ṣarar Baina Yaḥya: ḥaqqi: wa al-taib ṣa:lih", (al-Qa:hirah: al-Hila:l, 1993. 1), p.106.

「Cultural Studies Quarterly」, 1992, p.115.

Khairi: Shalabi:, "Fann Mar'ah Yaḥya: ḥaqqi: 'Istinsha:q 'Atr al-'aḥba:b", (al-Qa:hirah: 'Adab wa Naqd, 1991. 8), p.38.

Na:dir 'Adli:, "Raṣi:duh al-Si:nama: Thala:Thah 'Afla:m wa Thulth", (al-Qa:hirah: Niṣf al-Dunya:, 1992. 12), p.65.

Fatma M. Mahmoud, op.cit., (1973), p.31.

87) 작품의 내용과 평가에 대하여 참조한 주요 문헌은 다음과 같다.
① M. M. Badawi, op.cit.,(1970), ② R. C. Ostle(ed.), op.cit.,(1975), ③ Fatma M. Mahmoud, op.cit., (1973), ④ al-ṣa'i:d al-Waraqi:, op.cit., (1982), ⑤ Muḥammad ṣiddiq, op.cit., (1986), ⑥ Muḥammad ḥasan 'Abd 'Allah, op.cit.,

대표적 작품들을 선정하여 작품의 내용과 성격, 사상을 알아보면 다음과 같다.

(1) 리파아 알 – 따흐따위는 1834년에『파리를 간추려 금을 뽑아냄(Takhli:s al – `Ibri:z fi: Talkhi:s Ba:riz)』을 발표하여 이 분야의 선구자적 인물로 평가되었지만, 그의 작품은 찬란한 유럽의 과학 문명과 유럽인들의 삶과 사회 현상 등에 관해 서술함으로써 문학적 가치보다는 사상적 측면에 가치가 있는 작품이었다.

(2) 이집트 정부가 파견한 서구 유학단의 일원이었던 알리 무바락(1823 – 1893)의『종교의 깃발(`Alam al – Di:n)』(1888)은 아즈하르 출신의 진취적인 쉐이크인 주인공 알람 알 – 딘의 서방 세계로의 여행을 통해 어떤 면에서는 유럽 문명에 대한 찬탄을 보여주는 계몽적 수준의 소설이었다.

(3) 아랍의 설화 문화 유산 중의 하나인 마까마 부활 운동의 대표적 작가인 무함마드 알 – 무와일리히(1858 – 1930)가 발표한『이사 븐 히샴의 이야기(ḥadith `Isa: bn Hisha:m)』(1907)는 동ㆍ서 문화를 비교하기 위해 파리로 떠나는 기행문 형식으로 근대 소설에 보다 근접한 작품으로, 작가는 서구의 물질주의 우월성을 인식하고 서구의 과학과 기술을 권고하였으나, 맹종으로 빚어질 도덕적 악영향에 대해 강력하게 경고했다.

(1991), ⑦ Roger Allen, The Arabic Novel, A Historical and Critical Introduction, (1982), ⑧ 송경숙, 전완경, 조희선, op.cit., (1992), ⑨조희선, op.cit., (1992). 302.

이 작품에서는 주로 윤리적인 측면이 강조되고 있다.

(4) 아랍의 대표적인 극작가이며 소설가인 타우픽 알-하킴(1898-1987)의 『동방에서 온 새(`Uṣfu:r min al-Sharq)』(1938)는 서구의 물질주의와 마르크시즘에 대한 동양의 정신과 이슬람의 승리를 보여주는 작품이다. 즉 작가는 서구 문화에 대해 비판적인 반응과 서구 문화가 동양에 끼치는 악영향을 제시하였다.

(5) 수하일 이드리스는 레바논 작가로, 1954년에 『라틴 구역(al-ḥayyi: al-La:ti:ni:)』을 발표하였는데, 이 작품에서 그는 동·서양의 문화적 대립과 갈등을 다루면서 개성과 남녀 관계의 자유 등 심리적 측면을 강조하였다.

(6) 알-따이입 쌀리흐(1929-)는 수단의 대표적 작가로, 1969년 『북으로 이주하는 계절(Mawsim al-Hijra 'ila: al-Shama:l)』을 발표했다. 이 작품은 주인공인 무쓰따파 사이드가 자신의 뿌리에 대한 필연적인 탐색을 시도하면서 동·서양의 가치들을 화해시키려고 하다가 실패한 후 나일 강으로 불가사의하게 사라져 버리는 것으로 끝이 난다.

위에 언급한 것 이외에도 무함마드 후세인 하이칼(1888-1956), 타하 후세인, 무함마드 압드 알-할림 압둘라(1913-1970) 등 아랍의 대표적인 문인들도 본 주제에 관한 작품들을 발표했다.

초기의 작품들은 예술성이 떨어지고 알-따이입 살리흐를 제외한 대부분의 작가들이 동·서양 간의 문명적 갈등과 동양정신의

양상을 제시하거나 동·서양의 비교 우위 장점을 주로 다룬 것을
볼 수 있다.

금세기인 1920 - 1930년대에는 전술한 바와 같이 사회의 격변으
로[88] 이집트 민족주의가 출현한 후 유럽 문명을 받아들이느냐 마
느냐 하는 중대한 질문은 이집트가 주체성을 잃지 않고 어떻게 이
새로운 문명적 현상에 대처해야 하는가 하는 질문으로 바뀌었다.
다시 말해서, 현대 문학 주제의 하나로 과학과 종교 간의 갈등 또
는 서양의 물질주의와 동양의 정신주의 간의 갈등, 아랍 문명과
서양 문명의 대결 등으로 다양하게 표현되고 있지만, 야흐야 학끼
가 여기서 다루는 주제는 구체적으로 서구의 물질주의가 바탕이
된 과학 문명과 이슬람 신앙을 포함해서 이집트 민족정신과 자신
의 고유 유산에 대한 믿음 간의 충돌과 갈등이며 그 해결이다. 야
흐야 학끼가 제시하는 해결은 자기 것에 대한 믿음과 사랑이 있을
때에만 서구 과학에 의한 개혁은 성공하며 불행을(작품 속에서는
여주인공 파띠마의 시력 상실과 같은) 초래하지 않는다는 것이다.

야흐야 학끼는 현대 문학에서 새로운 관점으로 이집트주의[89] 또
는 이집트 정신을 창출하는 문제에 접근하고 있는 것이다.

리파아 알 - 따흐따위와 무함마드 압두 세대를 거쳐 보다 발전된
예술 형식을 통해 그 다음 세대들의 여러 반응과 견해들이 위와
같이 지속적으로 제시되었고, 그들 가운데 이 문제에 더욱 관심을
가진 작가가 야흐야 학끼이며[90] 알 - 따이입 쌀리흐와 더불어 높은

---

88) H. Kilpatrick, "The Arabic Novel, a Single Tradition?", (1974, Jal V), p.101.

89) Sabry Hafez, "The Fiction of Y. Haqqi", (Azure, 1978), p.47.

90) Issa J. Boullata, Critical Perspectives on Modern Arabic Literature(1945 - 1980), (Three Continents Press, 1980), p.48.

사상과 예술성을 지녔다는 호평을 받고 있다.[91]

작가는 어느 한 인터뷰에서 "마치 내가 『움무 하쉼의 램프』 이외의 다른 작품은 쓰지 않았던 것처럼 오직 이 작품만으로 나의 이름이 거론되고 있다"[92]고 말할 만큼 이 작품은 그를 대표하는 작품으로, 극명한 차이를 보여주는 두 세계를 묘사하면서 그의 문학적 특성인 이집트 정신을 가장 두드러지게 나타냈기 때문에 더욱 유명해졌다.[93]

야흐야 학끼의 소설은 항상 알-사이이다 자이납 동네와 알-사이드 농촌을 배경으로 전개된다. 알-사이이다 자이납 사원과 광장은 이집트의 유산, 전통, 가치가 손상됨이 없이 그대로 살아 숨 쉬는 곳으로, 그곳의 민중과 생활 방식, 믿음은 곧 이집트 전체의 민중과 생활방식, 믿음을 대변한다. 따라서 작가가 작품의 배경을 이곳으로 선정함으로써 이집트 정신이 살아 있는 이집트 민족 문학의 창출과 함께 보편성 있는 가치를 함축한 작품으로 예술적으로 승화시키는 데에 성공했다. 『움무 하쉼의 램프』는 바로 알-사이이다 자이납 동네를 배경으로 쓰인 작품 가운데 제일 우수한 작품이다.

이 이야기는 이렇게 전개된다.

주인공 이스마일[94]의 어린 시절이 작품의 첫 번째 배경에서 제시되고 있다.

---

91) Jala:l 'Ami:n, op.cit., (1993. 1.), p.107.

92) Fu'a:d Duwa:rah, op.cit., (1965), p.100.

93) Yu:suf al-Sha:ru:ni:, op.cit.,(1975), p.96.

94) 주인공의 이름 이스마일은 인도 주재 이집트 대사였던 친구 이스마일 카밀 Isma'il Ka:mil에서 힌트를 얻었다. 작가의 눈에 그 친구는 동·서양 간의 교량을 대변하고 있었다.
Fu'a:d Duwa:rah, "Fann Bal 'Umm Ha:shim", (al-Qa:hirah, al-Hila:l, 1992. 11), p.116.

뿌리 깊은 전통 사회구조와 이슬람 신앙 속에서 성장한 주인공 (이스마일)이 영국에 유학하여 서구의 과학을 배우면서 정신적·도덕적 위기를 겪게 되고 마침내 그는 그 위기를 극복하여 새로운 가치관을 가지고 귀국한다. 귀국 후, 그는 당연히 전통적인 가치관과 충돌하였으며, 사회로부터 고립된다. 그러나 민중들을 사랑하기 시작하면서 과학의 실패 원인을 발견하고, 따라서 믿음이 뒷받침된 의술을 실행함으로써 서구의 과학을 동양(이집트)의 정신과 조화, 화해시키게 되고 사회와 융화된다. 치료에 성공한 애인(파띠마)과 함께 행복한 가정을 이룬다는 것이 주된 내용이다.

이제 작품을 주제와 관련하여 자세히 분석하고자 한다.

작가는 첫 페이지부터 작품의 무대와 인물의 선정과 묘사 등 작품의 목적에 부합되는 상황 설정에 역점을 두었다. 즉 그는 동·서양 갈등과 그로 인한 위기라는 작품의 성격에 걸맞도록 사건의 무대와 주인공의 선정에 매우 신중함을 보여주고 있으며, 이것은 독자의 공감을 불러일으키고 독자를 작품 속에 동참케 하려는 의도를 엿보이게 한다.

주인공 이스마일의 부친인 라잡 압둘라는 미신과 성인(聖人) 숭배 사상이 강한 이집트의 한 시골에서 태어나서 성장하였으며, 그의 아들 역시 이러한 배경을 가지고 있는 시골에서 태어나 가족과 함께 카이로로 이주하여, 알-사이이다 자이납 동네에서 성장하였다. 우선 이스마일이 보수적인 시골 출신이라는 점에 주목할 필요가 있다. 시골은 순수성 'Aṣa:la의 상징이며, 역사가 그대로 보존되어 있고, 흙과의 직접적 연결이 연상되는 곳이다. 알-사이이다 자이납 동네 또한 이집트의 서민들이 밀집해서 모여 사는 곳으로 이집트의 정신적 유산과 전통을 보존하고 있는 대표적인 지역이다.

이곳에는 동양(이집트) 정신과 민족 유산을 상징화한 램프가 걸려 있는 알-사이이다 자이납 사원이 있다. 특히 알-사이이다 자이납 사원과 그 주변 광장에서 일어나는 생활은 어린 소년의 마음속에 깊은 인상을 심어 주었다.

따라서 이스마일은 전통적인 동양 사상과 정신을 간직하게 되었으며, 깊은 신앙심과 스승에 대한 존경심, 조화와 인내의 윤리적 특성이 그에게 스며들어 동양의 도덕을 갖춘 인물이 되었다.[95]

또한 이스마일은 버릇없는 상류층의 동료들보다 더 남자답고 말도 유창했으며, 그들보다 학업 성적이 월등했다. 그리하여 두 형들과는 달리 이스마일은 식구들의 커다란 기대와 남다른 대우를 받으며 성장했다. 이와 같은 가족 내에서의 그의 특별한 위상과 성장 배경은 앞으로 특별한 인물이 될 것이라는 기대감을 불러일으켰으며, 그의 인생에 극적 역할을 담당하게 되었다.[96]

두 번째 무대는 알-사이이다 자이납 광장이다. 이스마일이 일등을 할 때마다 동네에서는 선물들이 오갔으며, 할머니는 분향하면서 움무 하쉼에게 열심히 절을 하였다. 이와 같이 이스마일은 알라와 움무 하쉼의 보호를 받으며 자랐으며, 그의 인생은 이곳 동네와 광장 울타리 안에 모두 자리잡고 있었다. 따라서 나일 강에 나가서 여기저기를 산책하는 것은 그에게 더없이 큰 즐거움이었다.

희미한 어둠이 깔리면 방문객들과 낯선 사람들이 자취를 감추면

---

95) 『움무 하쉼의 램프』, op.cit., (1975), p.61.
96) M. M. Badawi, op.cit., (1970), p.148.

서 광장은 원래의 모습으로 돌아온다. 사원으로 고개를 돌리면 바람에 흔들려 커졌다 작아졌다 하는 등잔의 심지처럼 약해졌다 밝아지는, 그리고 주위를 감싸며 발산하는 불빛을 바라볼 수 있었다. 이것이 바로 사원 위에 걸려 있는 움무 하쉼의 램프이다. 그 불빛은 어느 벽이든 밝게 비춰주고 있다.

광장은 지친 몸과 피곤한 눈을 지닌 창백한 모습의 사람들로 다시 웅성거린다. 아낙네들이 구성지게 목청을 올려 물건을 사라고 외쳐대고 있다.97)

거지들은 여기저기 아무 곳에 기대거나 누워서 잠을 잔다. 그들은 "인생의 나무에서 떨어져 큰 가지들 밑에서 썩어갈 열매"98)처럼 어느 곳에서 왔는지 또 어느 곳으로 갈는지 아무도 모른다. 가난한 여자에게 누덕누덕 기운 헌 옷 꾸러미를 던져주면 그녀는 순식간에 어디론가 사라져 버린다.

그리고 눈먼 조미료 장수, 올챙이배를 한 피클즈 장사꾼, 선반공 이야기가 나온다. 그러나 장사꾼들의 외침도, 거지들의 모습도 이스마일에게는 조금도 이상한 것이 아니었으며, 바닷물의 빗방울처럼 군중 속에 자기 자신을 자연스럽게 휩싸이게 하며 그들과 하나가 되었고, 동정심과 애정이 그를 언제나 감싸 주고 있었다.

세 번째 무대에서 사춘기에 접어든 이스마일은 가슴이 두근거림을 느낀다.

사람들과의 접촉을 피하고 고독으로 괴로워하였지만, 사원을 찾아드는 여인들로부터 야릇한 즐거움을 느끼기 시작했다. 이스마일

---

97) 『움무 하쉼의 램프』, op.cit., (1975), p.66.
98) Ibid., p.67.

은 '흐르는 물에 목욕하는 즐거움'을 맛보았고, 그녀들의 땀과 향수 냄새는 그의 기분을 상하게 하지 않았다.

사원을 찾는 사람들 중에는 매춘부들도 있었다. 이스마일은 특히 정기적으로 이곳을 찾아오는 한 소녀에게 관심이 쏠렸다. 그녀는 가무잡잡한 피부와 곱슬머리, 얇은 두 입술을 가지고 있는 나이마였다. 다른 여자들과는 달리 그녀는 말이 없었고, 몸은 호리호리하였다. 예외 없이 모든 여자들이 인생을 포기한 듯한 촐랑거리는 걸음걸이였으나, 그녀만은 정신과 육체의 여왕인 양 확실한 발걸음을 내딛었다. 그녀는 너무나 매력적이었다.

한편 사원에는 움무 하쉼의 램프에서 기름 한 방울을 얻어 눈을 치료하려는 남자와 여자들이 찾아오곤 하였다. 이스마일도 사원을 자주 방문하면서 사원의 안내인으로 있는 다르디리(Dardiri) 영감을 알게 되었고, 그들은 친구가 되었다. 밤 예배를 마친 후 이스마일은 절묘한 유머와 깊은 감동을 주는 인물로 묘사되고 있는 다르디리 영감으로부터 그 사원이 간직하고 있는 성(聖)스런 상상력이 넘치는 아름다운 신비와 초자연적인 이야기들을 듣게 되었다. 아무에게도 누설하지 않았던 비밀 이야기였다. 그에게는 다르디리 영감이 정신적인 아버지나 다름없었다.

"이스마일! 방문 축일 밤, 성 후세인이 이맘 알−샤파이와 이맘 알−라이스와 함께 와서 성 파띠마와 예언자의 부인이신 아이샤와 사키나를 영광스럽게 맞이했지. 그들은 머리 위로 휘날리는 초록색 깃발들을 든 채 말을 타고 도착하였으며, 그들의 소매에서 사향과 장미 냄새가 진동하였지. 그때 그들은 성 자이납의 좌우에 앉아 법정을 주재하셨단다…… 그날 밤 눈을 어지럽히는 불빛이 사원 저 위에 걸려 있는 램프에서 빛을 발하고 있었다. 나는 눈을 들어 그것을 바라볼 수 없었단다. 그날 밤 그 기름은 눈병을 낫게 하는 비밀을 갖고

있었지. 이것이 내가 가엾다고 충분히 인정할 만한 사람들에게 주는 이유란
다."99)

그리하여 모든 질병을 치료할 수 있는 비밀을 간직한 기름(oil)이
들어 있는 램프는 모든 이의 믿음의 빛이 되었다. 램프가 주는 상
징적 의미는 정신적 명상을 통하여 그가 세속적 감정을 승화시키
려고 노력하는 것이며,100) 이는 곧 다르디리 영감이 묘사하는 놀라
운 사실 때문에 이스마일이 대중의 유산을 받아들일 것임을 예견
케 한다.101) 이와 같은 감각적 경험과 정신적 경험이 동시에 일어
난 해는 그의 사춘기 때인 고교 시절이었다.

네 번째 무대에서는 이스마일이 대학 입학시험을 보았으나 그와
가족 모두가 희망했던 의과 대학 합격 점수에 미달돼 실패하고 만
다. 이를 고민하던 이스마일의 아버지에게 친구가 나타나 해외 유
학이 유일한 해결책이라고 조언하지만, 해외 유학은 그의 가정에
엄청난 경제적 부담을 줄 것이다. 추운 날씨에 필요한 옷과 여행
비는 물론, 해외에서의 매달 생활비 등이 문제였다. 그러나 아들의
장래를 위해서 가족 모두가 경제적으로 희생할 각오를 한다. 여기
서 작가는 이스마일의 유학에 관한 가족들의 각양각색의 반응을
간략하지만 재미있게 묘사하고 있다. 어머니는, 그곳이 눈으로 덮
인 곳이고, 악마의 교활함과 술수를 갖고 있는 사람들이 우글대는
곳이라고 걱정한다.102) 유럽에 있는 여자들은 거의 벗은 채로 다니

---

99) Ibid., pp.73 - 74.
100) Sabry Hafez, op.cit., (1979), p.267.
101) 'Abd al - Fata:h 'Uthma:n, op.cit., (1990), pp.78 - 79.
102) 『움무 하쉼의 램프』, op.cit., (1975), p.77.

고, 매력적이며 유혹에 뛰어난 사람들이라고 듣던 파띠마도 역시 놀랐다.[103) 보수적인 동양의 가정으로서는 당연한 기우인 것이다.

이와 같은 가족들의 걱정과 망설임은 유럽에 대한 뿌리 깊은 두려움뿐만 아니라 유학에 따른 경제적 어려움과 종교적 우려를 담고 있었다. 마침내 아버지는 가족들의 두려움을 가라앉히기 위해서 이스마일과 고아가 되어 혼자 살고 있는 그의 조카인 파띠마 알-나바위야와의 결혼을 발표한다.[104)

이스마일은 마음이 썩 내키지는 않았지만 묵묵히 부모님의 지시에 따를 수밖에 없었으며, 그 후 가족들은 그가 떠나기 전에 한자리에 모여서 이스마일에게 정신적 지주인 가정의 응집력과 가치를 그의 의식 속에 재확인시켜 주는 등 영국으로 떠날 준비를 서둘렀다.

> "가족들이 말없이 슬픈 마음으로 모여 앉았다. 가슴은 찢어질 듯했고 눈물이 흘러내렸다. 이윽고 아버지가 아들에게 말했다.
> 내가 네게 줄 충고가 있다. 이곳에서와 같이 종교를 이국땅에서도 엄격히 지키며 살아라. 만일 네가 부주의하게 처신이라도 한다면 네가 어디로 끌려갈지 모르게 될 거다.
> 얘야! 우리 가족 모두의 바람은 네가 우리 가문에 부끄러움이 없도록 성공해서 돌아오는 게야. 네가 알다시피 난 늙게 되고, 넌 우리 모두의 희망이다. 유럽 여자들을 조심해라. 그 여자들은 너와 같은 사람들은 아니고, 너 또한 그들과는 다르지 않니."[105)

이와 같이, 그의 가정은 자유스러운 유럽 문명에 대한 보수적인 동양 문명의 시각을 대변하고 있다. 그들의 눈에 비친 유럽 문명

---

103) Ibid., p.77.
104) Ibid., p.78.
105) Ibid., pp.77 - 78.

은 분열되어 있고 괴상하며 악마와 같은 것이었기에, 앞으로 이스마일에게 닥칠 위험은 물론이고, 낯선 곳에 대한 두려움을 갖지 않을 수 없었다. 이스마일 역시 가정과 조국이 있는 동양을 등지고 미지의 세계인 객지(서양)로 떠나게 되어, 약간의 위기의식을 느끼지 않을 수 없었다.106)

다섯 번째 무대에서는, 영국으로 떠나는 배에 오르기 전 알-사이이다 자이납 광장의 기억들이 묘사되고 있다. 개미처럼 움직이는 광장의 사람들, 머리를 숙인 채 서 있는 다르디리 영감, 사원 울타리에서 50개의 촛불을 꾸미겠다고 맹세하면서 회개하며 은총을 비는 나이마, 울음소리로 뒤덮였던 가족과의 이별 등등.

이스마일의 유럽에서의 경험과 유학은 7년간 계속되었다. 뒤에서 언급하겠지만, 이스마일의 양심을 상징하는 창녀 나이마가 인내와 믿음으로 하느님의 용서를 얻어 새로운 인생을 찾게 되는 데에는 역시 7년이 필요했다. 작품 속에서 7년은 하나의 신화적인 숫자로서, 7은 '완성'의 의미를 가지고 있다. 그 완성이란, 이스마일의 진리 추구에 대한 노력의 완성이며, 과학을 동반한 믿음은 발전을 기약하는 기둥임을 의미한다.107)

여기서 유럽의 여러 국가들 중 이집트를 지배했던 영국을 작가가 왜 굳이 선정했는지 의문이 제기될 수 있다. 주인공은 반영(反英) 감정 없이 유학했고, 메어리(Mary)와의 관계에서도 이 점에 대한 언급은 없다. 이는 서구 문명에 대한 작가의 긍정적 시각과 아이러니

---

106) Ibid., pp.80 - 81.

107) 'Aḥmad 'Ibra:hi:m al - Hawa:ra, "Qara:'ah Naqdiyyah fi: Qiṣaṣ Yaḥya: ḥaqqi:", (Fuṣu:l, al - Hai'ah al - Miṣriyyah al - 'A:mmah Lil - kita:b, 1982. 9), p.61.

기법에 의한 작품의 효과를 기대하는 것이라고 설명할 수 있다.

그리고 그의 경험담은 이집트 귀국 후 플래시백 기법으로 설명되고 있다. 그러나 그가 유럽에서 보낸 7년간의 경험의 결과는 무엇이었나? 그가 원래의 모습으로 남아 있는가?

여섯 번째 무대에서는 이스마일의 귀국을 이야기한다. 그의 외모와 의식은 유럽 문명의 영향을 받아 엄청나게 변했다.

> "7년이 흘렀고, 배가 돌아왔다. 머리를 치켜들고 영리해 보이는 얼굴로, 배의 트랩을 뛰어 내려오는 스마트하고 키가 훤칠한 저 젊은이는 누구인가? 그는 이스마일 바로 그 사람이었다. 아니, 실례의 말씀이다. 그는 이스마일 박사님이시다. 안과 전문의로서 영국의 여러 대학에서 보기 드문 우수한 두뇌와 독특한 기술을 인정받은 박사님이시다."[108]

이스마일은 유럽의 과학을 가지고 돌아왔다. 유럽 문명의 영향을 받아, 뭔가 어색하고 겁이 많던 그는 옛날과는 대조적으로 우아하고 적극적이며 산뜻한 청년이 되어 돌아왔다. 그러나 이러한 외모의 변화와 의식의 변화는 영국에서 쉽게 얻어진 것은 아니었다. 진정한 고통과 체험의 결과였다. 유럽 문명과의 격렬한 투쟁이 있었고, 마침내 유럽 문명이 승리하여 이스마일의 정신과 사상을 차지했다. 이 모든 것이 그곳 문명의 상징인 메어리의 영향을 받아 일어났던 것이다.

동료 여학생이었던 메어리는 동양인인 이스마일의 제한된 세계를 변화시킨 장본인이었다. 그녀는 활기 있는 생활, 전통과 굴레로부터의 자유, 개인주의, 완전한 자신감, 과학과 인간주의, 현실적

---

108) 『움무 하쉼의 램프』, op.cit., (1975), p.83.

사고, 내세보다는 현세에 대한 강한 믿음, 예술과 음악, 그리고 자연의 아름다움에 대한 감상 등을 그에게 강조하였다.[109]

화자는 서로 다른 두 개의 문명에서 정신과 사고, 그리고 행동의 차이들을 두 사람의 대화로써 분명히 나타냈다.

"어느 날 그가 그녀에게 말했다.

내가 걸어갈 계획을 내 인생에 정해 놓았을 때에야 나는 비로소 편안할 수 있어. 그러자, 그녀는 웃으며 대답했다.

이스마일 씨! 인생이란 이미 마련되어 있는 설계가 아니에요. 항상 새롭게 변화하는 투쟁이에요.

그가 앉으라고 권할 때마다 그녀는 일어나 걷자고 주장했다. 그가 결혼에 관한 이야기를 하면, 그녀는 사랑에 관해 이야기했다. 항상, 종교와 관습, 그리고 값비싼 코트를 걸어 둘 옷걸이를 붙잡고 기댈 곳을 찾았지만, 그럴 때마다 그녀는 옷걸이에 의지하는 사람은 누구나 전 인생을 그 코트에 걸어 둔 채 그 옆에 앉아 그 옷걸이의 노예로 남아 있게 된다고 했다. 당신의 옷걸이는 자기 자신 안에 갖고 있어야 한다고 주장했다. 그녀가 가장 두려워했던 것은 속박이었고, 그가 가장 두려워하는 것은 자유였다. 처음에는 그녀가 자신을 그에게 준다는 것에 이스마일은 당황했고, 그의 이런 모습을 아이로니컬하게도 그녀는 비웃었다. 그는 사람들을 의심했고, 항상 그들의 진심을 저울질했으며, 그들이 자기를 어떻게 생각할지를 걱정했다. 그에게서 공손 이상의 것을 원치 않았던 사람들에게 겉으로는 누구에게든 예의바른 점에 있어서는 문제가 없었다⋯⋯. 그녀는 모든 사람들을 좋아했지만, 모두 똑같은 관심을 두지는 않았으며, 만남 그 자체를 좋아했고 우정의 문제는 뒤로 미뤘다. 그리고 나서 그녀는 허약·불만·오만·사악·우울·위선을 가지고 있는 사람들을 무참하게 제거함으로써, 이러한 무리들로부터 벗어나 정말 자기가 좋아하는 무리들을 부추겼다."[110]

유럽의 물질문명은 이와 같은 사회적 측면에서의 행동만을 공격한 것이 아니라 동양의 도덕적 가치관과 감정 등 주인공의 의식도 아울러 연관시켰다.[111]

---

109) M. M. Badawi, op.cit., (1970), p.149.

110) Ibid., pp.86 - 87.

이스마일은 메어리의 사악한 공격 앞에서 주춤거리며 번민했다. 그녀의 말은 자기 몸의 일부를 잘라 내는 칼과 같다고 느끼던 어느 날 문득 의식이 깨어났을 때 자기의 마음이 완전히 파멸되어 있음을 알게 되었다. 그에게 있어 종교는 대중을 다스리기 위하여 만들어진 하나의 미신일 뿐이었고, 인간의 마음은 그 힘을 발견할 수 없었기에, 행복은 대중과 분리된 별개의 것으로서 행복에 도전해야만 얻을 수 있다고 생각하게 되었다. 대중 속의 하나가 된다는 것은 하나의 약점이고 저주였다.

이처럼 그가 정신적인 위기를 맞이하고 있을 때 유럽 문명의 물질주의가 그를 지탱하여 주고 있는 것이 엿보인다. 메어리는 또다시 그 정신적 공허감을 물질적 공세로 채우려고 노력하면서 등장한다.[112]

다행스럽게도 그는 유럽에 갔던 많은 고향의 친구들이 겪어야 하는 그러한 고통을 극복하고 새로운 정신, 자신감, 확신을 갖게 되었다. 잃어버린 종교적 믿음은 과학에서 더 강한 믿음으로 대체되었다. 자신의 내부에서 무너지지 않았던 것이다. 이제는 천국의 미와 기쁨 대신에 자연의 미와 비밀을 생각했다. 그리고 메어리의 통제에서 벗어나기 시작했다. 이제까지의 사제지간의 관계에서 벗어나 대등한 입장에서 그녀를 상대했다. 이제 그는 격렬하게 타올랐던 심리적 갈등의 위기에서 벗어나 동양의 미덕인 침착성을 되찾게 되었다. 성격과 믿음의 극적인 변화가 있었고, 이 정신적 유산은 그를 추락으로부터 보호하였다.

---

111) Ibid., pp.87 – 88.
112) Ibid., p.89.

일곱 번째 장면에서, 이스마일이 메어리와 사랑에 빠졌던 시점에 가슴속에서 새로운 사랑, 즉 조국에 대한 사랑을 표출했다는 것으로 위의 언급을 더욱 뒷받침해 주고 있다.

> "잠들어 있는 그의 가슴을 메어리가 깨울 것인가? 이스마일은 이집트에 대해서는 아주 막연한 감정만을 갖고 있을 뿐이었다. 모래 속에 섞이어 그 안에서 자아를 상실하게 된 모래알처럼 느꼈다.
> ……그러나 지금은 그의 조국과 연결했고, 조국으로 끌어당겼던 긴 사슬의 고리처럼 자신을 느끼기 시작했다. 이집트는 악마의 지팡이에 의해 작은 마법에 빠져 있는 숲속의 신부처럼 그의 머리에 떠올랐다. 그러한 이집트는 신혼 첫날밤, 장신구와 보석으로 치장한 채 잠들어 있는 것이다. 이집트의 미를 볼 수 없는 눈, 그리고 그 향기를 맡을 수 없는 코는 저주받을 것이다."[113]

위와 같은 의식의 전환은 그의 조국에 대한 소속감과 사랑이 죽지 않고 잠재해 있었기 때문에 가능한 일이었고, 이국에서 새로운 위기에 직면하자 소생한 것이었다. 확고한 동양적 성장 배경이 유럽 문명과의 투쟁 속에서 그를 잘 보호해 주었다. 조국에 대한 그의 사랑은 단순한 감정적 사랑이 아니라 동양의 상징인 이집트에 대한 깊은 사랑이었고, 가족과 이집트인들을 포용하고 무지·빈곤·질병·오랜 압박의 희생으로부터 그들을 구제하는 긍정적인 애정이었다.

이스마일의 의식 전환에 있어 한 가지 놀라운 사실은 그가 서구에서 있었던 투쟁과 고통의 시기에 그곳에서 배운 덕목을 활용한 것이다.[114] 동양의 정신을 무너뜨리지 않았을 뿐만 아니라 오히려 동양 문명을 완성하여 서구 문명의 장점을 가지고 돌아왔다. 그는 이상주의와 애국심으로 가득 찬 마음으로 귀국했던 것이다.

---

113) Ibid., pp.91 - 92.
114) `Abd al - Fata:ḥ `Uthma:n, op.cit., (1990), p.88.

이스마일이 무지와 미신을 없애고 낙후된 이집트 사회를 개혁하고자 하는 열정은 알렉산드리아에서 카이로로 가는 기차 여행을 통해서 누렇게 파괴된 조국의 시골 모습을 바라보며 더욱 불타올랐다.[115] 그 열정이 강하면 강할수록 마음은 더욱 조급해지는 것이었다. 이러한 장면 묘사는 구세주 이스마일과 마술로 이집트를 긴 잠에 빠뜨린 악마와의 대결의 성격을 미리 암시하는 것이다.[116] 아이로니컬하게도 첫 번째 대결은 자신의 집에서 램프와 얽혀 일어난다.

여덟 번째, 아홉 번째, 열 번째 무대에서는 종교적 믿음으로 대변되는 파띠마와 과학적 믿음으로 대변되는 이스마일 간의 대결을 여러 단계로 상세히 묘사하고 있다.

유럽에 건너가서 까맣게 잊고 있었던 집안의 모습은 그를 실망시키고도 남았다. 석유램프, 여기저기 흩어져 있는 가구들, 돌바닥 위에 있는 카펫 항아리와 접시를 들고 떨고 있는 어머니, 촌티가 물씬 풍기며 안대를 하고 있는 파띠마의 모습……, 원시적인 방식들…….[117]

이제 두 문명의 싸움의 무대는 동양으로 옮겨졌다. 유럽의 과학(이스마일)은 동양에서 동양의 낙후·미신·무지·가난(파띠마)과 대립했다. 이스마일의 입장이 바뀐 것이다.[118]

그는 가족과의 재결합의 기쁨이 채 가시기도 전에 싸움에 돌입했고, 그의 어머니는 절규했다.

---

115) 『움무 하쉼의 램프』, op.cit., (1975), pp.93 - 94.
116) Sabry Hafez, op.cit., (1979), p.268.
117) 『움무 하쉼의 램프』, op.cit., (1975), pp.96 - 97 참조.
118) Ibid., pp.97 - 98.

"해외에서 배웠다는 게 고작 이거냐? 그래 불신자가 되어 온 것이 우리 모두
에 대한 보상이란 말이지"119)

　과학이라는 무기만으로 동양의 사상에다 서양의 과학을 강요할
수 있었나? 그는 유럽에서 배운 경험 과학만을 생각했지 심리적인
대결을 준비하지 않았기 때문에 첫 번째 대결에서 패배하고 만다.
그의 무지 탓이었다. 동양 유산의 뿌리들이 땅속에 깊게 박혀 있
는 것을 그는 알지 못했던 것이다. 그는 동양 문명의 본질과 긴
세월을 통해 이뤄진 문화를 전환하는 데에 인내와 많은 시간이 필
요하다는 것을 무시했다. 특히, 아랍(동양)에서는 전통 유산을 무시
하기가 어렵고, 이 유산과 함께 여러 가지 상황에서 미신과 무지
가 사람들의 정신을 지배하고 있다는 점을 잊고 있었다.120) 우리는
치료 방법에 관한 어머니와 아들의 대화를 통해서 배교자인 이스
마일의 입장과 방어자인 어머니의 입장을 보게 된다. 특히 우리의
관심을 끄는 것은, 두 문명의 싸움이 어려서부터 이스마일의 의식
속에 남아 있는 정신적 상징이자 민족의 유산인 움무 하쉼의 램프
를 중심으로 일어나고 있다는 점이다.121)

　이스마일은 어머니와의 성난 대화로는 만족할 수 없었다. 그는
어머니의 손에 든 움무 하쉼의 축복이 들어 있는 기름병을 부수었
다. 그러나 그는 이와 같은 부주의하고 무례한 행동은 오히려 자
신을 파괴할 뿐이라는 사실을 알지 못했다. 이렇게 어리석고 난폭
한 돌진으로는 오랜 세월 동안 민중의 의식 속에 살아온 믿음과

---

119) Ibid., p.100.
120) `Abd al-Fata::ḥ `Uthma:n, op.cit., (1990), p.100.
121) Ibid., p.89.

전통을 바꿀 수가 없었다.

그는 아버지의 지팡이를 들고 집 밖으로 뛰어나갔다. 어떤 값비싼 대가를 치르고서라도 이집트인들의 정신에 치명적인 타격인 무지와 미신과 싸우기로 그는 굳은 결심을 하며 사원으로 달려나갔다. 사원으로 가려면 광장을 횡단해야 한다. 광장은 수많은 사람들이 평상시와 마찬가지로 북적대고 있었다. 그는 야유와 분노의 감정에서 빠져나갈 수 없었다.

모두 아편의 희생자들 같았다. 저런 이집트인들은 말이 많고 우둔하며, 머리카락도 없고 수염도 없으며, 벌거벗었고 맨발이며, 그들의 오줌에는 피가 섞여 있고 대변에는 벌레들이 들어 있다.

그렇다면 이집트는 어떤가? 사막에서 썩어가는 진흙 부스러기에 불과했다. 파리와 모기떼들이 윙윙거리고, 비쩍 마른 물소 떼가 무릎까지 잠기는 진흙 속에 빠져 들어갔다. 광장은 소금을 뿌린 수박씨, 땅콩, 사탕, 케이크와 여러 종류의 파이와 달콤하고 푸석하게 부풀린 과자들을 파는 사람들로 가득 차 있었다.

그는 이런 모습에서 도망쳐 나와 사원으로 달려갔다. 램프가 걸려 있었다. 유리에 매달려 있는 흙과 줄에 까맣게 그은 그을음이 보였다. 숨 막힐 듯한 연기가 뿜어 나오고 있었다. 그곳의 불빛은 무지와 미신의 빛이 아니고 무엇이랴! 그는 더 이상 참을 수가 없었다. 자제력을 잃었다. 막대기로 램프를 박살냈다. 여러 차례의 종소리를 느꼈다. 유리조각이 여기저기 흩어졌다. 그러나 민중의 확고한 집단 이성은 살아 있었다.[122] 그 집단 이성에 의해 무참히

---

122) Fari:da al-Nuqa:sh, "Qindi:l 'Umm Ha:shim: al-Shafaqah 'Ala: Jaish al-Namal", (al-Qa:hirah: 'Adab wa Naqd, 1991. 8). p.85.

짓밟힌 그는 겨우 자기의 옛 친구인 다르디리 영감에 의해 구조될 수 있었다. 그는 마침내 주위와 단절됐고 집에 틀어박혀 있지 않으면 안 되었다. 그는 가족과 사회로부터 고립당하고 말았다.

그러나 그는 절망하지 않았다. 파띠마를 치료하기로 결심했다. 유럽의 과학이 있지 않은가? 유럽에서 이런 종류의 치료를 백 번 이상이나 해 보았고, 한 번도 실패한 적이 없었다. 파띠마는 아침·저녁으로 치료를 받았다. 수일·수주일이 지났으나 파띠마의 병세는 진전이 없었다. 의사가 민중으로부터 조롱의 대상이었고, 병으로 무너진 인간성의 소유자였기 때문이다.[123] 마침내 그녀의 두 눈은 빛줄기마저 잃게 되었다. 여기서 파띠마의 실명은 이스마일의 무지와 무능을 가리키는 것이다. 동료 의사들에게 자문해 보았지만 그들은 그의 치료 방법에 대해 아무런 이의를 달지 않았고, 치료를 계속하라고 충고했다. 이스마일은 과학으로 무장한 채 다시 일어섰지만 헛수고였다.

그는 과학으로 유럽의 문명을 고국에 보급하는 것이 그의 사명이라고 믿었지만, 단지 자신의 무지를 확인시켜 줄 뿐이었다.

열한 번째 무대에서는, 마침내 그가 집에서조차 견딜 수가 없어 도망쳐 나오는 장면이 묘사되고 있다. 그는 유럽에서 가지고 온 책과 의료기기들을 팔았고, 유럽 출신의 이프탈리아라는 부인이 소유하고 있는 작은 하숙방에 들어가 버렸다. 그러나 이집트에 있는 유럽인들은 그가 유럽에서 본 여자들과는 확실히 다른 사람들이었다. 그녀는 이스마일에게 유럽의 또 다른 면—추악한 모습—을

---

123) ʿAli: al–Ra:ʾi, <u>Dira:sa:t fi: al–Riwa:ya al–Miṣriyyah</u>, (al–Qa:hirah: al–Haiʾah al–Miṣriyyah al–ʿA:mmah Lil–Kita:b, 1979) p.163.

확실히 보여주었다. 그녀는 너무나 계산적이었고, 그를 이용하기 시작하여 아침 인사나 문 열어 주는 비용도 지불해야 할 판이었다. 전기를 아껴 써야 했고, 각설탕 하나도 어김없이 계산했다. 할 수 없이 자정까지 거리를 배회하지 않으면 안 되었다.

이스마일은 자이납 광장에 서 있는 자신을 발견했다. 파띠마의 얼굴을 보거나 목소리라도 들으려고 자기 집의 창문을 바라보곤 했다. 광장의 소리들은 하나도 변함없는 옛날 그대로의 외침이었다. 불쌍한 사람들이었다. 누구의 도움도 없었다. 그들은 남의 약점과 사기 행위를 보지 않는 사람들이다.

이스마일은 그의 믿음과 인생관에 대해서 전반적인 수정에 들어갔다. 그는 그 자신을 하나의 반항자나 구원자로서가 아니라 사회의 구조 안에 있는 한 개인으로 깨닫기 시작했다. 개인은 자기가 소속된 그룹으로부터 떠날 수 없고, 사회적 관계를 통해 영향을 받지 않을 수 없다는 것을 인식했다.[124]

여기서 작가는 동양 문명(정신적 풍요, 인간애, 사회적 유대감)을 동경하고 서양 문명의 해악(물질주의와 그 피폐, 정신적 공허, 인간성 결여)을 비난하는, 이스마일의 정신세계를 (이스마일 자신의) 내적 독백으로 솔직하게 표명하고 있다.[125]

실제로, 이스마일은 정신적 위기에 봉착한 자신을 발견했다. 램프와 기름이 그가 속한 사회의 믿음 속에 자리잡고 있으며, 아울러 그의 믿음을 과학에 희생시킬 수 없다는 것을 인식했기 때문이다.

열두 번째 장면에서는, 이슬람 성월(聖月)인 라마단 시기를 부각

---

124) al-Saʾi:d al-Waraqi, op.cit., (1982), p.84.
125) 『움무 하쉼의 램프』, op.cit., (1975), pp.112-113, 참조.

시키고 있다. 라마단에 코란의 계시가 처음 내려온 이슬람 권능의 밤이 왔고, 그날은 방문 축일이기도 했다. 성스러운 밤이었다. 그의 가슴 속에는 그 권능의 밤의 기억에 대한 이상한 동경이 있었다. 그는 그날 밤을 존경하며 다른 어떤 밤보다도 훌륭한 그날 밤의 가치를 믿으면서 성장했다. 그는 결국 다른 어떤 밤이나 심지어 축제 기간의 밤조차 오늘같이 신에 대한 귀의와 두려움을 느끼지 못했다. 정신적 유산의 가치와 소속감을 확신하고, 램프의 파괴는 중대한 정신적 범죄라는 사실을 새로이 인식하게 되었다.[126]

그는, 램프가 하나의 상징으로서 경험의 한 형태와 객관적으로 유사한 것이며, 더욱이 그것은 크게는 그의 주변 생활에서 작게는 그의 가족생활에서 특별한 신화를 형성한다는 것을 발견했다. 그래서 이스마일은 파띠마의 두려움과 망설임을 빼앗고 신화와 미신의 신비로운 구역에 침투하기 위하여 대화의 분위기를 조성한다.

그 계시의 밤에 그는 매춘부인 나이마가 50개의 촛불로 움무 하쉼에게 봉헌하는 것을 보았다. 그녀는 7년을 참으며 기다려 왔던 믿음을 가졌다. 그래서 하느님이 그녀를 용서해 주신 것을 보았던 것이다. 그 모습은 그가 떠났던 사회로 되돌아오기 위한 모색에 영향을 주었다. 그는 새로운 정신을 가지고 성전을 떠나면서 민중들이 '흙의 소금'임을 인식하였다.[127]

그는 한 병의 기름을 다르디리 영감에게 얻어서 자기 집으로 되돌아왔다.

그는 파띠마에게 그녀의 눈을 치료하기 위해 신성한 기름을 사

---

126) Ibid., p.117.
127) Ibid., p.118.

용할 것이라는 환상을 심어 주었다.[128]

그는 이 신성한 기름병의 이미지를 떠올림으로써 그의 이상한 치료법에 관한 그녀의 모든 의구심을 제거했다.

그리고 그는 유일한 치료 방법으로 사실상 현대 의학을 이용하게 된다. 현대 의학으로 치료할 때 기름이 등장하는 것은 환자와 의사가 자신감을 되찾는다는 상징적인 의미이다. 현대 과학의 시대에서 믿음은 모든 인간의 삶을 풍요롭게 하기 때문에,[129] 이스마일은 심리적인 장벽을 무너뜨리고 의사와 환자의 신뢰를 회복하기 위하여, 구두 약속의 방법을 통해 종교적 환상을 사용한다. 그렇게 되면 과학적 접근의 본질에 더욱더 가까워지는 것이다.

다시 말하면, 현실을 이해하고 올바르게 평가한다는 것은 어떤 변화나 수정이 발생하기 전에 중요한 조치를 취할 수 있는 접근을 가능케 한다. 변화의 과정은 어느 일방에게만 해당되는 것이 아니라 주체와 객체 모두에게 끼치는 상호 효과를 갖고 있는 것이다.

과학보다 더욱 강하고 우선하는 것이 있는데, 그것은 믿음이었다. 믿음 없는 과학은 없다.[130] 이스마일은 서구와 서구 과학을 끝까지 맹목적으로 고집하지는 않았다. 그는 자신의 전통 가치에 대한 강한 의식과 확신을 가지고 있었기 때문에, 서구의 가치들을 이해할 수 있었다. 그는 무엇보다도 우선적으로 하느님(종교)에 의지했고, 그 다음으로 학문(서구 과학)과 의술에 의지하였다. 이스마일은 동양과 서양의 가치들이 갈등에서 벗어나 진정으로 화해하고

---

128) Ibid., p.119.
129) Issa J. Boullata, op.cit., (1980), p.50.
130) Ibid., p.117.

결합하는 것을 인식한 것이다.

　작가는, 그의 평론집 『비평의 제 단계』에서 밝혔듯이,[131] 서양의 물질주의와 동양의 정신주의는 본질적으로 양립(兩立)하기 어렵다고 하였다. 이제 동양의 정신을 지니고 서양의 물질문명인 과학과 화해함으로써 동·서양 문화의 조화를 이룩하였다. 그의 의술은 종교적 신념과 민족에 대한 사랑으로 강화되었다. 그는 '믿음 없는 과학은 없다.'는 그의 말대로 믿음에 기초한 과학을 가지고 치료하였다. 뿐만 아니라 파띠마에게 먹고 마시고 앉고 입는 법을 가르쳐 사람으로 만들겠다[132]고 결심한다. 그는 파띠마와 결혼하여 축복받는 가정을 갖게 되었다.[133]

　유럽에 오랫동안 머무르는 동안, 작가는 조국에 대한 생각으로부터 항상 떠나지 않았다. 조국이란 그가 살았던 서민들의 애환과 숨결이 살아 있는 옛 동네이다. 작가가 말하는 끈질기며 감미로운 진정한 이집트인들의 정신이 흐르고 있는 것이[134] 바로 『움무 하쉼의 램프』이다.

　이제 작가가 어떻게 하나의 사상을 예술로 빚어내고 있는가를 몇 가지로 나누어 보기로 하겠다.

---

131) 『비평의 제 단계』, op.cit., (1976), pp.37 – 46 참조.
132) 『움무 하쉼의 램프』, op.cit., (1975), p.119.
133) 송경숙, 전완경, 조희선 공저, op.cit., (1992), p.433.
134) 『움무 하쉼의 램프』, op.cit., (1975), p.56.

1) 뛰어난 묘사력과 시적 분위기

당시의 단편 작가들 중 그 어느 누구도 감히 경쟁할 수 없는 탁월한 묘사력이 이 작품에서 돋보이고 있다. 즉 알-사이이다 자이납 광장 등의 생생한 주변 묘사, 이집트와 영국에서의 주인공의 심리적 갈등상태의 묘사, 동물에 대한 리얼한 시각적 묘사[135] 등이 작품에서 나타나는 시적 이미지와 함께 그의 아름답고 섬세하며 간결한 문체를 보여준다.[136]

어둠과 빛, 눈멂과 눈뜸은 이 작품의 주된 시적(詩的) 이미지이다. 또한 동물(닭, 개, 개미, 흰 새, 황소)과 나무, 물, 영혼 등의 다양한 은유와 직유는 신화적 요소 및 신비주의 요소와 더불어 이 작품에 시적 분위기를 더욱 자아내고 있다.[137] 그래서 아흐마드 바하자트는 그를 '단편을 쓰는 위대한 시인'이라 했다.[138] 특히, 의인화된 자이납 광장의 생활과 모습이 주인공 이스마일의 서로 다른 심리 상태에서 3회에 걸쳐 뛰어난 시적 감각으로 묘사되고 있는데, 이는 그의 심리 묘사의 탁월성을 보여주는 한 예이다.

부차적인 다른 주인공들, 예를 들면, 창녀 나이마에 대한 묘사도 매우 뛰어남을 보여주고 있다. (즉 나이마에 대한 자이납의 축복과 용서, 회개하러 사원으로 가는 모습 등).

---

135) Muṣṭafa: al-Saḥarati:, "Yaḥya: Ḥaqqi: al-'Insa:n al-Fanna:n", (Yu:suf al-Sharu:ni: (ed.), op.cit., 1975), p.47.

136) Issa J. Boullata, op.cit., (1980), pp.32-33.

137) Katrima McLean, "Poetic Themes in Yahya: Haqqi:'s Qindi:l Umm Ha:shim", (JAL XI, 1980), pp.80-87 참조.

138) 'Aḥmad Bahajat, "Yaḥya: Ḥaqqi: wa al-Ja:'iza", (Y. al-Sharu:ni: (ed.), op.cit., 1975), p.96.

2) 해학과 아이러니

아이러니는 야흐야 학끼 소설에서 예술적 구성의 핵심이다. 그의 작품에서는 극적 아이러니(dramatic irony)와 우주적 아이러니 (cosmic irony) 또는 운명의 아이러니(the irony of fate)를 사용한다.

『움무 하쉼의 램프』에서 작가는 주인공의 도덕적 위기를 심리적, 사실주의적 용어로 전개하면서, 독자가 주인공을 동정하면서 동시에 비웃게 하는 운명의 아이러니를 활용하고 있다.[139]

또한 그의 문체는 익살과 해학, 그리고 민중의 속담을 이용하는 경향이 있다. 군더더기가 없고 예술적으로 흠이 없는 소위 '과학적 문체'라고 하는 간결한 문체로 펜화처럼 배경을 묘사하는 것이 그의 문체의 특징이라 할 수 있다.

3) 상징성

제목 자체가(『움무 하쉼의 램프』) 말해 주듯이 이 작품은 상징적인 작품이다. 주인공들은 물론 사건이 갖는 고도의 상징성이 유감없이 발휘되고 있다.

주인공 이스마일은 금세기 변혁기의 이집트 또는 당시 지식인 세대를 상징한다고 보이며, 종국적으로 그는 깨어나는 이집트 정신으로 나타나고 있다.[140]

---

139) Sabry Hafez, op.cit., (1978), p.47.
140) 'Ali al - Ra:'i:, op.cit., (1979), p.162.

이스마일의 의학 공부와 안과 전문의를 작가가 선택한 것은 이 작품의 상징성의 실례이다. 의학은 가치관의 문제와 밀접하게 연관되어 있다. 영국에서 이스마일을 가르친 교수는 이집트는 '눈먼 나라'이기 때문에 이스마일을 필요로 하고 있다고 여러 번 언급하였다. 또 파띠마의 실명(失明)은 이스마일 자신의 무지를 의미하는 증거이다. 다른 사람들에게 빛을 회복시켜 주기 전에 이스마일 스스로 자신의 참된 빛을 먼저 보아야 했던 것이다.

이스마일의 아내가 되는 사촌 동생 파띠마는 오랜 역사와 유산으로 살아가는 전통적인 이집트를 상징한다.

메어리는 이스마일의 유럽 유학 시 동료 학생이자 친구로서 서구의 물질문명(물질주의)과 가치관(이기주의)의 상징이다.

전통적 관습과 미신에 매달리는 이스마일의 어머니 아딜라는 바로 이집트의 무지와 후진성을 상징한다.

사원에 와서 기도하는 창녀 중 하나인 나이마는 이스마일의 양심을 상징하며, 이스마일의 정신적 불안이 그녀의 모습으로 반영되고 있다.[141]

알-사이이다 자이납 사원의 움무 하쉼은 이스마일이 동·서양의 문화와 가치관을 서로 조화·화해시키고 자신의 뿌리를 회복하는 데에 결정적 역할을 하는 정신적 어머니이다. 이 사원은 이집트인들의 믿음이며, 램프는 그 믿음의 빛이자 이스마일의 믿음을 상징한다. 따라서 주인공의 램프 파괴는 이슬람과 이슬람 안에 같이 자리잡고 있는 민간의 종교적 믿음에 대한 공격을 의미한다.[142]

---

141) taha Wadi:, op.cit., (1980), p.116.
142) Roger Allen, op.cit.,(1982), p.127.

4) 신비주의

주인공 이스마일의 의식에서 신비주의의 뿌리를 보여주는 암시들이 이 작품에서 많이 나타난다. 그 가운데 한 대목을 인용해 보기로 한다.

> "그의 웃음소리가 목구멍에 잠기게 되면, 그의 두 눈에는 눈물이 고인다. 따라서 가슴앓이 환자들의 눈보다 더 표정이 풍부한 눈은 없다. 장난기 있는 사탄이 그 눈에서 당신에게 뛰쳐나올 것 같다. 그것은 모두 사랑과 이해이며, 쾌활하고 성미 좋으며 관용과 친절로 가득 차 있다. 마치 그것은 다른 어떤 것보다 먼저 당신에게 말하는 것처럼: 이 우주는 당신과 나만으로 이루어져 있지 않다. 그 안에는 아름다움, 여러 가지 비밀, 기쁨과 장려함들이 있다. 당신은 그것들을 찾지 않으면 안 된다. 찾아야만 한다……"143)

또한, 이 작품은 신비주의와 성인 숭배 사상의 색채로 이루어져 있다. 이 작품의 중심 무대인 알-사이이다 자이납은 성인의 무덤이며, 위대한 순례 장소이다. 신성(神性) 속에서 인간성의 자기 소멸을 가져오고 신의 은총을 받은 수피, 즉 성인의 추모에서부터 성장하는 신비주의 종단(宗團)은 도시의 중산층 사회로 그 세력을 확대했다.144) 농촌에서 도시로 이주한 많은 사람들에게 알-사이이다 자이납은 낯선 도시의 세계에서 유일하게 친근감을 보여주었다. 알-다르디리 영감이 이 작품의 3장에서 이스마일에게 들려주는 비밀 이야기는 그 신비성을 더해 주고 있다.

---

143) 『움무 하심의 램프』, op.cit., (1975), p.122.
144) Albert Hourani, op.cit., (1991), p.400.

5) 경제성

또한, 이 작품의 높은 예술성의 하나로 서술의 과감한 압축을 들 수가 있다. 예를 들면, 작품 5장은 '배는 떠났다.'로 끝나며, 6장은 '7년이 흘러갔다. 그리고 배는 돌아왔다.'로 시작된다.

불과 몇 페이지에 걸쳐 유럽의 모든 가치를 상징하는 메어리라는 여성과 이스마일의 관계를 플래시백 기법으로 과감하게 압축하여 서술함으로써 7년의 그곳 생활과 이스마일의 가치관의 변모를 축약하고 있다. 무함마드 씨디끄의 말대로[145] 엄청난 예술적 경제성이 아닐 수 없다. 이러한 압축과 경제성이 이 작품의 성공을 돕는 또 하나의 요소가 되는 것이다.[146]

위와 같이 작품의 성공을 돕는 여러 가지 요소 외에 그의 작품 속에 이집트의 옛 유산과 이집트 조국애와 민족정신이 살아 있는 기본적인 요소들을 작품의 주요 배경으로 등장시키고 있는 점과 더불어 그는 계몽소설 성격의 한계를 극복하고 예술적으로 훌륭한 작품을 완성하였다고 할 수 있다.[147]

---

145) Muḥammad ṣiddiq, op.cit.,(1986), p.126.

146) 송경숙, 전완경, 조희선 공저, op.cit., (1992), p.435.

147) 'Abd al-Fata:ḥ 'Uthma:n, op.cit., (1990), p.102.

2. 『안녕히 주무셨습니까?(sa:hh al－Naum)』

『안녕히 주무셨습니까?』는 1955년에 발표된[148] 야흐야 학끼의 유일한 장편소설로서, 그가 어휘 선택에 매우 신중한 작가임을 보여주고 있고,[149] 속어나 비어가 들어 있지 않은 순수하면서도 상징적인 문학 용어로 쓰인 상징주의 작품으로 평가되며,[150] 아랍 문학에서 대부분의 작가들이 침묵을 지켰던 1952년 7월 23일 혁명에 대해서 알－사이드(al－ṣaʿi:d)를 배경으로 그 혁명을 다룬 최초의 문학 작품이다.[151] 그러나 1954년에 집필된 이 작품은[152] 야흐야 학끼가 터키의 앙카라에서 외교관으로 재직 중에 발생한[153] 이집트 혁명에 관한 사회소설로서의 성격을 분명히 가지고 있기 때문에 역사소설이나 정치소설이 아닌 것은 분명하다.

---

148) 『안녕히 주무셨습니까?』, (al－Haiʾah al－Misriyyah al－ʿA:mmah Lil－kita:b, 1976), pp.7－154.

149) Na:ji: Naji:b, al－Nuju:ʾa ʾlla: al－ʿA:lamiya:, (Da:r al－Tanuwi:r Littiba:ʾa: wa al－Nashr, 1985), p.123.

150) Miriam Cooke (tr.), Yahya Haqqi, Good Morning and Other Stories, (IJMES, 1990. 11), p.496.
Fuʾa:d Duwa:rah, op.cit., (1965), p.116.
『움무 하쉼의 램프』, op.cit., (1975), pp.52－53.

151) David Semah, op.cit., (1974), p.141.
이 작품은 야흐야 학끼의 걸작 『움무 하쉼의 램프』와 함께 매우 뛰어난 상징주의 작품으로 평가받고 있다(Yu:suf Naufal, op.cit., p.161).

152) Yu:suf al－Sharu:ni:, op.cit., (1975), p.219.
Mustafa: Darwi:sh, Yahya: haqqi: Sittun ʿA:man Ra:ʾidan Lilqi ah, (al－Qa:hirah,: al－Hila:l, 1989. 11), p.89.
Mustafa: Darwi:sh, op.cit., (1990. 2), p.16.
Yu:suf Naufal, al－Fann al－Qissasi: Baina taha Husain wa Naji:b Mahfu:z, (al－Qa:hirah: al－Haiʾah al－Misriyyah al－ʿA:mmah Lil－kita:b, 1988)

153) Miriam Cooke(tr.), op.cit., (1990. 11), p.493.

1952년 혁명 이후 이집트에서는 작가들이 정치적 견해를 자유로이 표명할 수 없는 상황이었기 때문에[154] 그는 고도의 상징성을 갖는 참여문학적 특성의 작품을 쓰지 않을 수 없었던 것이다.

예를 들어, 기차는 혁명과 근대화를 상징하며,[155] 이곳 마을은 혁명 전후의 이집트를 상징한다.[156] 특히, 교수로 등장하는 인물은 작품 속에서 그의 위치상 군인으로 암시되며,[157] 그의 주변과 주변 사람들의 그에 대한 맹세와 마을(이집트)의 변화에 대한 기대로[158] 보아 혁명의 지도자인 자말 압둘 나세르를 상징한다.[159] 따라서 알-사이드 마을을 무대로 한 작품들 가운데 단편집 『피와 진흙』이 대표적인 사실주의 작품이라 한다면, 『안녕히 주무셨습니까?』는 상징주의의 대표적인 작품이라 할 수 있다. 작품이 상징성을 갖고 있기 때문에 작품의 주(主) 무대인 시골 마을의 이름이나 등장인물의 이름도 구체적으로 제시되지 않고 있다. 이집트의 수도인 카이로조차 그저 수도로만 언급되고 있고, 다만 그들의 직업만을 구체적으로 나타내고 있을 뿐이다.

이처럼 구체적인 이름들이 언급되지 않고 있는 점에 대해서 비

---

154) Nuha Yahya: haqqi:, Yahya: haqqi:–Dhikraya:t Ma wiya, (al-Qa:hirah: Da:r Su`a:d al-aba:, 1993), p.196.
   Yu:suf Naufal, op.cit., (1988), p.161.

155) H. Kilpatrick, op.cit., (1974), p.103.

156) Miriam Cooke, op.cit., (1984), p.2.

157) 『안녕히 주무셨습니까?』에서의 상징주의는 변화를 위한 전환 단계를 대변하며, 『움무 하쉼의 램프』에서의 상징주의는 그 변화를 위한 준비 단계를 나타낸다(Mu afa: l. usayn, op.cit., (1968), p.33, Yu:suf Naufal, op.cit., (1988), p.168).
   Fu`a:d Duwa:rah, Fi: al-Riwa:ya al-Mi riyya, (Da:r al-Ka:tib al-`Arabi: Lil iba:`a wa al-Nashr, 1968).

158) 『안녕히 주무셨습니까?』, op.cit., (1976), p.154.

159) Ibid., p.89.

평가들은 다음과 같이 설명하고 있다.

무엇보다도 혁명에 대한 상징성 때문이라는 것이다. 그 다음으로, 이 작품이 어느 특정 마을과 그 마을 사람들의 영역을 뛰어넘어 이집트와 이집트인들을 가리키고 있는 보편적 특성을 작가가 인식하고 있기 때문이다.[160) 또 등장인물들의 이름이 명시되지 않고 있는 것은 마을 사람들의 방향감 상실과 분열의 분위기를 도와주는 여러 요소들 때문이기도 하다. 왜냐하면 그들은 내일에 대한 목적도 희망도 없이 살아가기 때문이다. 아무튼 이 작품은, 유숩 나우팔이 평가한 바와 같이,[161) 중편소설인 『움무 하쉼의 램프』와 더불어 그의 상징주의 작품세계에서 매우 독보적인 위치에 있는 것만은 틀림없다.

이 작품의 주제는 나세르가 1952년 7월 군사 쿠데타에 의해 부패가 만연하고 무능했던 왕정(王政)을 타파하고 공화정을 수립함으로써 소위 낫셀이즘을 표방하면서 사회주의에 입각한 전반적인 사회개혁을 단행함으로써 일어나는 혁명 전후의 개혁과 가치관에 대한 민중들의 우려와 혼란을 묘사함으로써 개혁의 시대에 민중들이 취해야 할 의식의 전환과 방향은 무엇인가를 제시하는 데에 있다. 즉 개혁과 보수 간의 갈등과 화해를 주제로 다루고 있다.

이 작품은 1952년 혁명을 전후하여 이집트의 한 외진 시골에서 일어나고 있는 이야기로서 1.2부 모두 각각 10장으로 구성되어 있다.

---

160) Fu'a:d Duwa:ra, op.cit., (1968), p.36.,
   Miriam Cooke(tr.), op.cit., (1990. 11), p.494,
   J. Brugman, op.cit., (1984), p.265.

161) Fu'a:d Duwa:ra, op.cit., (1968), pp.36 - 37.
   Miriam Cooke(tr.), op.cit., (1990. 11), p.493.

제1부는 어제의 마을에서 살아가는 민중들의 생활과 그들을 지배하는 무기력과 부패상을, 제2부는 '교수'의 귀향 후 변화하여 가는 마을의 생활과 마을 사람들의 의식 변화를 묘사하고 있다.

어제의 마을은 외부와의 접촉 없이 전통적인 믿음 속에 살아간다. 아무런 외부의 간섭이나 영향 없이 이방인과 여행객들의 호기심과 관심의 대상으로서 전통적이고 보수적인 방식으로 살아가는 마을에, 어느 날 갑자기 혁명과 근대화를 상징하는 기차가 마을을 가로지르는 문제로 시끄러워진 마을 사람들의 이야기로 시작된다.

작가는 마부 등 마을 사람들을 각 장마다 한 명씩 등장시키며, 혁명 전의 그들의 인생의 면면을 간결하지만 힘이 있는 문체로 묘사하고 있다.

제1부의 8장에서는 2부에서 크게 활약할 교수가 등장한다. 그는 1952년 7월 혁명의 지도자로 상징되는 인물이며 개혁의 핵심 세력이다.

2부에서는 마을의 현재를 그리고 있다. 교수의 도착으로 철도가 개설되고 마을의 생활도 계속해서 바뀌자, 마을 사람들의 의식도 시대적 요청에 따라 바뀌어야 했다. 개혁정책 앞에서 그들은 개인의 이익보다 공동체의 이익이 우선되는 새로운 사회의 법칙들을 받아들여야 했다. 마을 사람들은 부적절하다는 이유로 옛 믿음들을 버려야 했고, 오히려 절망과 무질서 상태인 잔인한 새로운 세계와 부딪히게 되었다. 약자에 대한 강자의 새로운 억압, 자유와 책임에 대한 불확실한 인식 등이 새로 발생하게 되었다. 새로운 인생에 갑자기 직면한 마을 사람들의 딜레마가 설명되고 있는 것이다.

작가는 개혁의 시대에 개인에 대한 개념과 관심은 중요하며, 새로운 자아의식이 요구된다고 보았다. 교수는 마을의 새로운 지도자로 부상하지만, 화자는 권위주의를 비난한다.

개혁의 시대에 민중이 가야 할 방향은 무엇인가?

본 작품에서 핵심적인 역할을 하는 두 인물의 만남이 이루어진다. 앞서 언급한 바와 같이, 교수는 혁명의 지도자이며 개혁의 주체세력이다. 또 한 인물은 화자로서 작가 자신[162]이며 보수를 대표한다. 그는 예술가이며 개인주의자로 표현되고 있으며,[163] 심각한 병을 치료하기 위해 해외여행을 떠나고 귀국 후 교수에 의해 이 마을에 불어닥친 변화에 직면하게 된다. 바로 이 작품은 상기 두 인물 사이에 일어나는 베일에 가린 갈등과 대결이 묘사되면서, 어제와 오늘의 생활의 변화 또는 심리적 정신적 환경의 변화를 통해 이집트 정신이 무엇인가를 보여주게 된다.[164]

즉 20세기의 험난한 세계가 그로 하여금 민중을 사랑하고 포용하게 했던 것이며, 억압을 받아 온 민중을 급진적으로 변화하는 세상과 화해시키는 데에 큰 관심을 가지며, 현대 이집트의 고통받는 정신을 그렸다. 따라서 이 작품은 이집트 정신에 대한 작가의 깊은 신뢰를 밝혀 주는 작품이라 할 수 있다.

1부에서 작가는 독특하지만 보편적이고, 괴상하지만 친숙한 한두 명의 인물들을 소설의 각 장에 등장시키고 있다. '흙의 소금'인[165] 이들을 중요한 인간 모델로서 창조해 낸 점도 그의 작품세

---

162) Yu:suf Naufal, op.cit., (1988), p.161.
163) ʿAbdu al-Fata: ʿUthma:n, a al-Nawm wa Taw i:f al-Jumlat al-ʾIʾtira: iyyat ʿInda Ya ya: aqqi:, (al-Fai al, 1993. 1), p.7.
164) Miriam Cooke(tr.), op.cit., (1990. 11), p.494.
165) Na:ji: Naji:b, op.cit., (1985), pp.123-124.

계의 일면을 보여주는 것이다. 그들은 술집 주인, 정육점 주인과 그의 부인, 장애자와 그녀의 남편, 난쟁이와 그의 부인, 상인과 그의 아들 예술가, 촌장 등으로, 작가는 이들을 부정적이고 무능력한 인간들로 등장시키고 있다. 그들은 하루하루 지친 몸으로 살아가고 있고, 이 마을에는 부정과 부패, 위선이 만연되어 있다.

지금부터 근대화의 갈등과 화해라는 주제와 관련하여 『안녕히 주무셨습니까?』를 자세히 분석하고자 한다.

우선, 이 작품은 기차 통과 문제로 마을 사람들의 시끄러운 이야기로 시작된다. 아무런 외부의 간섭이나 영향 없이 이방인과 여행객들의 호기심과 관심의 대상으로 전통적이고 보수적인 방식으로 살아가는 마을에 기차가 마을을 가로지르는 문제는 그들의 공통 관심사이자 중대한 사건이었으며, 정부의 실수 또는 하나의 저주라고 의심한다.[166]

엔지니어가 술에 취한 나머지 그의 실수로 기차가 이 마을을 통과하도록 설계했다고 주장했다. 마을의 촌장은 이 마을의 어른이지만 자신의 승진만을 생각하는 위선자였으며, 돈 많고 영향력이 있던 유일한 마을의 어른도 이미 세상을 떠나 누구와 의논하거나 불평할 수도 없었다. 따라서 무방비 상태라 할 수 있는 마을에 그 유지의 유일한 아들이 어려서부터 여러 해 동안 수도에서 유학하고 있기 때문에, 결코 본 적은 없지만 마을 사람들은 그를 교수라고 부르면서 의심 많은 마을 사람들이 그에게 은근히 기대를 하는 것은 당연한 일이다. 그는 마을 사람들의 보호자로 기대되고 있었

---

166) 『안녕히 주무셨습니까?』, op.cit., (1976), p.79.

다. 그가 추천하는 일은 무엇이든지 마을 사람들의 이익을 위한 것이라고 확신할 만큼 그에 대한 신뢰는 확실한 것이었다. 그러나 야흐야 학끼는 1부 끝까지 그에 대한 언급은 회피하고 있다.[167]

마침내, 기차 정거장 건설 계획은 무산되고 만다. 마을 사람들이 앞으로 닥칠 위협을 두려워하여 반대했기 때문이다. 작가는 화자의 입을 통해서 그 계획의 무산으로 그들이 기뻐하는 모습을 그들의 지위에 맞도록 재미있게 묘사하고 있다.[168]

기차 통과안이 무산되자, 제일 좋아했던 사람은 마부였다. 그는 이 마을의 유일한 마부로서 생계가 걸린 문제였기 때문이었다. 또한 직업상 그는 마을 사람들의 사정을 훤히 알고 있었기 때문에 이것이 그의 권위이자 자랑이라고 뽐냈었다.

이미 언급한 바와 같이, 앞으로 큰일을 할 교수에 대한 언급을 작가는 회피하고 대조적으로 어제의 마을 사람들을 하나씩 하나씩 등장시키고 있다. 그들은 술집 주인, 정육점 주인, 난장이, 장애자의 남편, 예술가 지망생, 소방관, 마부들로서 노동자 계층을 대표하는 사람들이라기보다 현대사회의 잠재적 희생자들을 대표한다. 즉 그들은 농촌 사회의 불확실성으로부터 떠나야 할 운명에 있는 사람들이라고 미리엄 쿠크는 진단했다.[169]

2장에 등장하는 술집 주인은 마을 사람들에게 맛있는 음식과 술, 그리고 남자들에게 재미있는 장소를 제공하며, 소설 속에서 제일 아름답게 묘사된 사랑스러운 부인과[170] 행복하게 살아간다. 그러나

---

167) Ibid., p.7.
168) Miriam Cooke, op.cit., (1984), p.50.
169) 『안녕히 주무셨습니까』, op.cit., (1976), pp.9 - 10.
170) Ibid.

그가 운영하는 술집은 마을 사람들의 재산과 시간을 빼앗고 윤리를 잃게 하는 부패의 온상이었다. 이 술집의 단골손님들은 매일 저녁 이곳에 와서 잡담으로 시간을 보내는 마을 사람들이다. 한편, 마을 아낙네들은 이 술집이 남편들의 용돈을 빼앗아 간다고 불평하지만 남편들이 귀가해서 더 큰 애정을 느끼게 해 주기 때문에 별 불만은 없었다. 다만 화자는 매춘부가 회개하면 포주가 되듯이 그의 직업에 대해서 비판적이다.[171]

3장에 나오는 정육점 주인은 돈은 많지만 매우 불행한 사나이였다. 그에게는 결혼하기로 되어 있는 아름답고 활달하며 재치는 있지만, 욕정이 강한 나머지 윤리나 도덕심이 부족한 사촌 여동생이 있었다. 그러던 어느 날, 이 마을에 유랑 서커스단이 왔는데, 그들 중에 젊은 광대가 있었다. 그 소녀는 단지 피와 고기, 뼈의 냄새를 싫어했기 때문에 정육점 주인의 은혜도 저버린 채 서커스단이 떠날 때 같이 떠나 버렸고, 그 젊은 광대와 이웃 마을에서 결혼해 버렸고, 그녀의 유일한 가족인 어머니는 상심한 나머지 병들어 죽게 된다. 그런데 어느 날 아침, 마부가 일하러 가다가 그녀와 세 자식을 우연히 만나게 되었고, 그의 설득으로 그들은 다시 정육점 주인에게 되돌아오게 된다.

광대는 병들어 죽었고, 그녀는 완전히 빈털터리가 되어 돌아왔지만, 뜻밖에도 정육점 주인은 그녀의 부정(不貞)을 눈감아 주었다. 마을 남자들은 그녀를 비난했지만 마을 여자들은 불운한 여자라고 감싸 주었다. 그러나 그녀는 다시 밀가루로 뒤덮인 정미소에서 일

---

171) Na'i:m 'A i:ya, La a:t 'Adabiyya, (al-Hai'ah al-'A:mmah Liqu u:r al-haqa:fah, 1992), p.40.

하는 체격이 좋고 방앗간 칼날을 통과한 사람처럼 호리호리한 청년에게 호감을 가지게 되고, 그녀는 그 청년을 유혹하여 밤중에 사랑을 즐긴다.

정육점 주인은 소문을 들었지만 의심하는 것은 명예가 허락하지 않는다고 생각하고, 그는 그녀를 하느님께 맡겼다. 그분은 그녀를 제일 잘 아시고 제일 자비로우시다고 믿었다.

한편 작가는 정육점 주인의 몸이 피로 얼룩지고 칼을 휘두르는 거인으로서의 신체적 이미지와 갓 빻은 밀가루의 향기와 부드러운 느낌을 교묘하게 섞어 놓고 있다.

4장의 난쟁이는 술만 취하면 다른 사람들에게 공짜 술을 대접하지만 별로 사람들의 관심을 받지 못한다. 그러나 그에 대한 작가의 묘사는 재미있고 감동적이다. 그는 자기 고향을 떠나 이곳에 온 사람으로서, 농촌 출신도 아니었다. 더욱이 고향을 떠나느니 차라리 죽는 것이 더 낫다[172]는 사고방식을 가진 마을 사람들의 눈에 곱게 보일 리가 없었다.

원래 그의 가족은 수도에서 많은 재산을 갖고 있었지만, 하느님께서 상속 받은 돈을 낭비할 자식들을 주었기 때문에, 재산을 금방 탕진하게 되었다.[173] 그러나 그의 친척들 중에서 얼굴은 추하지만 죽은 남편으로부터 많은 유산을 상속받은 과부가 있었다. 그녀가 유산을 차지하자 그는 "그녀와 결혼하겠소. 가문의 지도자로서, 그리고 나 이외엔 아무도 그녀를 돌볼 수 없기 때문에 그녀와의 결혼은 나의 의무요"[174]라고 말한다.

---

172) 『안녕히 주무셨습니까?』, op.cit., (1976), p.14.
173) Ibid., p.38.

그는 직업이 없었기에 집에서 식기와 접시를 닦고 음식 맛을 보는 일을 하고 있었다. 마을에서는 남자가 그런 일을 하면 부인으로부터 존경심을 잃는다고 생각했기 때문에 그는 창고지기 자리를 얻었다. 돈이 없어서가 아니라, 그는 아내로부터 권위와 존경심을 되찾겠다는 일념에서 직업을 얻었던 것이다.

술집에는 맨 먼저 와서 제일 늦게 나갔지만, 마을 사람들이 관심을 보여주지 않자 돈을 뿌렸으며, 수도에 출장 가서도 창녀와 만났다. 아내의 돈을 낭비하는 것이었다. 마침내, 부인의 인내는 무너지고 말았다. 돈을 다른 방향으로 이용할 생각을 했지만, 마을에 저금할 은행도 없었고, 비싼 옷이나 희귀한 향수를 살 상점도 없었다. 반사적으로 그녀는 자선 사업을 시작했다.

마을 사람들이 그의 돈으로 술을 먹는 날은 그녀와의 싸움이 있었다는 사실을 말해 주었다.

5장은 다리가 불구인 장애자와 그 장애자의 남편에 관한 이야기로, 어느 장보다도 비교적 길게 묘사되고 있다. 절름발이의 남편은 우리에게 또 다른 흥미를 주는 인물이다.

믿음과 사랑은 행복으로 가는 길이라고 야흐야 학끼가 강조하듯이, 이 장에서는 두 부부의 짙은 사랑을 이야기한다.

원래 장애자는 그녀의 육체적 결함에 동정을 갖고 있는 부유한 친척에 의해 고등 교육도 받고 유산도 상속받기로 되어 있었으나, 어느 날 그가 갑자기 죽자 상속의 꿈도 깨지고 만다. 그녀의 남편은 이곳 마을 사람으로, 그의 아버지는 그를 수도로 유학을 보냈다. 학위를 취득하고 취업이 되면 그와 가까운 동네에서 부자로

---

174) Ibid., pp.38 - 39.

살던 그 장애자와 결혼할 계획이었다. 사람들이 그에게 흑심이 있다고 비난하지만, 그 두 사람을 연결시키고 있는 것은 사랑이었다고 화자는 말한다. 장애자의 남편이 학생이었을 때, 그는 우연히 학교로 가다가 두 여야 지도자 간의 충돌 때문에 발생한 시위대와 만났다. 그러나 그는 정치를 좋아하지 않았으며 정당에 무관심했기 때문에, 그는 시위대로부터 떨어지며 "이 정부는 권력을 쟁취하려고 하고, 국민들은 자신들이 교활한 정치가들 손에 놓여 있는 꼭두각시라는 것을 모르는 우둔한 얼간이들이야."[175]라고 말한다.

그러나 그는 학교에 도착하여 동료 한 사람이 군인들에 의해 피살당하자, 행동주의자로 변신한다. 서구의 가치가 들어오면서 생각할 수도 없는 많은 혼란이 일어난 것이며, 동족에 의해 한 이집트인이 살해되었다는 생각과 함께, 명예롭지 않게 산다는 것을 경멸하기 시작했다. 그러자 그는 퇴학당하고 말았다. 그 후 그는 아버지의 도움으로 목공소를 차리게 되고, 장애자인 부인도 부업을 시작한다.

한편, 그녀의 남편은 불의에 대한 반항으로 자유에 대한 열정과 억압에 대한 혐오를 가졌고, 중간 형태의 옷을 입는 것으로 이를 증명했다. 그는 가게는 무관심한 채 자연에 관심을 갖는 현실과 동떨어진 생활을 즐기는 사람이 되었다. 여기에서 동물 묘사에 큰 관심을 보이는 작가의 솜씨를 여실히 보여주는 장면이 나온다.

> 진흙 가죽의 들소는 우리에게 큰 강은 어디서부터 시작되는지 꿈을 꾸게 한다. 훌륭한 피부를 가지고 있는 소들은 영기를 간직하고 있다. 또 다른 별에서 지구에 온 낙타들도 다른 동물과는 특이한 동물로 입에서 거품을 내뿜는다. 목을 거드럭거리며 빼면서 서서히 무릎을 꿇고 일어서고 있다. 뿔이 나오기 전

---

175) Ibid., p.41.

의 아기 염소들이 깡충깡충 뛰어다니며 내는 울음소리를 그는 듣는다.[176]

돈을 받지 않고 수리를 해 주거나 나일 강 운하 옆에 앉아 낚시를 하니, 목공소가 잘될 리가 없었다. 부품 수리도 설비일도 해 보았지만 세상은 그에게 가혹했다.

장애자인 그의 아내가 번 돈으로 겨우 집안 살림을 하고, 그는 무기력하며 착한 인간이었을 뿐이다. 마을 사람들은 그들에게 관대하게 문을 열어 주었다. 서양의 가치가 들어오면서부터 생긴 생각할 수도 없는 혼란으로부터 그의 고향(영원한 이집트)으로 돌아왔기 때문이다.

남편들이 일하러 외출했을 때에도 그는 남의 집에 들어가 무료로 수리를 해 주기도 하였다. 남편이 없을 때 여자가 남자에게 문을 열어 주는 것은 그들의 관습이 아니라는 점에 비추어 볼 때, 이러한 행위는 파격적이라 할 수 있다. 즉 마을 사람들은 두 부부의 사랑을 알고 진정으로 동정했던 것이다. 여기서 마을 사람들의 유대감을 엿볼 수 있다.

화자는 그를 행복한 사람으로 보고 있지만, 그는 시골을 배회하고 낚시와 사냥으로 출구를 찾는 실업자일 뿐이다.

술집에 진짜 술꾼들이 남게 되면 시끄럽던 술집 안은 오히려 조용해진다. 그러나 인간은 항상 새로운 것에 목말라 있게 마련이다. 젊은 예술가가 바이올린을 손에 들고 나타나면 모두들 기뻐 어쩔 줄 모른다. 그는 술집의 제왕이자 관심의 초점[177]이지만, 그는 이

---

176) Ibid., pp.55 - 56.
177) Ibid., pp.60 - 61.

마을의 제일가는 부자인 아버지의 말을 거역하고 예술을 추구하는 음악도이다.

남보다 뛰어나다는 것은 예술가의 권리라고 화자는 말한다. 예술가는 본래 부유한 곡물가게 주인의 외아들로서, 그의 아버지는 가업의 대를 잇도록 그를 강하게 키우고 싶었다. 그러나 그는 천성적으로 남을 속이는 것을 싫어했고, 궁극적으로 돈을 싫어하였다. 모든 곳에서 들려오는 자연의 소리에 흥분하는 감수성이 민감한 청년이었다. 그는 나무들의 바스락거리는 소리, 물결치는 소리, 윙윙거리는 바람 소리, 옥수수 밭을 지나는 바람의 미풍 소리, 심지어 감동적인 멜로디를 내면서 하늘을 배회하는 새들의 소리를[178] 사랑했다.

또한 그는 자기 자신과 대화하는 마음의 소리들을 갖고 있었다. 그 소리들은 다이아몬드, 빛, 진주, 이슬방울, 사랑의 상처, 루비와 에메랄드의 보석과 같았고, 고귀한 사람의 만족과 같았다. 음악이나 노래를 일단 들으면 그의 기억은 매우 놀라웠다. 그러나 아버지의 눈에 음악가는 좋은 직업이 아니었다.[179]

그의 대답이 없는 것은, 자식에게 무한정으로 쏟는 모든 사랑과 관심이 찢어진 물통 속으로 들어간 뜨거운 공기와 같다는 것을 알게 된 아버지의 고통보다 더 큰 고통은 없다는 것을 의미했다.

아들은 쫓겨나게 되었다. 마을 사람들은 당연히 그의 아버지를 지지했고 그를 경멸하였다. 그러나 술집 단골들은 그를 좋아했다. 그가 전통 가곡을 연주하면 마을 사람들의 정신은 쉽게 젖고 쉽게

---

178) Ibid., p.66.
179) Ibid., p.67.

마르는 스펀지와 같았다.[180]

술집에서의 연주가 끝나자 그는 수도로 가서 자기가 원하는 음악을 배우겠다고 말하고 술집을 떠나 버렸다. 그러나 그는 진정한 예술로서 음악을 생각하는 사람이 아니라 공허한 예술 지망생이었을 뿐이다.

화자는 여기서 일단 교수가 등장하기 전에 자기가 묘사했던 마을과 마을 사람들에게 휴식을 주면서(7장) 정리를 한다. 작가의 이집트 정신을 적나라하게 보여주는 대목이기 때문에 인용하겠다.

> 나는 술집 고객 몇 사람을 묘사하는 것에 만족하고, (묘사가) 길어질까 봐 두려운 나머지 사람들을 남겨 놓았는데, 그 이유는 그들의 인생에서 나는 하나의 모랄(moral)을 발견하였기 때문이다. 그들은 고통을 받게 되어 있는 기인들이며 희생의 대표자들이기 때문에, 사회가 흔들릴 때 가장 먼저 흔들릴 사람들이다. 그들은 나뭇가지의 마디와 같았다. 나무의 에센스로서 새 가지의 바탕이 되지만, 나무가 잘릴 때 제일 먼저 없어지는 것이다. 나머지 마을 사람들은 흙(지구)의 소금이다. 그들은 이마에 땀을 흘리며 돈을 버는 사람들이다. 새벽부터 어두워질 때까지 동물처럼 고생을 하고서도 조그만 수입으로 만족한다. 비록 운명을 이해하지 못했고 불의가 멈추었을 때 당황했지만, 그들은 인내할 줄 알았고, 그들 스스로 아내와 자식과 동물들과 그들의 고통과 미신 속에 내맡겨지길 원했다. 자식들의 문제와 믿음과 미신과 역사 속에 남아 있기를 원했다.[181]

미리엄 쿠크는 그의 등장인물들이 노동자 계층을 대표하는 사람들이 아니라 현대사회의 잠재적 희생자들, 즉 농촌 사회의 불확실성으로부터 떠나야 할 운명에 있는 사람들이라고 해석하고 있다.[182]

---

180) Ibid., pp.69 - 70.
181) Ibid., p.73.
182) Ibid., pp.78 - 79.

한편, 이곳 마을은 순진함과 동질성의 한 상징으로서 낭만적으로 제시되고 있다가[183] 서서히 모든 것이 바뀌고 있다.

드디어 8장에서 교수의 도착을 보게 된다. 교수의 등장과 그로 인한 변화와 더불어 화자는 아이로니컬한 문체를 진지한 문체로 바꾸고 있다.

교수의 마을 도착 후 역 표지판이 뒤이어 언급되고 있다.[184] 마치 앞에 언급된 것들은 단지 뒤에 나올 것을 위해 대비한 하나의 배경과도 같다.[185]

교수를 처음 만나 마차로 데려온 마부의 눈에 교수는 힘센 거인처럼 보였고, 그의 옷은 우아하고 잘 어울렸으며 오직 하느님에게만 절할 수 있는 곧은 등을 가진 사람으로 묘사되었다. 또한, 그는 오래 떨어져 있었음에도 불구하고 마을의 사정을 훤히 알며 쓸데없이 불필요할 정도로 길게 지껄이는 부류의 사람은 아닌 것처럼 보였다. 그는 마부에게 마을 사람들이 시간의 가치를 모르고 있다고 비난하고 빈곤은 곧 없어질 것이라고 강한 어조로 말했으며, 이러한 교수의 모습을 통해 마부는 좋은 조짐이 나타나기를 원했다.

9장에서 화자는 최초로 교수를 만나게 된다. 대체로 두 사람의 만남은 부담스러운 만남이었으며, 서로의 의도를 솔직히 털어놓지 않고 있다.

여러 날이 지난 어느 금요일, 금요 예배를 모두 마친 후, 교수는 자기 집으로 마을 유지들을 초청하여 단호한 개혁의 의지를 밝히

183) Miriam Cooke, op.cit., (1984), p.50.
184) 『안녕히 주무셨습니까?』, op.cit., (1976), p.8과 p.38 참조.
185) 『안녕히 주무셨습니까?』, op.cit., (1976), p.80.

고, 그의 계획대로 따라 줄 것을 요청했다.

작가는 화자를 알 수 없는 병에 걸리게 하고 일 년 이상 해외에서 정신적 치료를 받게 한다. 2부에서 어제와는 달라진 변화를 실감 있게 보이려는 작가의 의도라 할 수 있다.

마을 도착 직후, 교수는 과거의 관례대로 노인이나 쉐이크로 구성되어 왔던 것과는 달리 청년들로 구성된 위원회를 조직했다. 그들은 건설을 주도했고, 악의 근원인 주점을 폐쇄하였으며, 기차가 마을을 통과하도록 원래의 철도 계획을 바꾸어 버렸다.[186] 교수는 침체되어서 변화를 바라지 않던 수구세력을 물리쳤다. 이제는 공동체의 이익, 전체의 이익을 위해 내부의 개혁이 필요했다. 고립주의와 개인주의를 버리고 집단 이익주의 또는 공동체 결속이 우선시되었다.

기차는 경제와 연관되어 있었다. 즉 기차는 새로운 직업들— 예를 들면 역 청소부 — 을 탄생시켰고, 옛 직업들 — 예를 들면 마부 — 을 없앴다. 자신들을 들여다보면서 눈은 외견상 맹목적으로 자신들을 둘러싸고 있는 사막으로 향하게 되었다. 그들의 정신을 유지하기 위해 개인의 이익보다 공동체의 이익이 우선되는 새로운 사회 배치의 규정들을 받아들여야 했다.[187]

즉, 개인 위에 나라가 있고, 개인의 권리에 우선하는 것이 공익이라는 교수의 주장이었다.

그러나 새로운 환경에의 적응은 해방을 의미하는 것이 아니라 오히려 변화와 방향 감각의 상실을 의미하였다.[188]

---

186) Miriam Cooke, op.cit., (1984), p.50.

187) Ibid., p.93.

188) Ibid., p.139.

마을 사람들은 기분이 내키지 않는 커다란 세계를 갑자기 알게 되었던 것이다. 그 세계는 옛 믿음들이 부적절하다는 이유로 폐기되어야 하고 만족할 만한 대체물을 발견하려는 노력은 수포와 절망으로 끝나고, 그 절망도 무질서한 상태로 끝나는 잔인한 세계였다. 소방관이 말한다. 소방서가 새로 생긴 것이다.

> 우리가 그들을 위해 일하지 않는 사람들인 것처럼 우리들에 관하여 조금도 개의하고 있지 않아요. 그것은 이 마을에 배어 있는 비참하고 정체된 이기주의 때문이지요. 이 개혁의 시대에 이기주의가 살아 있다니요. 기차의 스파크 때문에 짚으로 된 헛간이 다 타 버린 사건은 별도로 생각하더라도, 20채 이상의 집들이 무너졌어요. 소방서엔 고작 네 명이 있을 뿐이에요. 10명 또는 20명은 돼야 해요.189)

이제는 각자가 새로운 공동체의 일원이 되어야 하고 자신이 책임을 지는 시대가 되었다. 공동체에서 소외되었다고 생각하는 사람들은 스스로 방어하지 않으면 안 되었고, 적극적으로 새로운 환경에 적응해야 한다. 노예 상태에 습관들인 사람들에게 자유가 주어지고, 자기 자신에게 책임을 지는 것보다 더 어려운 것은 없다. 또는 너는 너 자신의 운명의 주인이다. 따라서 너의 권리를 지키고 의무를 다하라고 말하는 것은 지극히 어려운 일이190)라고 화자는 말하고 있다.

그러나 화자, 즉 야흐야 학끼는 두 번의 좌절을 맛보게 된다.

새로운 환경에 적응하지 못하는 농민들의 무능력에 직면했을 때 첫 번째 좌절을 느꼈다. 개혁의 일환으로 토지 임차에 관한 새로

---

189) Miriam Cooke, op.cit., 1984, p.51.
190) 『안녕히 주무셨습니까?』, op.cit., (1976), pp.104 - 106.

운 제도를 시행했음에도 불구하고, 농민들은 관리 능력과 재정적 문제로 위원회 결정을 무시하고 옛 지주들과 구제도를 존속시키기로 합의했던 것이다.

또 하나는, 그들에게 자립과 의존 가운데 한 가지를 선택할 기회를 주었을 때, 그들은 후자를 선택한 것이다. 마부의 운명은 자의적이든 타의적이든 간에 개혁을 거부한 사람들의 운명으로 매우 생생하게 설명되고 있다.[191]

늙고 인생에서 패배한 마부(지금은 사원 계단 앞에서 먼지로 뒤덮인 채 구걸함)의 위와 같은 말로써 화자는 인정하지 않던 새로운 인생에 갑자기 직면한 사람들의 딜레마를 설명하고 있다.

새로운 환경에 적응하는 것은 개개인의 책임으로 보이고 있다. 만일 적응할 수 없거나 적응하지 않는다면 불가피한 조정이 필요하며 그는 스스로 배제되거나 다른 곳으로 피해야 할 것이다. 스스로 생존할 수 없기 때문이다. 마을 사람들에 대한 새 시대의 압박감은 교수가 이 마을에 처음 귀향했을 때 다리 위에서 오직 하느님에게만 절할 수 있는 바른 등을 가지고[192] 서 있던 교수의 모습과 비교해 볼 때 분명하게 나타난다.

마을 사람들은 이제 옛날과 싸우지 않았다. 난쟁이 가족은 과거에 상당히 좋은 토지를 상속받아 소유하고 있었다. 그러나 그 대부분이 관리 잘못으로 점차 그들의 손에서 멀어져 갔다. 마을의 새로운 상황이 이제 더 이상 나태한 생각을 용납하지 않았기 때문에 난쟁이는 그 토지를 되찾기 위해 나섰다.[193]

---

191) Ibid., p.123.
192) Ibid., p.109.

가지고 있던 돈을 가난한 사람에게 모두 베푼 그의 부인은 남편의 노력에 합세했다. 자선은 이제 더 이상 남에게 베푸는 것이 아니라 그들 자신 안으로 돌아왔다. 그리고 그녀의 남편은 그녀의 옛 이타주의에 대한 무용론을 거론하며[194] 새로운 이기주의를 정당화시켰다.

개인에 대한 개념은 이제 가장 중요한 것이 되었다. 장애자의 남편은 새로운 상황으로 덕을 본 사람으로 불렸다. 그는 이제 비록 그가 그렇게 좋아했던 자연을 더 이상 바라볼 수 없는 창고지기라는 새로운 직업을 가지게 되었으며, 그것은 먼지 많고 갇혀진 방에 내던져진 업무였다.

화자는 젊은 예술가를 통하여 새로운 상황에의 완벽한 적응은 과연 무엇인가를 설명하고 있다. 그는 귀국 후 예술에 전 생애를 바친 그 예술가가 놀랍게도 이 마을을 떠나지 않았다는 사실을 발견한다. 그 청년은 개인적 편견과 편협성의 시대는 지나갔고, 공동체 안에서 공동체를 위해 이제 모두 책임을 갖고 있다고 느꼈다. 그는 대예술가의 야망을 포기하기로 결심했고, 그의 아버지가 즐거워할 정도로 장사에 나섰다.

한편 앞에서도 언급하였지만 마부는 현대사회의 불확실성을 믿고 있었다. 그는 새로운 직업을 받아들이기를 완강히 거절했고, 새로 생긴 역에서 화물 짐꾼으로 일하지 않았다. 그가 새로운 환경과 화해했더라면 그가 한때 맛보았던 품위와 가치를 상실했을 것이다.[195]

---

193) Ibid., p.83.
194) Ibid., p.128.
195) Ibid., pp.129 - 130.

마부의 관심을 끄는 것은 역을 나오는 사람들이 자기의 과거를 모른다는 것이었다. 그들의 무지와 무관심은 그의 과거를 손상시킬 것이다. 그가 원했던 것은 어떤 분명한 단절을 이룩하고 비교를 위한 어떤 기회도 근절하며 옛날과 같은 과거를 보존하는 것이었다.

사원 앞에 있는 거지는 옛날과 다른 사람이다. 옛날 마부가 아닌 이방인들로부터 자선을 받는 딴사람이다. 그는 화자의 도움도 거절했으며, 대화조차 원하지 않았다. 현대사회의 불확실성을 받아들임으로써 그는 아이로니컬하게도 그의 과거와 그의 개인적 가치에 대한 기억을 연결시키고 있었다.[196)

교수는 부패했던 촌장을 제거한 후 스스로 새로운 지도자로 부상했다. 그러나 그는 농민 문제를 직접 통제하면서 권위주의자로 변해 있었다.

교수가 처음 왔을 때 그가 설립한 위원회 위원들에게 권한을 위임했으나, 일 년가량이 지난 후 그는 모든 권한을 자기 손안으로 끌어들였고, 처음에는 민주적인 제도로 보였던 것이 이제는 하나의 환상처럼 보였다. 교수는 이제 모든 것을 알고 모든 것을 통제하는 맏형이 되었고,[197) 심지어는 화자의 일과까지 훤히 알고 있었다.

그러나 막강한 그의 권세가 독단적인 지배의 한 도구로서만 제시되는 것은 아니다. 그는 모든 것을 알고 모든 것을 통제하려고 시도하는 권위주의적인 인물임에는 틀림없지만, 마을이 안고 있는 가난과 억압을 바로잡으려는 솔직한 희망을 갖고 있었다.[198) 교수

---

196) Miriam Cooke, op.cit., (1984), p.53.
197) 『안녕히 주무셨습니까?』, op.cit., (1976), pp.111 - 112.
198) Miriam Cooke, op.cit., (1984), p.53.

는 정당성의 목표로서, 그리고 진정한 인도자로서 묘사되고 있으며, 화자가 의심하는 것은 교수가 옳다고 간주하는 기준이 무엇인가에 있었다.

화자가 새로운 발전에 적극 찬성하고 있지 않다는 사실을 알고난 후, "교수는 제도의 가혹함에 대해 나는 개인을 생각할 수는 없고 마을 사람 전체를 상대하오. 가령 누군가 길가에 희생으로 쓰러져도 슬퍼하지 않습니다. 왜요? 그렇게 되면 우리는 결코 발전 못해요."라고 변명한다.[199]

교수는 개혁으로 인한 희생을 잘 알고 있었기 때문에, 개혁의 정신적 정당성에 의지했다. 이슬람에서 음주는 죄악이라는 것을 교수는 잘 이해하고 있었다. 따라서 주점은 폐쇄되었고, 이를 사람들은 인정했다.

화자가 정육점 주인과 이야기를 나눌 때 그 정육점 주인의 독실한 신앙심은 하나의 신비적인 도피로서 변해 있었다는 사실은 분명해졌다.

> 그러나 신앙과 인내는 점차 나의 가슴에 뿌리박혔습니다. 나의 하루는 모든 침묵의 기도가 되었지요. 사람들에게 보이기 위해 소리를 내는 기도는 사라졌어요. 이제 나는 감사하게도 평안을 갖게 되었지요. 나는 전에 음식과 음료수로부터 미처 경험하지 못했던 기쁨을 발견했습니다. 기도 시간이 됐으니 돌아가 주세요.[200]

이것은 물질적 안정을 달성하기 위해 투쟁하고 있는 국가 안에서 작가가 찬성하지 않는 일종의 도피주의이다.[201]

---

199) 『안녕히 주무셨습니까?』, op.cit., (1976), pp.89 - 93.
200) Ibid., p.148.

교수의 개혁정책으로 이 마을에는 정식으로 종교가 원래의 위치로 돌아오게 되었다.

교수는 혁명과 발전의 방향을 의미하는 철도를 건설하였으며, 가난과 고통으로부터 농부들을 해방시키기 위해 임대법을 도입했다. 또 그는 농부의 의식과 생활수준을 향상시키기 위해 주점을 폐쇄하고, 마을 회관과 소방서를 건립했고, 새마을 건설운동을 주도했다. 화자는 마지막 장에서 교수와의 만남을 통해 확인하고 싶은 것이 있었다. 그것은, 교수가 항상 사회 건설의 초석이 되기 전에 한 사람의 인간으로 개인의 권리를 존중하고 개인에게 관대할 것과 내가 옳다는 나의 믿음과 내가 완전히 옳다는 나의 믿음의 차이를 구별할 것, 그리고 마지막으로 반드시 함께 발전이 되지 않더라도 성실과 올바른 의견은 서로 조화되는 것을 기억하는 것이었다. 교수는 화자에게 "나는 당신이 당신의 의무를 다하리라 기대하오."라고 말했고,[202] 화자는 자신의 의무를 다했다. 이제 변화하는 마을은 온전한 사회주의 생활의 면면을 즐기게 되었다.

결론적으로, 이 작품은 주인공 화자와 교수 사이에 베일에 가린 충돌과 대결을 통해 궁극적으로 화해를 함으로써 진정한 이집트 정신이 무엇인가를 보여주고 있다.

『안녕히 주무셨습니까?』는 그의 여러 작품 중에서 분량 면에서 길이가 제일 긴 것이며, 작가 자신이 제일 사랑하는 작품이다.

작가는 사람들의 감정과 욕구를 자세히 관찰하여 날카로운 성격묘사를 보여주며 현실 변화에 긍정적인 주인공들을 다수 등장시켰다.

---

201) Ibid., p.138.
202) Miriam Cooke, op.cit., (1984), p.54.

이제 그의 예술성을 몇 가지로 나누어 언급하고자 한다.

이 작품은 그의 작품 가운데 분량이 제일 많은 소설이지만, 그가 주창한 과학적 문체를 적용하여 군더더기가 없는 신중하고도 세련된 언어로 이루어진 대표적인 작품으로, 정확한 묘사와 평이한 문장 표현이 특징이라 할 수 있다. 야흐야 학끼 스스로 『안녕히 주무셨습니까?』는 언어 면에서 최고의 수준에 도달한 가장 아끼는 소설이라고 고백했다.

> 나의 관심은 단편소설에 있지 않았다. 작품을 이야기하는 언어에 관심이 있다는 뜻이다. 병든 언어나 서투른 언어로 이야기한다면 그 소설은 가치를 상실한다. 나는 정확성을 목적으로 단어 선정에 매우 집착하는 사람이다.203)

또한 어떤 페이지에서도 두 번 반복되는 단어는 찾아볼 수 없다고 하였다.204)

이 작품은 또한 완벽한 표준어 사용의 전형(典型)을 보여주고 있다.205)

단 하나의 방언도 나타나지 않는다. 그리고 작품 속에 직유법 등 우수한 수사법과 속담, 그리고 삽입문을 많이 사용하고 있다. 특히, 삽입문은 아랍 문학 유산의 일종이며, 삽입문의 가장 두드러진 모델은 코란이다.

압바시야시대의 대표적 산문작가 중 한 사람인 알 - 자히즈(775 - 868)가 그의 수사학에서 여러 번 사용했지만, 현대에 와서 문체적

---

203) Ibid., p.154.
204) Na:di:ya: Ki:la:ni:, Yahya: haqqi: wa Difa:'a 'an al - Lughah al - 'Arabiyyah, (al - Qa:hirah: al - Hila:l, 1985. 2), p.57.
205) Fu'a:d Duwwa:ra, op.cit., (1965), p.116.

필요성에 의해 예술적으로 이야기에 다양하게 이를 사용한 작가는 야흐야 학끼가 처음인 것으로 알려졌다.[206] 이 삽입문의 사용으로 문체에 생동감을 주면서 많은 의미를 표현할 수 있다.

『안녕히 주무셨습니까?』는, 이미 언급한 바와 같이 상징주의 소설이라고 불릴 만큼 인물과 배경의 상징성이 매우 뛰어난 작품이다. 사회주의에 입각한 혁명과 개혁에 적절한 비유라고 생각된다.

상징성, 정확성, 깊이 있는 묘사, 평이한 문장 표현 등이 그의 사상과 함께 이 작품의 성공 요소로 작용하고 있다고 하겠다.

그러나 브루그만(J. Brugman)이 지적한 것처럼 작품이 딱딱하고 현실에 치우쳐 있으며, 너무 계획적인 상징주의라는[207] 측면도 나타나고 있고, 소설로서의 긴박한 사건이 결여되어 있으며, 등장인물들이 직업이나 교육수준에 비해 현실과 동떨어진 수준 높은 대화를 보여주는 것은 작가가 그들을 의도적으로 설정했다는 비난을 면하기 어려운 점으로 지적되는 것이 아쉬움으로 남는다.

---

206) Mustafa: I. Husayn, op.cit., (1968), p.88.
207) `Abd al‐Fata:h `Ushma:n, (1993. 1), p.6.

제4장

운명에의 도전과 시련

야흐야 학끼의
생애와 문학

قنديل أم هاشم

يحيى حقي

야흐야 학끼는, 1974년에 발표한 그의 자서전에서 밝힌 것과 같이, 상이집트의 도시 가운데 하나인 만팔루뜨 본청에서 1927년부터 2년간 행정 보좌관[208]으로 근무한 바 있다.[209]

내성적인 성격에 밀과 보리조차 구별하지 못했던 그가 고향인 카이로를 떠나 이곳에서 생활하면서 인생의 중대한 전환점을 맞이하게 되었다. 특히, 도시와 성격이 판이한 이집트 시골의 면면들을 가까이서 자세하게 직접 접할 기회를 가지게 되었다.

제2장에서 이미 언급한 바와 같이 야흐야 학끼는 여기서 자연과 농부, 그리고 농부들의 세계를 직접 접촉하며 많은 것을 느끼고 배울 수 있었고, 성(性)에 처음으로 눈을 뜨기도 하였다.

만팔루뜨가 위치한 상이집트는 대체로 나일 강의 좁은 계곡을 따라 경작지도 협소하며 사막과 바로 연결되어 있어 사막의 모래와 덥고 건조한 기후 때문에 외부 세계와 단절되어 있는 곳이며, 그 지역 사람들의 의식과 생활도 극히 보수적이며 매우 낙후된 원시적인 상태의 연속[210]으로, 이집트 전통 사회의 전형적인 표본이라고 할 수 있다.

---

208) 행정 보좌관 Mu'a:win al - 'Ida:ra은 내무부 소속 공무원으로, 범죄, 일반 사건, 고발 등을 조사하며, 제반 규정과 정부 지시 사항을 집행한다.
　　 Na:ji: Naji:b, al - Nuzu:'u 'lla al - 'A:lami:yah, (Da:r al - Tanwi:r Lil - iba:'a wa al - Nashr, 1985), p.81.

209) 『움무 하쉼의 램프』, (al - Qa:hirah: al - Ha'iah al - Misriyyah al - 'A:mmah Lil - kita:b, 1975), p.34.

210) E. W. Lane, Manners & Customs of the Modern Egyptians, (Every Man's Library, 1963) p.3.
　　 P. J. Vatikiotis, The History of Egypt, (Weidenfeld & Nicolson, 1985), p.9.

그러나 상이집트는 고도로 전문화된, 독특한 생활 방식을 갖추고 있었던 강력한 고대 파라오 왕국의 문명이 살아 숨 쉬던 곳으로 마을 사람들의 자부심은 대단하였다.[211]

알-사이드는 만팔루뜨에서 그리 멀리 떨어져 있는 곳은 아니나 이집트의 오지 중의 하나로, 그곳 사람들 역시 외부와 철저히 단절된 채 조상 대대로 내려온 민간 신앙과 관습 또는 전통만을 고수하면서 나일 강변의 농업에 생계를 의지한 채 살아가고 있었다.

따라서 가족이나 부족 간에는 매우 강한 유대감이 형성되어 있으나, 외부인에게는 배타적이고 적대적인 감정을 가지고 있었다.[212]

더욱이 1930년대 당시 알-사이드는 중앙 정부에서 일하던 불만이 많은 공무원들이 좌천 또는 유배되는 일종의 추방지였던 것으로 알려져 있었다.[213]

야흐야 학끼는 만팔루뜨 본청에서 업무상 알-사이드를 자주 오가며 시골 사람들의 고통과 불행 또는 운명의 시련을 목격하고 슬퍼했으며, 구습을 타파하고 보다 나은 인간적인 삶이 무엇인지 그들에게 깨우쳐 주려고 노력하였다.

동족으로서 또는 한 인간으로서 그들의 고통과 불행을 동정하며 불의와 부정, 낙후된 생활을 올바르게 고치고 싶은 강한 욕망을 가졌던 것이다.

1955년에 발표되어 대단한 호평을 받은 바 있는 그의 대표적 사

---

211) W. B. Fisher, Egypt - Physical & Social Geography, (London: Europa The M/E & N/Africa 1982 - 1983), p.332.

212) B. M. Borthwick, Comparative Politics of the M/E, (U.S.A.: Prentice - Hall Int'l, Inc, 1980), p.154.

213) Sabri: Musa:, Yahya: haqqi: - 'Abu: al - Dhauq wa 'A r al - 'A ba:b, ('Adab wa Naqd, 1991. 8), p.99.

실주의 작품들의 전집인 『피와 진흙』의 단편소설 세 편과 역시 1955년에 출간된 『무능력자들의 어머니』에 수록된 두 편의 단편소설은 바로 그의 알-사이드의 느낌과 체험에 관한 문학적 기록이며, 그의 휴머니티가 살아 숨 쉬는 대표작들이다.

그리하여 걸작 『움무 하쉼의 램프』 등 여러 작품들의 배경이 되고 있는 알-사이이다 자이납과 더불어 알-사이드는 두말할 나위 없이 그의 소설 세계의 주요 무대가 되고 있다.

특히 『우체부』, 『감옥 이야기』, 『아부 푸다』 등 세 편의 단편소설은 그의 문학사적 가치가 높이 평가되는 작품인 동시에 우리에게 이집트 시골의 생생한 묘사와 뛰어난 명상을 제공하는 등 예술적 특징이 두드러진 작품들이다.

야흐야 학끼는 그의 알-사이디야트에서 사회 관습이나 전통적 가치관에 역행하여 행동하는 인물은 사회적인 또는 종교적인 가치 체계와 항상 충돌하며, 따라서 사회적 제재나 자아 희생이 뒤따른다는 점을 암시하고 있다.

그러나 작가는 반항적이지만 사회적 관습을 비웃지 않는 인물에 동정을 베풀면서 불우한 환경으로 희생자가 된 그의 운명적 시련을 슬퍼하고 있는데, 이는 인간에 대한 그의 깊은 애정을 느끼게 하는 것이다.

제4장에서는 알-사이디야트의 대표적 작품들인 『우체부』, 『감옥 이야기』, 『아부 푸다』와 『안타르와 줄리야트』 단편선에 수록된 우수작인 『나선 계단(al-Sullam al-Lawlabi:)』 등 4편을 선정하여 그의 핵심 주제 가운데 하나인 운명에의 도전과 실패를 분석하였다.

『우체부』는 사회 통념의 한계를 뛰어넘고, 당시 사회의 금기를 무너뜨리는 여주인공에게 결국 죽음이라는 불행을 초래하게 된다는 이야기이다.

그리고 마을 공동체의 삶과 충돌하는 남자 주인공은 불합리한 운명의 요소들과 우주적 아이러니를 작품 속에 보여주면서 그 또한 환경의 희생자가 되고 있다.

남녀 주인공 모두 상이집트에서 돌이킬 수 없는 운명과 어둡고 가난한 인생의 무고한 희생자로서 묘사되고 있다.

『감옥 이야기』 역시 주제는 남자 주인공이 벌이는 운명과의 투쟁이며, 『아부 푸다』에서도 남자 주인공이 자신의 운명에 도전하지만 불행한 결과를 당하게 됨을 볼 수 있다.

『나선 계단』은 계급의 장벽을 뛰어넘으려고 노력하는 주인공이 사회적 제재를 받음으로써 스스로의 무력감 속에 살아가는 것을 묘사하고 있다.

작품의 주인공들이 운명과 투쟁하는 노력은 이미 작가가 그의 작품 초기 활동에서도 나타낸 바 있었다. 즉 1926년에 알 – 시야사 (al – Siya:sah) 신문에 발표된 『도둑의 일생(haya:t Liss)』[214]에서 작가는 마을의 전통과 관행에 집착하며 살아가다가 그 전통에서 일탈한 행위로 말미암아 자신이 속한 사회에서 버림받고 비정상적인 생활에 빠지게 되는 주인공을 묘사했었다.

---

214) 『피와 진흙』, (al – Hai'ah al – Misriyyah al – `A:mmah Lil – kita:b, 1979), pp.137 – 148.

1. 『우체부(al - Bu:staji:)』[215]

이 작품은 작가가 이스탄불에서 근무할 당시[216]에 집필에 들어가 1934년 알-마잘라 자디다(al - Majalah al - Jadi:dah)에 발표하여 그 예술성이 높이 평가된 작품이다.

이 작품은 작가가 알-사이드의 만팔루뜨에서 행정 보좌관으로 근무할 당시 발생한 살인 사건을 직접 조사한 경험과 느낌을 예술적으로 표현한 사실주의 작품이다.

야흐야 학끼는, 그의 자서전[217]에서 그때의 희생자는 미국계 학교를 졸업한 기독교 가정의 여성으로, 그녀의 아버지가 전통적인 아랍 관습에 따라 정식으로 결혼하기 전에 임신한 딸을 가문의 명예를 위해 살해한 사건이라 언급하고 있다. 조사 중에 그녀가 약혼자로부터 받은 다수의 편지가 발견되었다.

이 작품은 알-사이드를 배경으로 한 작품 중에서 문체가 가장 아름답고 작품성이 뛰어난 작품임은 말할 나위도 없고, 그의 최대 걸작인 『움무 하쉼의 램프』와 비교될 수 있는 작품이다.[218]

심지어 많은 평론가들은, 예술성과 내용의 독창성 때문에, 이 작품으로 인해 아랍 단편소설은 역사상 획기적인 질적 전환을 가져

---

215) Ibid., pp.15 - 75.

216) ala: Fadl, 'Asa.li.b al-Sard fi: al Riwa:ya al 'Arabi:ya, (al-Kuwait: Da:r Su'a:d al-aba:, 1992), p.152.

217) 『하느님께 맡겨라』(al-Mu'asisah al-Misriyyah al-'A:mmah Lil-ta'li:f wa al-Nashr, 1956), pp.185 - 187.

218) J. Brugman, <u>An Introduction to the History of Modern Arabic Literature in Egypt</u>, (Leiden: E. J. Brill, 1984), p.265.

오게 되었다고 격찬하기도 했다.[219]

우선 이 작품은 현대 아랍 문학에서는 최초로 플래시백을 시도하였으며,[220] 당시 보다 발전된 서구 문체 소설의 특징 중의 하나였던 내적 독백을 가미하였다. 또한 현대 영화문체에 가장 가까운 문체를 1930년대에 이미 시도하여 그의 소설 중에서 최초로 영화화되기도 했다.

무쓰따파 후세인이 그의 평론집 『소설가와 비평가로서의 야흐야 학끼』(1968)에서 장편소설로 평가할 정도로 개성이 뚜렷한 다수의 인물들이 등장하며, 형식에 있어서도 직접적인 서술, 편지, 일기, 내적 독백으로 구성되어 있으며, 두 연인이 주고받는 편지가 특히 중요한 소설적 요소를 이루고 있다. 또한 주인공의 대화는 물론 서술에 있어서도 그 지방의 방언을 유효적절하게 구사함으로써 이집트 시골 사람들의 생활과 감정을 생동감 있고 진솔하게 표현했다는 평가를 받고 있다.[221] 따라서 외국어로 번역되기가 거의 불가능할 정도이며, 만약 외국어로 번역됐더라면 유럽 문학계가 깜짝 놀랐을

219) 1) Jama:l al-Ghita:ni:, Yahya: haqqi: Khara: al-ʿAːj, (ʿAdab wa Naqd, 1991. 8), p.103.
   2) Muhammad Hasan ʿAbu ʾAllah, al-Waːqiʿiːya fi: al-Riwaːya al-ʿArabiːya, (al-Haiʾah al-Misriyyah al-ʿAːmmah Lil-kitaːb, 1991), p.455.
   3) Yuːsuf al-Shaːruːni:, Yahya: haqqi:, Fannaːn al-suːra al-Qisasiya, (Sabʿuːna Shaːmaʿ fiːhayaːh Yahyaːhaqqi:, 1975), p.19.
   4) ʿAbdu al-Fata: Rizq, ʾUstaːdhna-Yahya: haqqi:, (Ruːz al-Yuːsuf, 1992.12), p.21.
220) J. Brugman, op.cit., (1984), p.256.
   Salah: Fadl, op.cit., (1992), p.152.
   Yuːsuf al-Shaːruːni:, op.cit., (1975), p.19.
   Jamal al-Ghitani:, op.cit., (1991), p.99.
221) Mustafa: I. husayn, Yahya: haqqi:, Mubdiʾan wa Naːqidan, (al-Qaːhira: al-Majlis al-ʾAwwala: al-Funuːn wa al-ʾAdab wa al-ʾUluːm al-ʾIjtimaːʿiyyah, 1968), p.88.

것이고, 따라서 이집트에서는 센세이션을 불러일으켰을 것이다.[222]

상징적인 표현[223]과 우주적 아이러니의 등장[224]과 함께, 작가의 뛰어난 묘사 능력은 작품의 성공을 더욱 돕고 있으며, 무시무시한 알-사이드 밤의 시적 묘사와 두 연인의 편지 내용과 편지가 그들의 인생에 끼친 영향을 명상적으로 표현했다.[225]

또한 압바스의 예비적 범죄 행위 모습을 긴박감 있게 묘사하였고,[226] 노란색 양복에 대한 압바스의 감정 묘사와 그의 외모가 수척해 가는 모습과 처음으로 전통 의상인 질밥을 입은 후의 자신의 변화 모습을 실감 있게 묘사했다.[227]

종합하여 보면, 이 작품은 시적 재능이 돋보이며, 이집트인의 위기를 보다 정확하게 사건으로 구성했고, 더욱 극적인 문체와 훨씬 설득력 있는 논리를 전개함으로써,[228] 그의 또 하나의 문학적 특성인 휴머니티 정신을 작품에서 반영하였다고 할 수 있다.

특히, 알-사이디야트에 속한 『감옥 이야기』가 1931년에, 『아부 푸다』가 1932년에 각각 발표되었고, 이들보다 늦게 『우체부』가 1934년에 발표되었지만, 작품의 예술적 중요도에 의해 야흐야 학끼는 『피와 진흙』 단편선에 수록할 때 『우체부』, 『감옥 이야기』, 『아부 푸다』의 순으로 배열했을 정도로 『우체부』에 매우 큰 애착

222) Nabi:l Faraj, Sahh al-Nawm, (Yu:suf al-Sha:ru:ni:, (ed.), Sab'u:na Shama' fi: aya: Ya ya: aqqi:, 1975), p.205.

223) Mustafa: l. husayn, op.cit., (1968), p.103.

224) Sabry Hafez, The Rise & Development of the Egyptian Short Story(1881 - 1970), (Ph. D., Univ. of London, 1979), p.264, p.270.

225) 『피와 진흙』, op.cit., (1979), p.47.

226) Ibid., p.35.

227) Ibid., p.30.

228) Nabi:l Fara:j, op.cit., (1975), p.206.

을 가졌다.[229]

이 작품은, 사회 통념의 한계를 뛰어넘고, 사회의 금기를 무너뜨리며, 운명에 도전하지만, 혼전 부정(不貞)으로 두 연인의 인생이 비극적으로 끝맺게 되는 이야기로서, 주요 등장인물 각각의 역할과 성격을 설명함으로써 이야기의 줄거리를 소개하고자 한다.

자밀라: 여주인공으로 칼릴을 사랑하지만, 사회, 종교적 관습과의 충돌, 혼전 성관계로 그녀의 아버지에 의해 살해당한다.

칼릴: 자밀라의 애인으로 자밀라와는 다른 종교를 갖고 있었다. 직업이 교사이기 때문에 자주 전근되어 자밀라와 헤어져 있게 되고, 그의 부주의와 경험 부족으로 자밀라를 불행하게 만든다.

압바스: 카이로 출신으로, 카움 알-나흘의 우체국장으로 전보되어 엄격하고 폐쇄된 환경의 희생자가 됨. 한 번 보지도 못했고 알지도 못하지만 그의 의식 속에 심어져 있는 여주인공 자밀라의 인생을 비극적인 결말로 끝나게 한 직접적인 장본인이다.

훗스니: 압바스와 마찬가지로 도시 출신으로 행정 보좌관으로 근무하며, 압바스의 처지를 이해하고 친구가 된다. 작가는 그를 통해서 압바스의 의식 변화와 범죄 행위를 묘사한다.

움무 아흐마드: 우체국에서 자밀라와 칼릴의 편지를 수발하는 역할을 담당하며, 두 연인이 가장 어려운 위기에 봉착했을 때 사망한다.

마르얌: 칼릴의 여동생으로, 자기의 친구인 자밀라를 오빠에게 소개시킨다.

---

229) Hamdi al-Sakku:t, Dira:sa:t fi: al-'Adab wa al-Naqd, (Maktaba al-Anjulu: al-Misriyyah, 1990), p.58.

쌀라마: 자밀라의 아버지로, 가문의 명예를 지키기 위해 딸인 자밀라를 살해한다.

압두 알-사미: 마을의 촌장으로, 압바스를 모함하여 압바스로 하여금 증오심을 불러일으켜 결국 범죄를 저지르게 한 장본인이다.[230]

목사: 칼릴이 다니는 개신교의 목사로, 두 연인의 결혼에 형식적인 조건을 고집하여 결국 두 사람의 결혼이 성사되지 않게 한다.

이 작품은 5장으로 구성되어 있다.

제1장에서 마을의 이름은 카움 알-나흘(Kaum al-Nahl)이다. 이 지명은 알-사이드의 한 작은 마을을 가리키는 것으로, 실제 이름이 아니라 작가가 만들어 낸 허구적 이름이다.[231]

야흐야 학끼는, 작품 활동 초창기인 1926년에 『디미트리의 커피』라는 단편을 통해 사실주의 작품을 시도하면서 이 작품에 실존하는 이름, 지명 등을 묘사하였다가 그곳 유지의 강력한 항의와 비난을 받아 당황했던 경험이 있었다.[232] 따라서 『우체부』에서 실명이 아닌 가명을 사용한 것은 작명에 그의 신중함이 고려된 예라고 하겠다.

이제 주제와 관련하여 작품을 분석하기로 하겠다.

제1장에서는 마을의 운명을 좌우하며 무식하고 포악한 권위를 상징하는 촌장[233]이 조사관 훗스니에게 우체국장으로 부임한 압바

---

230) 'Abd al-Mun'am al-Jada:wi:, al-Jari:ma fi: al-Riwa:ya al-'Arabiyya, (Da:r al-Hila:l, 1990), p.155.

231) Hamdi: al-Sakku:t, op.cit., (1990), p.58.

232) 『움무 하쉼의 램프』, op.cit., (1975), p.38.

233) 『피와 진흙』, op.cit., (1979), p.16.

스를 비방하는 고소장을 보내는 것으로 이야기는 시작된다. 즉 촌장의 2차에 걸친 허위 고발장에 의하면 압바스가 마을의 처녀들을 희롱했으니 조사해 달라는 것이었다. 그러나 조사관 훗스니는 압바스와 마찬가지로 수도에서 부임한 공무원으로, 압바스에게 무혐의를 인정하고 그를 동정하며 두 사람은 친구가 된다. 즉 훗스니도 역시 카이로 출신의 젊은이로서 이곳 생활에 염증을 느끼고 있었기 때문에, 동향인 압바스에 대해서 신분을 떠나 오히려 인간적인 신뢰를 갖게 되었다.

이처럼 첫 장면에서는 압바스와 마을 사람들 간에 벌어지는 갈등을 묘사하고 있다.

일반적으로 『우체부』는 사회 신분상으로 서민 계층에 속하며, 촌장을 포함한 행정 책임자가 더 높은 사회 계층이다.[234]

이곳 촌장도 계급이 낮은 공무원들을 경멸의 눈초리로 바라본다. 또 농민들은 그 공무원들이 자신들을 경멸한다고 느끼고 있다. 따라서 외부로부터 전근된 공무원들도 그러한 사회에 대해 스스로 경멸을 느끼게 된다.

2장은 주인공 압바스의 성장 과정과 문화적 배경을 3인칭 화자를 통해 조용히 이야기해 주고 있다.

카이로에서의 출생과 학교 교육, 그리고 하급 공무원으로서의 그의 인생을 묘사하였는데, 그는 순진하고 아직 인생 경험이 부족한 청년이었다. 그러나 그가 이곳 마을로 전근되어 오면서 문체와 화법이 모두 바뀌고 있다.

---

234) Muhammad ʻUwais Muhammad, ʻInkisaːr al-Batal fiː Qisas Dima' wa tin, (ʻIbdaːʼa, 1983, 4), p.27.

이것은 사건의 중대 전환의 준비이며 앞으로 닥칠 사건의 충돌을 예고해 주는 것이라고 할 수 있다. 압바스가 친구인 훗스니에게 자신의 심정을 고백하는 실례를 보겠다.

> 내가 이 마을에 발을 들여놓는 순간 나는 견딜 수 없었다. 내가 갇혀 있게 되었다고 느꼈다. 카이로는 어디로 갔으며, 카이로의 거리와 사람들은 어느 곳에 있는가? 수많은 빛이 반짝거리는 밤과 여성…… 그리고 생동감(활기)…… 그러나 이곳은…… 내 앞에는 창문이 있다. 창문을 통해서 나는 무엇을 보는가? 조그만 말뚝이 박혀 있고 흙으로 된 집들…… 이로 가득 찬 더러운 사람들…… 해가 지자 무섭게 모두가 자기 집으로 돌아간다. 이 마을의 밤과 어둠은? 오! 밤새 내내 당나귀의 울음소리와 개 짖는 소리가 들릴 뿐이다. 그저께 이웃집 황소가 죽었다. 칼로 손대기 전에 그들은 진짜 장례식처럼 계속 소리치고 울었다. 그래서 나는 새벽까지 잠을 잘 수 없었다.235)

그는 카움 알-나흘 마을 사람들의 나태와 더러움, 좁은 시야, 질식되어 있는 감정, 복수심을 보고 크게 놀란 것이다. 그가 감금되어 있다는 느낌은 시간이 지나면서 더욱 심해졌다. 초기에 느낀 충격과 환멸을 극복하기는커녕 감추지도 못했다. 따라서 그는 마을 세계에 진입하지도 못했고, 마을을 이해하려는 어떠한 노력도 시도하지 않았다. 이러한 행동은 그 스스로 자신의 앞길을 더욱 막는 결과를 가져왔고, 마을은 더욱더 폐쇄되고 이상하며 증오스러운 세계로 되어 갔다. 그가 대항하기에는 역부족이었고 무능하였다. 그는 독신이었으며, 다람쥐 쳇바퀴 돌 듯하는 지겹고 틀에 박힌 일로 인해 승진과는 멀어졌고, 알-사이드와 그 지역 주민들에게 적대적인 사람이 되었다.

외로운 타향살이와 촌장과 마을 사람들의 그에 대한 경멸, 무미

---

235) 『피와 진흙』, op.cit., (1979), p.29.

건조한 현실로 인한 대결, 즉 복수심이 함께 어우러져 그는 범죄를 저지르게 되고, 결국 그 자신과 또 다른 여주인공의 파멸을 초래하게 된다. 상이집트인들은 모든 것을 용서할 수 있지만, 자신들의 집과 가족에 관한 신성한 사생활 privacy을 침해하는 사람은 절대로 용서하지 않는다. 이는 가장 큰 범죄라고 생각했기 때문이다.236)

그 범죄라는 것은 자신의 직책을 이용하여 마을 사람들의 편지를 개봉하여 읽는 것이었다. 그는 자신의 책상 위에 놓여 있는 편지를 개봉하고, 그들의 비밀을 알게 되는 것 이외에는 어떤 즐거움이나 흥미도 발견할 수 없었다. 현실과의 타협이나 화해는 그의 고립감을 더욱 증폭시키고 돈키호테식의 행동을 표시할 뿐이었다.237)

그는 우체부로서는 해서는 안 될 범죄를 저지르면서 마을 사람들의 편지를 계속 개봉했고, 혼자서 관여하며 추적했다. 특히, 촌장이 증오하고 마을 사람들이 적대적인 태도를 보인다고 해서, 또한 그의 외로움과 권태를 달래기 위한 것일 뿐 마을의 일상생활에는 전혀 피해를 주지 않는다는 편지 개봉은 단순한 사생활의 간섭이나 침해로 끝나는 것이 아니라 결국에는 너무나도 엄청난 비극적인 결과를 가져온다는 점에서 그는 비극의 씨이자 비극적 결함을 갖고 있다.

작품의 3장에서는 여주인공 자밀라와 칼릴의 러브 스토리를 소개하고 있다. 자밀라는 자기의 절친한 친구인 마르얌을 통해 알게

---

236) Miriam Cooke, The Anatomy of an Egyptian Intellectual Yahya Haggi, (Three Continents Press, 1984), p.37.
237) Sabry Hafez, op.cit., (1979), p.259.

된 마르얌의 오빠인 칼릴을 처음으로 남자로서 사랑하게 된다. 자밀라와 칼릴은 자밀라의 이모가 살고 있는 알－나킬라에서 즐거운 나날을 보냈다. 두 사람은 결혼을 약속하고 있었다. 그러나 두 사람은 모두 기독교 가정에서 성장하였지만 종파가 달랐다. 칼릴은 기독교 신자이나238) 자밀라의 가정은 그리스 정교회에 소속되어 있어239) 두 사람의 결혼은 불가능했다. 그렇지만 두 사람은 열렬히 사랑했고, 혼전 성관계를 가지게 되었으며, 결국 자밀라가 임신하게 되었다.

한편 교사인 칼릴은 알렉산드리아에 있는 학교로 발령받게 되자, 한 달 뒤 다시 카움 알－나흘에 와서 그녀의 아버지로부터 결혼 승낙을 받아 내겠다고 약속하고 떠났으며, 두 연인은 편지로 사랑을 나누었다. 카움 알－나흘에서 자밀라는 아버지의 허락 없이는 그녀의 이름으로 편지를 받을 수 없었기 때문에,240) 칼릴과의 교신은 그녀의 아버지에게는 비밀을 유지하기 위하여 네 번의 이혼 경력을 가지고 있는 여자인 움무 아흐마드 노인의 사서함을 이용하기로 하였다.

두 연인의 편지는 압바스를 유혹하였으며, 이러한 유혹은 그들의 운명과 그의 운명을 뒤얽히게 만들어 버리고 말았다. 압바스와 같이 자밀라는 도시에서 교육을 받았고, 도시 생활과 도시 문화에 익숙한 여자였다. 그녀는 알－나킬라에서 공부를 마치고 돌아올 때 모자와 책들을 가방 속에 넣은 채 귀향했고, 그것들은 흙과 짚

---

238) 『피와 진흙』, op.cit., (1979), p.50.

239) Ibid., p.48.

240) Ibid., p.53.

으로 된 그녀의 고향 집에서는 기이한 물건들이었다.[241]

이와 같이 압바스와 자밀라의 비슷한 처지 때문에 그는 그녀와 일종의 일체감을 느꼈고, 이것은 그로 하여금 그녀의 사건에 더욱 더 관심과 관련을 갖게 만들었다. 그의 관련은 그가 마을과 교신하고 그의 소외감을 극복하는 하나의 간접적인 수단이 되었다.

그러나 그의 행동은 그가 마을에 살면서 유일하게 동정하고 있는 자밀라의 일생을 복잡하게 하고, 결국은 의도적인 것은 아니었으나, 그녀와 자신의 인생에 치명적인 일격을 가하는 결과를 낳고 말았다.

칼릴의 편지에는 학교생활에 대한 이야기가 많이 적혀 있었다. 교장은 그의 근무 태도에 만족했으며, 그를 추천하여 그는 카이로로 근무지를 옮기게 되었고, 카이로와 카움 알-나흘 간의 교신은 계속되었다.

4장에서는 칼릴이 카이로로부터 카움 알-나흘 마을에 와서 자밀라를 구제하려는 노력이 설명되고 있다. 그러나 그의 시도는 두 사람의 종파가 다르기 때문에 결국 실패하고 만다. 두 사람은 이 문제를 감당할 수 없었다. 이것은 그 문제의 문화적 성격을 강조하며 관습에 대한 그의 무지가 어떻게 그녀에게 불리하게 작용하는가를 보여주었다. 그 상황의 아이러니는 고등 교육을 받은 자밀라가 압바스와 비슷하게 자신의 무지로 인해 희생되는 것이다.[242]

예를 들면, 3장에서 언급된 것처럼, 도시에서 얻은 지식은 어느 정도 그녀에게 불리하게 작용한 것이다. 그녀가 시골의 집으로 돌

---

241) Ibid., p.54.
242) Sabry Hafez, op.cit., (1979), p.260.

아올 때 모자와 책을 가져왔다. 여기서 모자는 서구 문명을, 책은 학문과 문화를 상징하며, 이집트 여성의 해방과 도약에 관한 캠페인의 연장으로 여성교육에 대한 관심을 의미하였는데,[243] 마을 사람들은 이것들은 묵인했지만 그녀의 새로운 무시 태도는 묵과하지 않았다.

칼릴은 그의 약속대로 카움 알-나흘에 와서 그의 친구 집에 묵었다. 그러나 그의 모친이 부동산을 팔지 않았기 때문에, 그의 수중에는 돈이 없었다.

그의 모친으로부터 전해들은 것은, 자밀라의 아버지가 딸을 그와 약혼시키겠다는 것이다. 그러나 자밀라의 아버지는 신랑의 어머니와 숙부가 와야 한다는 것이었지만, 그의 모친은 거동할 수 없는 상황이었다.

두 번째 모임에서도 칼릴이 지참금을 지불하지 않고서는 자밀라를 카이로로 보낼 수 없다는 것이었다. 다시 중매쟁이가 움직였고, 모두가 목사를 만났다. 그 목사는, 남자는 개신교 신자이고 여자는 정교회 신자이기 때문에 결혼 허가 요청서를 카이로에 보내야 한다는 것이다. 칼릴이 미혼이라는 증명서를 알-나킬라의 교회로부터 받아야 한다는 등의 형식적인 조건들이었다.

칼릴은 휴가 기간이 끝남에 따라 다시 카이로로 가지 않으면 안되었다.

한편, 자밀라의 몸 안에서는 아기가 자라고 있었다. 자밀라는 즐거운 밤을 보낼 수 없었고, 그녀의 모든 희망은 칼릴이 다시 돌아오는 것이었다. 그녀는 큰 위기에 봉착하게 되었다. 얼굴은 창백하

243) Muhammad 'Uwais Muhammad, op.cit., (1983. 4), p.29.

고 수척해졌다. 이러한 위기로부터 벗어날 수 있는 그녀의 유일한 방법은 칼릴이 다시 오는 길밖에 없었다. 그녀는 칼릴에게 다시 올 것을 편지로 촉구했다. 그는 처음에는 자밀라의 아기가 커 가고 있다는 사실을 이해하지 못했다. 그녀가 자신의 비밀을 그전의 편지에서 그에게 알린 후 그는 잊어버리고 있었다. 압바스도 그녀의 비밀을 모르고 있었다. 편지에는 상반되고 암호 같은 내용이 들어 있었기 때문이다.

어느 날 칼릴로부터 답장이 왔다. 압바스는 집에 가서 읽을 때까지 참을 수 없어 사무실에서 재빨리 뜯고 읽어 보았다. 칼릴이 매우 바빠서 답장이 늦었고, 교장과의 마찰이 있었으며, 알렉산드리아로 다시 전근되어 가니 옛 주소로 편지를 보낼 것이며, 여름 휴가 때 오겠다는 내용이었다.[244]

작품의 마지막 장에서 압바스의 운명이 자밀라의 운명과 연계되면서 가치 충돌의 클라이맥스에 도달한다.

불운하게도 압바스가 편지를 읽고 있는 사이 촌장의 직원이 들어왔다.[245] 압바스는 놀라서 얼떨결에 그의 손에 쥐고 있던 편지 위에 스탬프를 찍고 말았다. 그는 그 편지를 다시 봉해서 사서함 속에 넣을 수가 없었다. 압바스는 그 답장을 간직하고 있었다. 움무 아흐마드가 왔지만 빈손으로 여러 번 돌아가고 말았다.

5일째 되는 날 칼릴이 알렉산드리아에서 다시 편지를 썼다. 압바스는 이번에는 개봉하지 않았다. 그 편지를 본 순간 움무 아흐마드에게 전해 줄 마음을 갖고 있었다. 그러나 움무 아흐마드는

---

244) 『피와 진흙』, op.cit., (1979). pp.63 - 64.
245) Ibid., p.66.

오지 않았다. 그는 그 편지를 주머니에 넣고 그녀의 집으로 갔다. 동네 어귀에 다다르자 그 집 주위에 많은 여자 조객들이 모여 있었다. 그녀가 갑자기 사망한 것이다. 압바스가 자밀라에게 온 편지 한 통을 움무 아흐마드에게 전해 주기 위해 움무 아흐마드의 집을 찾아 갔을 때, 작가는 압바스의 감정을 매우 상징적인 표현으로 전달코자 노력하고 있다.

> 그의 주위에 여자 조객들의 우는 소리가 높게 들려왔다. 그리고 그 모습에 당황하여 그는 집중력을 잃었다. 그리고 검은 옷을 입은 여인들은 마치 올빼미처럼 느껴졌다. 그녀들의 울음소리는 마치 자기에게, 그리고 지기의 불행과 불운에 대해 소리치는 것 같았다.246)

그로부터 10일 후 칼릴로부터 편지가 왔다. 압바스는 이번에는 뜯어보았다. 칼릴은 매우 화가 나 있었다. 자밀라는 칼릴이 알렉산드리아로 되돌아간 것을 모르고 있었고, 칼릴은 움무 아흐마드의 사망 소식을 알 수 없었다. 자밀라가 가장 어려운 시점에 압바스의 실수로 두 연인의 관계는 편지의 단절로 무너져 버리고 말았다.

한편 압바스의 모습은 점점 수척해 갔고, 눈은 충혈되어 있었다. 압바스는 괴로운 나머지 자신에게 묻고 있다. 압바스는 극도로 답답해졌다. 역으로 가는 도중에 그는 갖고 있던 자밀라의 편지와 마을 사람들의 편지를 모두 찢어 버렸다. 마침내 자밀라는 칼릴이 도망갔다고 믿게 되었으며, 칼릴의 편지가 되돌아가면서 그의 편지가 끊겼다. 자밀라가 마지막 희망으로 옛 주소로 결혼 재촉을

---

246) Ibid., p.68.

하는 사이에 그녀의 뱃속에서는 아기가 점점 자라고 있었고, 그 아기의 성장과 함께 그녀 앞에 죽음의 그림자가 점점 다가오고 있었다.

그동안 자밀라의 아버지는 장사에 바빠서 집에는 단지 잠을 자기 위해서나 올 만큼 딸에게 자상히 신경 쓸 시간이 없었다. 그는 아스유뜨에 오랫동안 여행을 갔다 온 후 여느 때처럼 부인에게 자밀라의 안부를 물었다. 오래전부터 자밀라가 조금 아프다고 부인이 대답하자, 그는 딸의 방으로 들어갔다. 그동안 여러 가지 핑계로 숨겨 왔지만, 자밀라의 모든 것이 마침내 밝혀지고야 말았다. 딸의 부정(不貞) 행위가 밝혀진 것이다. 이것은 가정의 명예에 대한 도전이고 가문의 수치였다. 명예는 모든 마을 사람들에게 부과된 의무이며, 설사 딸을 죽이는 한이 있더라도 명예는 지켜져야 했다.[247]

그는 부끄러운 나머지 명예를 위해 축복하는 마을 유지들 앞에서 딸을 살해하고 말았다.

한편 압바스는 자책감으로 신경쇠약에 시달리다가 그 마을을 떠나고 말았다.

작품 분석을 통해 밝힌 바와 같이, 작품의 주 내용은 이미 정해진 운명과의 투쟁이라고 볼 수 있다. 자밀라는 사회에서 통용되고 있는 종교적 사회적 전통 및 가치 체계와 충돌한다. 압바스도 환경의 요인 때문에 유발된 실수를 저지르게 되고 또 다른 비극을 불러일으켰다.

자밀라가 도시에서 수학 후 고향으로 돌아오면서 모자와 책을 가져왔을 때 마을 사람들은 그것을 묵인했지만, 자밀라가 마을의

---

247) Miriam Cooke, op.cit., (1984), p.40.

전통과 가치관을 무시하려는 태도와 그러한 시도에 대해서는 마을 사람들은 확고한 입장을 표명하고 있다.

위기를 극복하기 위해 강구되는 모든 노력들이 묘사되고 있지만, 그러한 노력들은 모두 실패로 끝나고 만다. 따라서 자밀라는 엄격하고 폐쇄된 사회 환경의 희생자가 된다. 그러나 작가는 그녀의 운명적인 시련에 대해 애정과 동정을 보낸다.[248]

작가가 작품에서 보여주는 쟁점은 인간의 존재에 관한 진정한 의미에 대한 의문이며, 현대 철학에서 다루고 있는 가장 두드러진 문제, 즉 행위에 대한 인간의 책임 한계이다.

결론적으로, 이에 관한 작가의 견해는, 이 세상에서 인간에게 죄악에 대한 책임은 없으며 모든 책임은 사회 환경의 탓으로 돌리고 있다. 즉 모든 죄악은 불행한 환경 때문이라는 것이다.[249]

작가는 홋스니의 입을 통해서 자신의 견해를 다음과 같이 피력하고 있다.

이 세상에서 책임질 사람은 누구인가?[250]

나는 이 편지들의 주인들을 화나게 하고 지옥으로 가게 해도 상관하지 않는다. 만일 그들이 스스로 원한다 해도. 이것은 매우 어리석은 편지들이다. 그리고 이 편지들은 나를 미치게 했고, 그래서 나는 편지들을 찢는다. 그 순간 마치 내가 적의 옷들을 찢고 있는 것처럼 누군가 말할 수 있으리라. 그 후 나는 의식을 잃었고 또 다른 세계로 들어갔다. 그때 나를 화나게 한 유일한 것은 이 세상이 어리석고 무의미한 것이라는 것이었다. 나는 이 세상 누구의 소리도 듣지 못하는 귀머거리라고 상상했다. 당신이 제 아무리 크게 소리쳐두 관심을

248) Na'i:m 'Atiyah, Lahza:t al-'Adabi:ya, (al-Hai'ah al-'A:mmah Liqusu:r al-Thaqa:fa:, 1992), p.43.

249) 'Abd al-Mun'im al-Jada:wi:, op.cit., (1990), p.148.

250) 『피와 진흙』, op.cit., (1979), p.74.

갖는 사람은 아무도 없다. 그러나 세상은 항상 여느 때처럼 계속 돌아가고 있다. 어떤 것도 세상을 멈추게 할 수는 없다. 왜냐하면, 인생은 항상 귀머거리와 같기 때문이다. 그것은 결코 뒤를 돌아보지 않는다.
이 불행한 소녀는 그 인생에 의해 짓밟혔고, 그녀의 몸 위를 지나갔다. 나는 지금까지 무엇이 그녀에게 일어났는지 더 잘 알지 못한다.
나는 결코 그녀를 본 적이 없다. 그러나 나는, 이 소녀가 살해되었고, 그녀의 죽음의 원인은 나에게 있다고 확신한다. 나 이외에 그녀를 죽인 사람은 아무도 없다.251)

야흐야 학끼는 운명의 시련을 감당하지 못하는 여주인공 자밀라에 관한 동정과 애도의 이야기를 하면서 상징적인 표현으로 자신의 모든 슬픔을 이 단편의 끝부분에 쏟아 놓고 있다. 즉 자밀라의 아버지가 문제를 발견한 후 자밀라가 운명에 굴복하는 순간을 압바스가 느꼈을 때,

방에는 침묵이 가득했다. 그리고 훗스니의 눈에는 괴로움을 감출 수 없었다. 잠시 후 두 사람은 소리에 귀를 기울이게 되었다. 작은 교회의 종소리에 그 소리는 마치 죽음의 메시지처럼 그들의 귀에 들어왔다. 때때로 그 구리(종소리)가 인간의 극한 고통과 슬픔을 표현할 수 있을지 모른다.252)

작가는 위와 같이 작품 속에서 내용적으로 그의 인간에 대한 동정을 보여주고 있고, 『우체부』는 그의 휴머니티가 가장 돋보이는 작품 중의 하나이다.

---

251) Ibid., pp.73 - 74.
252) Ibid., p.75.

2. 『감옥 이야기(Qissa fi: Sijn)』253)

『감옥 이야기』는 1931년 알-마잘라 알-자디다에 발표된 작품으로,254) 『피와 진흙』이라는 제하의 단편선(1955년)에 수록되어 있다.

이 작품은 알-사이드를 배경으로 한 다섯 편 가운데 가장 먼저 쓰인 것으로, 작품 초기 활동 이후 계속해서 작가의 몇 가지 성향을 보여준다는 점에서 관심을 끄는 단편소설이다.

작품 속에 나타난 작가의 성향을 간추려 보면

(1) 우선 이집트의 자연에 대한 그의 높은 관심도를 보여주고 있다

『감옥 이야기』에서는 다리를 매우 특징 있게 묘사하였다. 주인공 일라이와가 집시 소녀의 유혹으로 고향에 그녀를 데려가는 문제와 집시 소녀의 집단에 합류하는 문제로 고민하다가 결국 나일 강을 가로지르는 다리를 건너 그의 비극적 운명을 맞이하게 됨으로써 다리는 단순한 배경이 아니라 등장인물들과 함께 사건에 깊숙이 관여하고 있다.

(2) 또한 동물 묘사에 대한 그의 애착을 볼 수 있다. 작가가 1975년에 『움무 하쉼의 램프』를 재출간하면서 첨부한 자서전에 의하면,255) 그는 작품 초기부터 동물에 큰 관심을 갖고, 하나의 상

---

253) 『피와 진흙』, op.cit., (1979), pp.77-99.

254) Saiid ha:mid al-Nassa:j, Dali:l al-Qissah al-Misriyyah al-Qahi:ra, (al-Hai'ah al-Mi riyyah al-`A:mmah Lil-kita:b, 1972), p.174.

255) 『움무 하쉼의 램프』, op.cit., (1975), p.51.

4장 운명에의 도전과 시련 139

징으로서 여러 작품에서 동물을 묘사하였다. 『감옥 이야기』에서 양과 염소의 이동 시 보호 역할을 하는 개는 집시들에 의해 독살된다.[256] 개의 죽음은 일라이와의 의식 속에 들어 있는 가치와 의지의 소멸을 상징한다.[257] 개를 죽이고 양과 염소를 훔칠 때까지 그 집시 소녀의 유혹과 음모가 계속되고 있는 것이다.

(3) 야흐야 학끼는 작품 속에서 장소에 큰 관심을 보여주고 있는 동시에 시간에 대한 관심도 보여주고 있다. 주인공 일라이와가 양과 염소를 몰고 가는 묘사는 물론 개의 죽음과 매장 등과 관련하여 파라오의 유산이나 역사와 관련된 언급이 이를 증명하고 있다.[258]

(4) 해학은 이집트 민중의 가장 두드러진 정신적 유산이다. 그 가운데 학끼의 작품에 예술적 구성의 핵심으로서 나타나는 것은 아이러니로서 그의 인생관이나 사회관 표출에 큰 역할을 담당한다. 이 작품에서는 마을의 취약성, 무너지기 쉬운 그들의 가치관과 집시가 마을의 금기를 침해하고 강탈에 성공하는 양면성을 묘사하면서 마을의 당혹감을 표현하기 위해 극적 아이러니를 도입하였다.[259]

(5) 일라이와와 여자 집시의 만남은 이성 간의 일반적인 만남이 아닌 운명적인 사건이었다. 그러나 이들의 이성 간의 만남 역시 『우

---

256) Sabry Hafez, op.cit., (1979), p.256.
   작가는 그 충견이 떨며 죽어가는 모습을 생생하게 묘사하고 있다. 그 죽음에 대한 묘사는 그 자체가 한 편의 아름다운 산문이었다.

257) Mustafa: I.Husayn, op.cit., p.62.

258) Ibid., pp.62 – 64.

259) Sabry Hafez, The Fiction of Y. Haqqi, (Azure, 1978), p.47.

체부』나 『아부 푸다』에서와 같이 비극적인 상황으로 전개되고, 특히 이 작품에서 여성은 한 남성의 인생을 침해함으로써 남성에게 파멸의 원인을 제공한다. 또한 작가는 성(性)을 취급할 때, 일반적으로 남녀 모두 서로 다른 출신의 모델을 등장시키고 있기 때문에 평론가들의 주목의 대상이 되고 있다. 예를 들면 『우체부』에서는 종파가 서로 다른 두 연인의 만남을, 『아부 푸다』에서는 상이집트의 농촌과 하이집트 도시 출신의 남녀를, 『감옥 이야기』에서는 농부인 일라이와와 집시 소녀를 만나게 한다.

본 작품에서는 작가가 성을 예술적 목적을 위한 하나의 수단으로 이용하여 여러 가지 사실도 밝혀 주고 있다. 즉 두 사람의 관계를 통해서 집시들의 성격과 그들의 조직과 생활상을 밝혀 주고 있는데, 이런 점은 아랍 문학에서 집시를 처음으로 소재로 삼았다는 점에서 평가받고 있다.[260]

> 우리 동네에서 나도는 집시에 관한 얘기에 의하면 그들은 모두가 도둑이고 유괴자들이다. 그리고 관심을 딴 곳으로 유발하는 어떤 계략에 뛰어난 자들이라는 것이다.[261]

> 그들은 또한 이기주의자들이다. 그들의 집단에는 어떤 이방인도 받아들이지 않는다.[262]

> 집시들은 탐욕을 채우기 위해서는 마을 사람들과는 달리 명예에 크게 신경 쓰지 않는다는 점도 보여준다. 그 남자가 이전에 얻어 보지 못한 것을 그에게 주고, 그로부터 가능한 한 그녀가 많은 것을 앗아가는 것이었다.[263]

---

260) 'Ahmad Ha:shim al-Shari:f, Daraja al-Nubu:gh al-'Insa:ni:, (aba: al-Khair, 1992. 12), p.65.

261) 『피와 진흙』, op.cit., (1979), p.85.

262) Ibid., p.91.

또한 두 사람의 만남으로 서로 이질적인 집단의 심리적 사회적 간격을 보여주고 있다. 마을에 정착해 사는 농부들은 순진하고 친절하며 전통을 중요시한다.

집시는, 생존과의 투쟁으로 거칠고 교활하며 사기를 일삼는 집단으로, 경찰의 추적을 끊임없이 받는다. 따라서 서로가 의혹과 증오의 눈초리를 보내는 것은 당연하며, 두 집단의 관계는 서로 빼앗고 빼앗기는 관계이다.

성에 관한 작가의 관심은 그가 학창 시절에 심리학과 정신분석학에 심취한 때문이다.[264]

특히, 오스트리아의 정신 의학자인 프로이트와 애들러(Alfred Adler)의 이론에 영향을 받은 흔적이 여러 작품에서 보인다. 즉 그는 인간의 행위에 성이 최대의 중요성을 갖는다는 프로이트의 주장과 우월감이 인간의 행위에 제일 큰 영향을 준다는 애들러의 견해를 혼용하고 있다.

이미 언급한 바와 같이, 작가는 알−사이드에 근무하면서 이성을 처음 의식했다. 이 작품에서는 자신이 속한 사회에서 억압과 학대를 받은 집시 소녀가 열등감을 갖게 되고, 그 열등감은 일라이와를 열정적으로 소유하게 한 원인이 되었고, 그 후 다시 증오감으로 바뀌고 있다.

열등감이 인간의 행동에 어떻게 영향을 주는가를 눈여겨 볼 수 있는 대목이다.

---

263) Ibid., p.88.
264) 『움무 하쉼의 램프』, op.cit., (1975), pp.50 − 51.

두 사람 ― 농부와 집시 ― 의 성격 차이를 말할 수 있는 것은 아무것도 없었
다. 그 집시 소녀의 얼굴에 숨어 있는 미소는 농부의 이마 위에 심하게 줄이
패인 주름살과 비교가 되었다.265)

이성과의 만남으로 나타나는 심리적 갈등을 작가가 잘 묘사하고
있다는 점에서도 이 작품은 뛰어나다 하겠다.

(6) 단편선 『피와 진흙』에 수록된 알–사이디야트는 모두 현지 방
언으로 쓰여 있다. 특히, 『감옥 이야기』에서 등장인물 간의 대화는
물론 서술과 편지 등에서 방언의 사용이 두드러진 점이 특징이다.

야흐야 학끼는 알–사이디야트 이후 과학적 문체와 삽입문의 이
용이 늘어났고, 방언은 극히 제한적으로 사용하였다.

작품의 줄거리는 다음과 같다.

주인공 일라이와는 순박한 시골 청년이다. 어느 날 마을 유지로
부터 양과 염소를 다른 지역으로 인계해 달라는 부탁을 받고 여행
을 떠난다. 그는 도중에 사기와 강탈을 일삼으며 안정된 생활 없
이 하루하루 살아가는 집시 부족과 만나게 된다.

집시 부족의 선동으로 교활한 악마의 대리인인266) 집시 소녀가
그를 성적으로 유혹하였고, 마침내 그는 그녀를 열렬히 사랑하게
되어 자기에게 주어진 임무마저 포기하고 양과 염소를 빼앗긴 후
에 집시가 되어 버렸다. 그는 마을의 신뢰와 명예에 손상을 입히

---

265) 『피와 진흙』, op.cit., (1979), p.90.
266) Miriam Cooke, op.cit., (1984), p.77.

는 배신행위를 저지르고 만 것이다. 다시 말해서, 그는 마을의 전통적 가치 체계를 기만하는 범죄를 저지른 것이다.

그는 그녀와의 새로운 인생을 꿈꾸고 있지만, 경찰에 체포되어 감옥에 들어간다. 결국 그는 집시 소녀와의 운명적 만남으로 집시 생활에 만족하려 하지만 주변 환경은 항시 그에게 유리하게 작용하지 못했고 제재를 받게 되었다.

『감옥 이야기』는 농사와 그 외의 고된 일을 해 왔던 선조들처럼 사고와 행동 범위가 제한된 사회에서 살아가는 알－사이드의 한 농부가 강도와 절도 행위로 경찰에 쫓기면서 아무런 계획 없이 하루하루를 살아가는 집시로 변하게 되는 과정을 묘사한 작품이다.

주인공 일라이와가 집시로 변신하여 감옥 안에서 자신에게 그동안 일어났던 과거의 사건을 한 청년에게 말하는 형식의 작품이나, 그는 또 다른 의미의 감옥에서 살고 있는 것이나 다름이 없다.[267] 어떤 상황에서나 상태가 안정되고 규칙적이지 못하고, 집시로서의 새로운 인생을 살아가야만 하기 때문이다.[268]

일라이와는 그동안 살아오면서 고된 일과 푸른 옷, 항상 부족한 음식 이외에는 머리에 떠오르는 것이 없었고, 이 세상에는 나일 강, 촌장, 파출소, 그리고 그가 경작하는 손바닥만 한 땅 이외에는 아무 것도 모르는[269] 순진하고 죄 없이 살아가는 시골 청년이었지만, 지금은 오늘 이외에는 그 어떤 것에도 관심이 없는 집시일 뿐이다.[270]

---

267) Na:ji: Naji:b, op.cit., (1985), p.69.
 Gha:li: Shukri:, op.cit., (1991), p.132.
268) 『피와 진흙』, op.cit., (1979), p.99.
269) Ibid., p.98.
270) Ibid.

이제 작품을 다음과 같이 분석하고자 한다.

그가 감옥에서 청년에게 전해 주는 이야기는 3인칭 화자로 묘사되면서 시작되고 있다.

어느 날 주인공 일라이와는 자기가 살던 마을을 떠나게 된다. 나일 강의 물이 불어남으로써 일이 없게 된 그는 마을 촌장의 동생으로부터 양과 염소 65마리를 북쪽의 알－민야에 있는 상인에게 넘겨주고 오도록 고용되었다.

알－민야의 알－이브라힘이야의 다리를 향해 양과 염소를 앞세우고 길을 가는 도중에 그는 집시 무리를 만났다. 갑자기 그들의 텐트 속에서 한 집시 소녀가 나타나 일라이와에게 접근하여 그를 운하 옆으로 데려가 이야기를 나누었다. 그 집시 소녀 때문에 나중에 일라이와의 운명이 바뀌게 되었다. 그 집시 소녀는 부족의 선동으로 모든 수단을 동원하여 그에게 성적 유혹을 시도하지만, 순진한 일라이와가 그것을 알아챌 수가 없다.

집시에 대한 소문은 마을에서 별로 좋지 않았고 두려움도 있었지만, 그녀의 외모는 그의 마음을 사로잡았다. 까무잡잡한 피부에 오뚝한 코, 동그스름한 얼굴을 가지고 있었고,271) 그녀의 몸은 땀과 먼지로 뒤범벅이 되어 있었지만, 카네이션 향기가 그의 코를 찔렀다.272) 집시들이 일라이와에게 차를 대접하며 양과 염소를 빼앗을 음모를 세웠고, 여자가 그를 다시 유혹하였다. 그를 포옹하고 그의 품에 안겼다. 일라이와에게는 최초의 경험이어서 숨이 가쁘고 정신이 없어졌다. 어둠 속에서 그녀는 강제로 그의 동정을 빼앗고 말았다.

271) Ibid., p.85.
272) Ibid., p.86.

한편, 주인을 대신해서 개는 짙은 어둠 속에서 주인의 양들을 지키고 있었다.

아침이 되자 일라이와는 집시 소녀에게 모든 것을 의존하게 되었다. 그는 다른 것에는 관심이 없어졌다.

> 달콤한 잠에 빠져 있는 그는 그의 손에 채울 어떤 수갑에도 관심이 없었다.273)

> 그는 과거의 일을 잊어버렸다. 그녀 품속에 있는 시간만을 생각하였다. 아침이 되자 그는 아직도 설렘을 간직한 채 그저 양의 뒤를 쫓아만 가고 있었다.274)

다시 이튿날 새벽이 되면서 그들은 다른 곳으로 갔다. 그제야 일라이와는 개가 없어진 것을 알아차리고 뒤로 돌아가 찾다가 나무 곁에 죽어 있는 개를 발견했지만, 개가 죽은 이유를 이해하지 못했다. 집시들이 그 개를 독살한 것이다.

그때 집시 소녀가 그의 곁에 다가와서 일라이와가 자는 동안 양들을 강탈당했다고 전해 주었다.

일라이와는 그의 인생에서 죄를 모르고 살아 왔지만, 처음으로 큰 죄를 짓게 되었다.

그녀는 그녀의 부족 사회에서 억압과 자유의 박탈로 열등감을 갖게 되었고, 이 열등감이 그녀로 하여금 일라이와를 정복하게 했던 것이다.

일라이와가 그녀와 가까운 사이가 되자, 오히려 그녀는 이 선량하고 조용한 남자에 싫증을 느꼈다. 그녀는 옛날의 생활로 되돌아

---

273) Ibid., p.89.
274) Ibid.

갔다. 그녀는 떠돌이 생활에 익숙해 있었고, 어느 장소에서도 하룻밤 이상 머물러 있지 않았으며, 이방인을 받아들이지 않는 이기주의자들인 집시였던 것이다. 그녀는 다시 한 남자 집시에게 예속되었다. 그녀는 사랑의 관계가 아닌 강제로 그 남자에게 이끌린 처지가 되었다.

결국, 그녀는 일라이와로부터 도망쳤다. 그러나 그럴수록 일라이와는 그 집시 소녀에게 의존하게 되었고, 그녀의 뒤를 숨 가쁘게 쫓아다녔다.

그녀는 가자 자신의 길을 가자고 단호하게 선언한다. 그러나 일라이와는 함께 고향 마을에서 다시 농사일을 시작하자고 그녀에게 제의하지만, 그녀는 완강히 거절한다. 마침내 그는 그녀에게 굴복하며, 그녀의 요구대로 그가 데리고 있는 나머지 양을 몰고 그녀를 따라 나일 강을 건너 산으로 향한다.

집시 소녀가 그녀의 부족과 합세했을 때 그도 역시 그들에게 가담했고, 양들을 잃어버렸다. 오직 그녀와의 사랑 때문에 그는 집시가 되었다. 이제 그는 사회적 존재로서의 인간의 기본적 수준에서 동물의 수준으로 격하된 것이다. 집시들 사이에서는 서로 약탈하지 않는 것이 관습이었으나 일라이와는 처음에는 집시가 아닌 농부였기 때문에 그녀의 부족들에 의해 양들을 빼앗겼다.

마침내 그는 시장에서 돈 몇 푼을 받고 그의 것이 아닌 나머지 양들을 팔아 넘겼다. 그리고 집시들이 사는 방식대로 살고, 그들이 훔치는 것처럼 그 역시 훔치려고 노력했다. 그러나 행운은 그에게 미소 짓지 않았다. 집시 소녀는 도망갔지만, 그는 경찰에 의해 체포되고 말았다. 일라이와는 이미 예전의 농부가 아니었으며, 농부로 되돌아갈 수는 없었다. 그는 감옥에서 자유를 꿈꾸고 있었고, 집시들에 속하여 집시처럼 살아갈 수 있도록 자유(석방)를 꿈꾸고 있었다.

> 그의 앞에 놓여 있는 세상은 울타리가 없었다. 그가 세상에서 어떤 것을 얻을 수만 있다면 강탈할 것이다. 그는 행복하다.275)

일라이와의 『감옥 이야기』는 그가 자신의 이야기를 계속 듣고 있던 청년에게 "내가 지금 출옥하면 그 소녀를 찾아다닐 것이네."276) 라는 말로 끝마치고 있다.

『감옥 이야기』는 아랍 문학사상 초기에 시도된 사실주의 작품으로 평가되고 있으며, 알-사이드를 배경으로 한 최초의 아랍 단편 소설이다.

사실주의 작품에 대한 야흐야 학끼의 열정은 『우체부』, 『아부 푸다』로 계속 이어졌다.277)

『우체부』와 마찬가지로 이 단편소설에서도 주인공 일라이와가 운명과 대결하지만 결국 실패한다는 줄거리로 이루어져 있다. 이 작품에서도 작가는 주인공을 동정하며 인간은 어떤 행위에도 책임이 없음을 보여주고 있다. 돌발적으로 발생하는 도전 앞에 가치 체계가 무너질 수 있다는 것을 암시하고 있다.278)

---

275) Ibid., p.98.
276) Ibid., p.99.
277) Na:ji: Naji:b, op.cit., (1985), pp.70-71.
278) Mustafa: I. Husayn, op.cit., (1968), p.24.

작품의 소재와 형식, 그리고 알－사이드의 분위기, 칠흑 같은 어둠 속의 밤을 묘사함에 있어서 작가의 재능이 엿보이는 작품이다. 그 어둠은 다음 글에서 나타나는 바와 같이 마치 인간의 불행과 슬픔을 반영하는 것 같다.

그의 휴머니티 정신이 작품 속에서 살아 숨 쉬고 있는 것이다.

세상은 완전한 적막 속에 둘러싸여 있었다. 하늘은 너무 어두워서 세상은 마치 검은 새의 날개로 덮여 있는 것 같았다. 때때로 그 날개는 조금 흔들리기도 하였다. 날개가 움직인 것은 시꺼먼 하늘에서 몇 개의 별들이 흔들리고 있기 때문이다. 램프의 불빛도 악사의 악기도 이 세상의 깊은 슬픔을 없앨 수는 없었다. 밤은 한낮의 시체란 말인가?

이처럼 그 깊은 슬픔은 하나의 죽음의 노래가 되었다! 그렇지 않으면, 이 세상은 깊은 고통 속에 빠져들어 있는 것이다. 왜냐하면, 이 세상은 매우 천천히 조금씩 사라지고 있다고 느껴지기 때문이다. 또는 이 깊은 슬픔들은 우주에서 이동해 온 수많은 동방의 슬픈 영혼으로 반사되어 나타난 것이리라! 아니면 마치 그 하늘 스스로 북쪽을 뒤덮고 있는지도 모른다. 그렇다면 이것은 그 자체의 기쁨과 만족을 가리키며, 별의 움직임도 하나의 춤과 같이 되리라!

밤은 가수가 슬픔을 생각하기엔 너무나 무거운 분위기였다. 그리하여 음악은 고통을 받고 있는 환자의 소리처럼 울려 퍼졌다. 그날 밤 세상은 모두 한편에 서 있었고, 악기는 또 다른 쪽에 서 있었다. 그리고 양자 간에 대화가 벌어졌고, 서로 자신의 비밀을 말해 주었다. 그리고 청중들은 그들 이야기의 영향을 받았지만, 그들은 그 가수를 눈으로 볼 수는 없었다. 그들은 아부 자이드가 다카 위에 앉아서 자신들에게 소리치고 있다고 상상하였다. 그들은 당황하여 그 때를 혼동했다. 그의 사건들을 그들에게 말해 주기 위하여 그 가수가 다시 파견되었는가? 아니면, 마술의 손에 의해 그 가수의 우매한 시대로 그들 스스로가 되돌아간 것이었나?

그 시인은 자신의 노래가 청중에게 영향을 주었다는 사실을 경험으로 알면서, 시(까시다)로써 밤을 마감하였다. 그것은 그의 마지막 노래였다.[279]

---

279) 『피와 진흙』, op.cit., (1979), pp.92 - 93.

3. 『아부 푸다('Abu: Fu:da)』[280]

　단편 『아부 푸다』는 1933년 알－시야사 알－우수부이야(al－Siya:sah al－'Usbu:`iya:) 신문에 발표된 작품으로, 알－사이디야트에 수록된 작품 중의 하나이다.

　알－사이디야트의 또 다른 작품인 『감옥 이야기』의 집시의 경우처럼, 이 작품은 채석장의 노무자들을 작품의 소재로 사용하여 이들을 아랍 문학에 최초로 소개한 작품으로서,[281] 상이한 사회의 출신(상이집트와 하이집트 출신)인 인간 모델을 등장시켜 작품의 흥미를 더해 주고 있고, 『우체부』, 『감옥 이야기』처럼 운명과의 싸움 또는 운명의 시련을 주요 내용으로 하고 있다. 모든 것은 운명적이며, 인간은 운명을 회피할 수 없고, 모든 전통과 환경에 구속받아야 하며, 환경이 운명을 지배한다는 메시지를 남기고 있다.

　주인공 자시르의 성장 과정과 15년간의 감옥 생활을 통해 형성된 그의 의식 구조와 사회와의 오랜 단절로 인한 여파로 자시르는 피할 수 없는 운명을 갖게 된다.

　운명은 인간에게 선택의 기회나 그 기회를 거부할 명분을 주지 않는다. 그저 순응해야 할 뿐이다. 이것이 알－사이드의 현실이다. 돌발적이거나 우연한 사건은 존재하지 않는다. 심지어 이스마일과 나르지스의 결혼이나 농부인 이스마일이 채석장 일에 참여하는 것과 자시르와 나르지스의 만남 등은 운명적이라 할 수 있다. 따라

---

280) 『피와 진흙』, op.cit., (1979), pp.101－136.
281) A mad Ha:shim al－Shari:f, op.cit., (1992. 12), p.65.

서 이 작품에서 주인공 자시르의 파멸은 환경적 요소와 관련하여 이해되어야 한다.[282]

『감옥 이야기』가 한 남자의 인생을 철저히 파괴하는 여자에 관한 이야기인 것처럼, 직접적이지는 않지만 『아부 푸다』에서도 한 여자를 사랑하기 때문에 범죄를 저지르게 된 한 남자가 인과응보로서 불행에 떨어지게 되는 이야기이다. 다만 『우체부』와 『감옥 이야기』의 내용과 차이를 보이고 있는 점은 체벌 개념이 추가된 것이라 할 수 있다. 법의 처벌을 피해 있던 살인자에게 하느님의 정의의 심판이 내려져 무거운 벌을 받게 된다는 것이다.[283]

작가는 비극적이고 불운한 환경의 희생자인 주인공들을 묘사하면서, 인간의 불행을 동정하며 인간의 고통의 원인이 무엇인가를 고민하고 있다. 인간에 대한 그의 애정, 즉 휴머니티를 엿볼 수 있는 작품을 작가 특유의 생동감 있는 문체로 20대에 감히 발표하였다.

아부 푸다는 알-사이드에 있는 채석장 중의 하나로서 사건의 주요 배경이 되고 있으며, 이야기의 줄거리는 다음과 같다.

주인공 자시르는 살인 혐의를 받고 15년간 감옥 생활을 한다. 그는 채석장의 노무자로서 가까운 친척이라곤 이스마일밖에 없지만, 자시르와 이스마일과의 관계는 두 사람 모두 불우한 환경 탓으로 원만하지 못하다. 자시르를 보는 마을 사람들의 시선은 곱지 못하며, 자시르의 포악하고 잔인한 성격은 더욱 심화되었다. 그는 이스마일의 아내인 나르지스를 사랑하게 되고, 그녀의 남편이자 사촌인

---

282) Muhammad 'Uwais Muhammad, op.cit., (1983. 4), p.32.
283) Musafa: I. Husayn, op.cit., (1968), p.24.

이스마일을 결국 살해하는 음모를 꾸미게 된다. 운명적인 사건이 계속 발생하면서 자시르는 나르지스를 차지하게 되지만, 화약 폭발 사고로 두 눈을 잃게 되고, 아내인 나르지스도 그의 곁을 떠난다.

지금부터 작품을 면밀하게 분석하고자 한다.

이 이야기는 마을의 한 청년을 살해한 혐의로 15년간의 감옥 생활을 끝내고 고향으로 돌아가고 있는 주인공 자시르 후나이디의 소개로 시작된다. 그에게는 5년 전에 면회하러 왔던 외사촌 이스마일 이외에는 친척이라곤 없었다.

자시르는 아부 푸다 채석장의 노무자였다. 그의 아버지는 대부분의 인생을 만팔루뜨에서 술을 마시며 보냈고, 자시르는 성질이 포악하고 싸움을 잘했으며, 바위보다 더욱 강한 힘을 동료들에게 자랑하곤 했으며, 머리 역시 영리하였다.

마을로 돌아오는 자시르를 보고 마을 사람들은 염려와 불안 속에서 그를 맞이하였다. 자시르가 돌아왔다는 소식이 이스마일 귀에 들어갔고, 자시르가 이스마일의 집에 도착했을 때 이스마일은 당황하였다. 이스마일은 얼굴이 노랗고 말을 더듬거리는 소심한 사람이었다.

자시르는 거처가 없는 친척을 돕는다는 알-사이드의 관습에 따라[284] 일과 집을 마련할 때까지 이스마일의 집에 임시로 머무르기로 하였다. 그러나 마을의 전통은 한 지붕 밑에서 두 남자와 한 여자가 사는 것을 결코 용납하지 않았다.[285]

그래서 이스마일은 갈대로 만든 포대로 자시르의 임시 거처를

---

284) Hamdi: al-Sakku:t, op.cit., (1990), p.66.
285) 『피와 진흙』, op.cit., (1979), p.108.

집 옆에 만들어 주었다. 그러나 이스마일의 마음은 근심에 차 있었다. 어려서부터 그는 자시르를 무서워했고 피했으며, 성격도 판이하게 달랐다. 자시르는 술을 좋아했고, 이스마일은 아편을 복용했다. 자시르는 어려서부터 채석장에서 일을 했지만, 이스마일은 그의 아버지가 남긴 재산을 가지고 다른 마을로 가 버렸었다. 자시르는 이스마일이 우둔하다고 빈정거렸고, 이스마일은 자시르의 포악성을 모든 사람들에게 불평하고 다녔다.

한편 이스마일의 아내 나르지스는 하이집트 출신으로 남자를 유혹하는 방법을 잘 알고 있는 여자였다. 이스마일은 1차 세계대전 때에 영국군에 의해 징집되어 카이로와 샴 지방에 근무한 적이 있었다. 만팔루뜨에서 멀지 않은 알-사이드의 오지에 정착한 자신의 샤끼르 부족 출신의 여자들보다 남자를 유혹하는 비결을 더 잘 알고 있던 유부녀인 나르지스를 카이로에서 가까운 무쉬에서 만나 사랑하게 되었다. 그는 퇴직금으로 그녀에게 옷을 사 주기도 하면서 그녀의 환심을 사는 데 성공했다.[286]

그녀는 알-사이드의 백만장자라고 생각한 이스마일과 살기 위해 남편에게 이혼을 요구했다. 이스마일은 돈이 떨어지자 그녀를 데리고 고향으로 돌아와 품삯을 받는 농부의 신세로 바뀌었다. 이곳에서도 그녀의 요구대로 돈을 낭비하였기 때문에 그에게는 푸른 누더기 옷 이외에는 아무것도 가진 것이 없었다.

자시르가 출옥 후 이스마일의 집에 도착했을 때 이스마일은 많은 빚에 시달리고 있었다. 마을 사람들의 말에 의하면, 이스마일은 가난 때문에 부인에게 끌려다녔고, 부인은 시장에서 남편 몰래 창

---

286) Ibid., p.113.

녀 노릇을 하고 있다고 했다.

이스마일은 그 소문들을 모른 척할 수밖에 없었으며, 그에게는 남성다운 모습을 보여줄 능력도 없었다. 그녀의 장롱 속에 남아 있는 돈은 전 남편으로부터 받은 것이거나 만팔루뜨 시장에서 그녀 스스로 번 것이었다.

그러나 이스마일은 그녀의 속임수가 그의 눈에서 사라지기를 바랐고, 그녀와 헤어지는 것을 두려워했다. 그동안에 이스마일은 건강 상태가 악화되면서 대부분의 시간을 집에서 잠만 자며 빈둥거리곤 했다.[287]

하루하루 그는 생각에 잠겨 있었으며, 음식 이외엔 아무것도 요구하지 않았고, 단순히 부인에게 "알았어" 또는 "그렇게 해"라고 말할 뿐이었다.

따라서 그의 아내 나르지스의 입장은 더욱 분명해졌다.

그에 대한 나르지스의 관심은 사라졌다. 그녀는 시장에서 자신만의 생활을 즐겼다. 그리고 스스로 자신의 문제를 결정하였으며 미래를 설계하였다. 그래서 집과 외출을 별개로 생각했다. 그녀의 고객 중에서 나으자의 남편에 관심을 두었다. 그는 그녀에게 항상 문을 열어 두었다.

이스마일과 나르지스를 감싸고 있는 이러한 분위기는 독자로 하여금 나르지스와 자시르가 처음 만나는 순간부터 앞으로의 두 사람의 관계를 짐작하게 한다.

자시르는 이스마일의 집에 도착한 날부터 만팔루뜨를 자주 들렀다. 집은 단지 잠자는 곳에 불과했다. 어느 날 칼릴의 가게에 들러

---

287) Ibid., p.121.

여러 청년들과 함께 차를 마시던 중 이스마일에 관한 이야기를 듣게 되었다.

즉 하이집트 출신의 나르지스와 결혼에 실패했다는 이스마일에 대한 이야기였다. 이스마일은 아내의 비행을 모른 체하는 겁 많은 남자라는 것이었다. 그렇다면, 이스마일의 아내 나르지스는 시장에서 무엇을 한단 말인가? 자시르는 나르지스에게 관심을 갖게 되었다. 그녀에게 이스마일이 모르는 비밀이 있음을 알게 되었다.

이스마일이 아침 일찍 들판에 나가는 시간을 자시르는 기다렸다. 이스마일이 집을 나간 후 자시르는 집 안으로 들어가 화덕 곁에 있는 그녀를 발견하였다. 그의 아래 입술은 두툼했으며, 두 눈은 이글거렸다.[288] 두 사람은 아침 인사를 나누었다. 마당은 이웃이 들여다볼 수 있을 정도로 낮았다. 자시르와 인사를 나눈 후, 나르지스는 재빨리 조그만 방으로 들어갔다. 자시르가 뒤따라 문 앞에 서서 방 안을 들여다보았다. 방 안에는 색채가 현란한 여러 가지 옷들이 줄에 걸려 있었고, 구석구석 치장이 잘되어 있었다. 자시르는 그녀의 비밀을 추궁했다. 나르지스는 방을 나가려고 했지만 자시르가 몸으로 제지했고, 그녀의 비밀을 폭로하겠다고 위협했다. 결국 자시르는 그녀를 강제로 추행하는 데에 성공했고, 그녀와의 첫 만남은 자시르의 인생에 큰 전환점을 가져다주었다.

자시르는 이제 그녀를 소유하고 싶었다. 나르지스는 성욕이 매우 강한 여자였고, 선과 악의 차이를 모르는 도덕심이 없는 여자로서 여자의 (성적) 본능으로만 살아가는 여자였다.

자시르가 그녀를 겁탈하려 했을 때 그녀는 이웃에게 도움을 요

---

288) Ibid., p.110.

청하거나 도망칠 수도 있었지만, 그녀는 몸을 허락했던 것이다.

자시르는 그녀에게 여러 가지 유혹의 수단을 동원했고, 마침내 그녀의 긍정적인 답변을 얻어 냈다. 그녀와의 결혼의 꿈을 가지고 있던 자시르에게 이스마일이란 존재는 큰 걸림돌이 되었다. 어느 날 자시르는 자신의 의도를 솔직하게 그녀에게 털어놓았고, 그러자 그녀는 그가 목적을 달성하는 방법에 대해서는 그에게 일임했다. 그리하여 자시르는 이스마일을 살해할 음모를 꾸미게 된다.

한편 나르지스와의 관계를 유지하기 위해서도 자시르에게는 돈이 필요했다. 그는 나일 강에서 놀던 옛 추억을 되새기면서 만팔루뜨를 오가던 어느 날 정부의 채석장을 임차해서 운영하고 있던 샤을란을 만나게 되었다. 그는 자시르의 채석장 경력을 높이 평가하였다. 즉 자시르는 돌에 관한 한 운반과 폭파 등의 전문가였기 때문에, 자시르는 샤을란이 경영하는 채석장에서 근무하게 되었다.

자시르는 이스마일을 제거하기 위해서는 이전의 경험에 비추어 볼 때 인내가 필요하다는 것을 잘 알고 있었다. 그는 용의주도하게 계획을 추진했다. 우선 이스마일을 채석장으로 끌어들이기로 했다. 자시르는 기술과 완력에 있어 어느 인부보다 뛰어났기 때문에 그에게 도전하는 사람은 없었다. 모든 인부가 그를 존경했고, 그의 의견을 좇아서 일을 했다. 그는 6번 채석장의 우두머리가 된 후에, 집에서 빈둥거리며 놀고 있던 이스마일에게 채석장 일을 시작하도록 권유했다. 그러나 농부인 이스마일이 경험이 전혀 없는 이 일을 선뜻 받아들이기는 어려웠다. 그러나 자시르는 당근과 채찍을 적절히 구사하여, 마침내 그를 채석장으로 끌어들이는 데에 성공한다.[289]

---

289) Ibid., p.125.

하루에 3퀴르쉬에 불과했지만, 돌 운반 등 단순한 일을 맡긴 것이다. 나르지스도 이스마일의 허락이 떨어질 때까지 자시르와 협력했다. 이스마일은 아내와 처음으로 떨어져야 하기 때문에 사실은 마음이 내키지는 않았지만, 며칠이 지난 후에 그는 곧 산과 인부들과 친해질 수 있었고,[290] 그는 광산의 메아리에 익숙해졌으며, 동료들이 교환하는 말들을 이해하게 되었다.

또한 자시르는 자신의 계획의 일환으로 채석장 인부의 딸과 결혼했다. 이제 자시르는 공식적으로 마을 사람들 앞에서 나르지스와 아무런 관련이 없다는 것을 증명해 보였다.

시간이 지남에 따라 단순한 일과 형편없는 품삯에 이스마일이 불만을 표시하기 시작하자, 자시르는 그 기회를 포착했다. 자시르는 더 어려운 일을 이스마일이 맡도록 부추겼고, 그의 동의를 얻어 내는 데에 성공했다.

그는 이스마일을 산기슭에 데려가 표지판을 보여주었다. 이것은 새로운 광산을 위한 구멍을 뚫는 일이었다. 끝이 날카로운 쇠로 된 분쇄기와 쇠꼬챙이를 가져가서 돌을 깨고 약 50센티 길이의 구멍을 내는 일로서, 그 이상을 요구할 일은 아니었다.[291]

처음에 이스마일은 산기슭에 표시를 해 둔 바위에 구멍을 뚫는 데 많은 어려움을 느꼈다. 그는 왜 인부들이 산꼭대기의 큰 바위에 매여 있는 줄을 타고 내려와 일을 하는지를 이해하게 되었다. 그러니 이제 줄에 의지한 채 산을 오르내리는 일에 익숙하게 되었다.

그는 하늘과 강 사이의 줄에 매달려 있는 자신을 겁내지 않았

---

290) Ibid., p.129.
291) Ibid.

다.292)

어느 달 초순의 어두운 밤, 혼자서 조그만 배로 아부 푸다 채석장에 접근하는 자시르의 모습이 나타났다. 그는 매일 줄을 타고 내려와 바위에 구멍을 뚫는 일을 하는 이스마일을 죽이기 위한 작전에 들어간 것이다. 그는 바위에 매달려 있는 줄을 기술적으로 느슨하게 풀어 놓았다.293) 개와 닭이 유난히 자시르 주위에서 울어대던 밤이었다.

이튿날 아침이 되자 여느 때처럼 이스마일은 채석장에 나와서 산에 올라 줄을 타고 내려와 일을 하기 시작했다. 그런데 갑자기 뚜렷한 이유도 없이 그가 공중에 떠올랐다가 바닥에 떨어지는 것을 동료 인부가 목격하게 되었다.294)

자시르는 시체를 끌어안고 흐느껴 울었다. 하지만 이것은 계획된 범죄였고, 살인자는 자신의 목표를 완벽하게 달성한 것이었지만, 외견상으로 이것은 불가피한 운명적인 사건처럼 보였다.

여러 날이 지났다. 장인이랑 마을 사람들은 나르지스의 신상에 대해 걱정하지 않을 수 없었다. 그녀는 이미 오래전에 고향을 떠나온 여자였기 때문에, 그녀를 돌볼 친척도 없었다. 자시르와의 어쩔 수 없는 결혼 이외에는 다른 해결책이 없다고 생각했다. 그리하여 자시르와 나르지스가 함께 사는 것은 용인되었다.295)

자시르는 당분간 채석장에 나가지 않았다. 그러나 운명은 자시르를 결코 내버려 두지 않았다. 어느 날 채석장 사장이 마침 채석

---

292) Ibid., p.130.
293) Ibid.
294) Ibid., p.132.
295) Ibid., p.133.

장에 나와 있던 자시르 곁을 지나가게 되었다. 사장이 자시르의 태만을 꾸짖자 자시르는 일에 복귀하였고, 바위에 구멍을 뚫고 화약을 넣고 폭파시키는 일에 자시르도 가담하게 되었다.

어느 날 화약을 다루던 인부가 자시르가 들고 있는 도화선에 불을 잘못 댕겨서 폭발하는 사고가 일어났다. 이 사고로 자시르는 화상을 입고 실명하고 말았다.296) 운명이 그에게 응분의 벌을 내린 것이다.

자시르는 동료들의 자선으로 하루하루를 겨우 연명해야 할 신세로 변했다. 나르지스의 욕망을 채워 줄 능력도 없었다. 그는 지팡이를 짚고 아부 푸다 채석장을 맴돌면서 곡괭이 소리와 화약 폭음 소리를 듣곤 했었다. 나르지스의 소식은 이미 자시르에겐 단절되었고, 그녀는 옛 남편인 이스마일과의 결혼 시절 누렸던 생활로 다시 돌아갔음이 틀림없었다. 그녀는 자시르의 불행에 대해 눈물을 흘리지도, 흐느껴 울지도 않았다.

이 작품 역시 알-사이디야트의 다른 작품에서 나타난 예술적 특징을 보여주는 사실주의 작품이다. 예를 들면 (우주적) 아이러니와 수사학의 대조법이 적절히 등장하고 있다.297) 또한 단순한 배경이 아닌 신화적이며 운명적인 분위기와 작품의 성격을 상징하는 자연, 즉 산을 묘사하는 것에 그의 예술적 우수성이 나타나고 있다.

---

296) Ibid., p.135.
297) Sabry Hafez, op.cit., (1979), p.262, p.264.

4. 『나선 계단(al - Sullam al - Lawlabi:)』[298]

『나선 계단』은 1959년에 알 - 줌후리야 신문에 발표된 단편소설로서, 카이로의 미쓰르 알 - 자디다(Misr al - Jadi:da)를 배경으로 『안타르와 줄리야트』라는 단편집에 수록된 작품이다.

도시의 많은 빈민들처럼 주인공 파르갈리(Fargali)는 마루에서 자고 5킬로나 떨어져 있는 가게에 걸어 다니며, 이른 아침부터 밤 10시까지 고된 일을 하는 세탁공이다. 세탁물을 수거하기 위해 평소 하인 등 하류 계층만이 이용하는 나선 계단 대신, 상류층 전용인 대리석으로 된 계단을 감히 이용하다가 3층 주인집 개에게 물리는 불상사를 당한다. 이기주의가 철저하고, 위선적인 계층의 여주인이 베푼 외견상의 친절로 주인공은 계급 간의 차별의 간격을 메울 수 있다는 환상을 갖게 되지만, 상처만 입은 채 가혹한 현실로 되돌아오게 된다는 줄거리이다.

무쓰따파 후세인은 이 작품을 하류 계층에게는 이루어질 수 없는 계층의 기대 al - Tatallu`i al - tabaqi 현상이 구체적으로 표현된 작품이라고 평가했다.[299]

작품의 첫 페이지에 웅장한 고층 건물이 등장하고 있는데, 이 건물에는 상류층의 사람들만이 이용하는 넓고 편리한 대리석 계단과 엘리베이터가 있고, 동시에 건물의 바깥벽에는 하류 계층의 사람들이 이용하도록 설치되어 있는 철로 만든 나선 계단이 있어 사

---

298) 『안타르와 줄리야트』, op.cit., (1986), pp.25 - 37.

299) Mustafa: I. Husayn, op.cit., (1970), p.36.

회 계층 간의 차별을 보여주고 있다.

또한, 그 건물에 살고 있는 주민들의 음식 수준과 그들의 탐욕스러운 상태나 정도를 나타내 주는 쓰레기가 눈에 띠며, 이와는 대조적으로 나선 계단에는 빈대의 피로 얼룩져 검댕이 같은 색깔을 띠고 있는 매트리스와 담요가 널려 있어 그들의 청결과 인간에 대한 존엄성을 여실히 보여주고 있다.[300]

건물 내부에 설치되어 있는 여러 대의 엘리베이터는 그 건물의 주인들과 그들의 방문객들에게만 사용이 제한되어 있었다. 그들은 2층이나 3층에 올라갈 경우에도 엘리베이터를 이용하였지만, 이 엘리베이터는 무거운 바구니를 운반하는 하인, 행상인, 청과물 상인, 얼음장수, 세탁공에게는 이용이 금지되어 있었다. 심지어 이들이 건물 옥상에 올라갈 경우에도 마찬가지였다.[301]

단편 『나선 계단』은 수도와 대도시의 우아한 건물에 살고 있는 가진 자와 그렇지 못한 못 가진 자들의 실상을 묘사하고 있다. 사회가 강요한 계급제도의 절대성exclusiveness은 투쟁의 대상이 될 수 없고, 단지 복종이 요구될 뿐임을 나선 계단을 통해 상징적으로 보여주고 있다.[302]

특히, 『나선 계단』은 비천한 삶을 살아가는 가지지 못한 자와 가진 자의 두려움으로 계층 간의 관계에서 발생된 사건을 이야기하고 있다. 예를 들면, 이 작품의 주인공인 파르갈리는 얼굴이 노랗고 아버지가 없는 집안의 가장으로서 머리를 좌우로 흔들며 몸

---

300) 『안타르와 줄리아트』, op.cit., (1986), p.26.

301) Ibid., p.25.

302) Miriam Cooke, op.cit., (1984), p.32.

을 지탱할 수 없을 정도의 무거운 물건을 양 어깨에 짊어지고 걸어 다닌다.[303]

반면에, 나피사 하님을 포함한 가진 자들은 파르갈리 같은 유형의 인간들은 어떤 면도 믿지 못할 교활하고 사기를 일삼는 계층이라고 믿고 있다.[304]

작품을 자세히 분석하여 보면 다음과 같다.

파르갈리는 미쓰르 알−자디다 입구에 위치한 대형 건물의 나선 계단을 오르내리는 사람들 가운데 한 사람으로, 고객의 세탁물을 수거하고 배달해 주는 세탁공이다. 그는 어머니와 남동생, 여동생의 생계를 책임진 가장으로서, 어린 나이에 사회 일선에 나서지 않으면 안 될 불행한 처지에 있었다.

현재 그의 가족은 알−사이드의 산비탈에 있는 마을에 살고 있다. 해 뜨는 시간부터 밤 10시까지 근무하고 받는 일당은 10꿔르쉬였고, 그중 자신의 생활비로 5꿔르쉬를 받고 절반은 주인에게 맡겨 두었다가 매달 초하룻날 150꿔르쉬를 모친에게 송금하고 있다.

어느 날 아침 세탁물을 수거하기 위해 아파트 3층에 올라가려고 나선 계단으로 가던 중 대리석 계단 입구에 수단 기름의 지독한 냄새를 풍기는 경비원이 자리에 없는 것을 눈치 채게 되었다. 8층이나 9층으로 올라가는 것도 아니고 3층에 가는 것이니까 경비원이 나타나기 전에 재빠르게 다녀오면 될 것이라 생각했다. 반짝거리는 구리로 장식된 대리석 계단 입구와 난간, 그리고 우아하고 멋있는 대리석 계단이 그를 유혹하였다. 마침 경비원도 없었다. 그

---

303) Ibid., p.27.
304) Ibid., p.33.

러나 설레는 마음 때문에 3층에 사는 집에 사자만한 크기의 개 락스가 있는 것을 잊고 도둑처럼 재빨리 계단 난간을 잡고 올라가 벨을 누르고 말았다. 그때 갑자기 개가 뛰어나와 허약한 파르갈리를 넘어뜨린 다음 오른손 등 여기저기 물어뜯고, 따라서 그는 상처를 입고 말았다. 그는 비명을 질렀으며, 마침내 의식을 잃고 말았다. 이때 아파트 안에서 갑자기 소리가 나더니 잠옷 차림에 토끼털로 된 고급 슬리퍼를 신고 있는 여주인 나피사 하님이 허겁지겁 달려 나왔다.

그녀는 개를 붙잡아 침실에 가두고 문을 닫았다. 그녀는 파르갈리의 왼손을 다정하게 잡고 아파트 안으로 데리고 들어갔다. 그의 등과 손을 부드럽게 쓰다듬어 주었으며, 비명과 울음을 멈추도록 달래 주었다. 그녀는 재빨리 머큐롬을 적신 솜을 상처 부위에 바른 다음 깨끗한 천으로 감아 주었다.

그 순간 그녀는 충격으로 기절했던 그를 위로하려는 자연적인 본능과 너무나 걱정되는 외상, 제3자를 통한 보상 요구 가능성 등의 사이에서 머리가 아팠다.

잠시 후 정신을 차린 파르갈리는 아름다운 카펫에 자신의 더러운 신발이 파묻혀 있고, 부드러운 소파 한가운데 눕혀져 있는 자신을 발견했다. 그녀는 다시 그를 식당으로 데려가 과자와 사탕을 대접했다. 먹을 것을 권하자 그중 한 개를 입에 넣었고, 그녀는 두 개를 더 건네주었다. 그는 스웨터 속에 입고 있는 잘라비야 주머니에 과자를 넣다가 그만 밑으로 떨어뜨리고 말았다. 그때 그녀가 비웃으며 말했다.

옳지! 옳지! 주머니 정도는 더럽혀도 괜찮지?[305]

그녀는 그의 이름과 가족에 대해 질문했고, 무엇을 먹는지, 무엇을 마시는지를 물어 보았다. 그리고 50꿔르쉬를 손에 쥐어 주었다. 그녀는 남편의 신발 중에서 헌 구두 한 켤레를 선물하면서 다음과 같이 말하였다.

자네가 아프다는 사실을 알게 되면 의사에게 보내 주겠네. 자넨 내 아들과 같네. 꼭 필요한 것이 있으면 다시 날 찾아오게.[306]

그렇다면 그녀는 왜 이와 같은 친절과 동정을 베풀었는가? 왜 파르갈리에게 사탕을 주고 포근한 소파에 앉게 하고 더러운 구두를 예쁜 카펫 속에 파묻힐 정도로 내버려 두었는가? 왜 그가 속해 있는 상황과 가족에 대해 다정하게 물었는가? 50꿔르쉬에 헌 구두까지 선물했지 않았는가? 이것은 단순한 선물인가, 조건 없는 선물인가?

그녀의 지나친 환대는 두 가지 이유에서였다.

첫째는 이 사건이 있기 전 그녀는 그녀의 친구로부터 그 친구의 개가 정비공을 물어뜯은 사건 때문에 경찰서 조사를 받는 등 큰 곤욕을 치렀다는 이야기가 문득 떠올랐고, 이 청년이 자신을 괴롭히지나 않을까 하는 걱정과 두려움, 즉 법적인 제재에서 오는 문제들 때문이었고, 둘째는 이기주의 사회에서 배운 교훈 ― 비굴함 ― 때문이었다.

---

306) Ibid., p.34.

이틀도 채 지나지 않아서 개에 물린 상처는 아물었지만, 그의 몸은 말라리아 증세를 보이고, 열이 40도가 넘는 등 도저히 일어설 수가 없었다. 그는 약도 먹지 않았고 아는 의사도 없었다. 이런 사람들의 몸에는 인내와 시간이 약이었다.

초하루가 다가왔지만 그는 일을 못 했기 때문에 150뀌르쉬를 채우지 못했다. 50뀌르쉬가 모자랐다.

그는 전에 나피사 하님 부인이 자기를 배웅하면서 한 말이 생각났다. 필요한 것이 있으면 다시 찾아오라고 하지 않았던가!

그는 그녀에게 찾아가 일을 못 해서 부족하게 된 50뀌르쉬를 요구하기로 했다. 돈을 꾸는 경우도 생각했다. 그는 개에 물린 직후 보상을 요구하지도 않았고, 경찰서에도 가지 않았었다. 파르갈리는 나선 계단을 통해 그녀의 집으로 올라가 그녀의 집에서 일하는 요리사에게 다음과 같이 부탁했다.

> 마님께 전해 주십시오. 파르갈리가 50뀌르쉬가 필요하다구요. 그 정도 금액이면 모든 것이 괜찮을 겁니다. 어려우시다면 제가 빌리는 것으로 해 두시라고 하세요.[307]

그러나 안에서 떠드는 소리가 파르갈리의 귀에 뚜렷하게 들려왔다.

> 누구? 달라고? 50뀌르쉬나? 그리고 나서 목소리가 작아졌다. 파르갈리는 귀를 기울여 그녀의 한마디 한마디를 듣고 있었다. 당신은 멍청하구만. 여긴 아무도 없다고 하면서 그를 돌려보냈어야 하잖아요. 그린 다음 목소리기 끊어지더니 다시 속삭이는 소리가 들려왔다.[308]

---

307) Ibid., p.36.
308) Ibid.

파르갈리는 낙심천만하여 고개를 숙인 채 천천히 계단을 내려왔다. 길에 내려와 그 건물을 쳐다보았다. 그는 자신에게 다음과 같이 말하면서 걸어가고 있다.

이런 사람들은 어떤 사람들인가? 개가 물지 않으면 거들떠보지도 않는구먼.[309]

나피사 하님 부인이 오직 두려움과 죄의식 때문에 파르갈리에게 외형상의 친절을 베풀자 파르갈리는 자신과 상류층 간의 간격을 자신이 메울 수 있으며 서로 소통도 가능하리라는 믿음을 잠시나마 갖고 있었다.

미리암 쿠크가 지적한 것처럼, 파르갈리는 사회 조직 내에 있는 법칙을 이해하지 못했고, 뛰어넘을 수 없었다.[310]

이처럼 이 작품은 참여 문학의 냄새가 짙은 사실주의 단편으로서, 작가는 때때로 상징주의적 표현을 보여주기도 한다. 예를 들면, 작품의 제목이 가지고 있는 상징성은 물론 하류 계층만이 이용하는 나선 계단의 묘사가 그런 실례 중의 하나이다.[311]

이 밖에도 이 작품은 작가의 독창적인 묘사가 자주 등장하여 작품의 성격과 매우 조화를 이루고 있다.[312]

파르갈리가 개에 물려 의식을 잃고 쓰러졌을 때 나피사 하님이 보여주고 있는 행동의 묘사와 파르갈리의 시각을 통한 락스 개에

---

309) Ibid., p.37.
310) Miriam Cooke, op.cit., (1984), p.33.
311) 『안타르와 줄리아트』, op.cit., (1986), pp.25 - 26 참조.
312) Mustafa: I. Husayn, op.cit., (1968), p.37.
    hamdi: al - Sakku:t, op.cit., (1990), p.70.

대한 묘사, 그리고 나선 계단을 오르내리는 인물들과 건물 안을 엿볼 수 있는 나선 계단의 묘사가 그런 경우이다.

이 작품은 또한 물질적 상황과 정신적 가치에서 서로 다른 두 계층의 특징들을 간략하지만 매우 뛰어나게 표현하고 있기 때문에 단편집 『안타르와 줄리야트』에 수록된 다른 단편과 비교할 때 제일 우수한 것으로 평가되고 있다.

이 작품의 성공 요인 중의 하나는 계급 장벽을 뛰어넘으려는 주인공의 익살이 나타나고 있는 점이다. 이 익살은 작가가 즐겨 쓰는 극적 아이러니의 특징 가운데 하나이다.[313]

---

313) Sabry Hafez, op.cit, (1979), p.271.

제 5 장

삶의 의지

야흐야 학끼의
생애와 문학

قنديل أم هاشم

يحيى حقي

야흐야 학끼의 단편세계에서 주요 주제 가운데 하나가 인간의 의지와 그 의지가 인생에 작용하는 중요한 역할에 관한 것이다.

1927년에 발표된 단편『쉐이크 무쓰따파의 종말(Niha:ya al－Shaikh Mustafa:)』에서 1968년의 마지막 단편인『마치 그런 것처럼(Ka'anna)』에 이르기 까지 다수의 단편소설에서 야흐야 학끼는 의지에 관한 주제를 일관되게 다루어 왔다.

그는 1974년에 발표한 그의 자서전314)에서 "이 세상은 하나의 큰 싸움터이고, 그 싸움터에 돌격하기 위해 인간이 이용하는 최초의 무기는 의지이며, 성품은 좋으나 의지가 박약하여 결과가 비참하게 되는 인물들을 자기의 작품에서 많이 그렸다"고 언급하였다. 따라서 인간의 의지를 주제로 다룬 그의 작품들은 인생의 격전장이라 할 수 있는 카이로를 배경으로 중·저 소득층의 인물들을 등장시키고 있다.

푸아드 두와라(Fu:`a:d Duwa:rah)와의 인터뷰315)에서도 야흐야 학끼는 인간의 의지를 그의 작품 세계에서 가장 중요한 사상의 하나로 간주하고 있다. 야흐야 학끼는 인생을 하나의 커다란 싸움으로 인식하며, 그 싸움의 승리자는 재능이 제일 뛰어난 사람이 아니라 목적의식과 인생에 대한 지배력을 상실하지 않은, 강한 의지를 소유한 사람들이라고 규정했다. 그러나 대부분의 그의 작품들은

---

314)『움무 하쉼의 램프』, (al－Hai'ah al－Mi riyyah al－`A:mmah Lil－kita:b, 1975), p.50.
315) Fu'a:d Duwa:rah, 'Asharat 'Udaba:' Yatahaddathu:na, (Da:r al－Hila:l, 1965), pp.99－124.

인간의 의지박약으로 인한 위험스러운 결과에 중점을 두고 있으며, 의지를 모든 가치의 기본으로 삼고 의지의 중요성을 크게 강조하는 것이다.

그는, 인간이 의지를 갖는 것과 소망을 갖는다는 것은 동일하지 않은 별개임을 작품 속에서 강조하고 있다. 모든 인간들이 행복한 삶을 얻기 위한 강한 소망은 갖고 있지만, 의지가 결여될 때 결과는 항상 좋지 않으며, 의지 없이는 인간적인 생활이나 존엄성, 존경 등 모든 것을 잃는다고 생각했다.[316]

단편집 『무능력자들의 어머니('Umm al - `Awa:jiz)』에 수록된 단편 『무능력자들의 어머니』는 현실을 장악하려는 의지가 부족하기 때문에 사회 밑바닥으로 떨어지는 주인공에 관하여 매우 인상적으로 쓴 작품이다.[317]

작품의 주인공은 채소를 파는 행상에서 경쟁자의 등장 때문에 향련공(香煉工)으로, 다시 자이납 사원 앞의 거지로 밀려나 인생의 막다른 골목까지 계속해서 추락해 간다. 그는 현대 사회에서 적자생존(適者生存)의 법칙에 희생된 무력한 인물이다.

동시대의 작가 라쉰이 『플루트의 아이러니』에서 가난한 자를 포함한 모든 인간은 자신의 운명에 책임이 있다고 한 것과는 매우 대조적이다.[318]

단편 『무능력자들의 어머니』에서 주인공의 신체적 정신적 몰락은

---

316) Muha: Mahmu:d Sa:lih , Yahya: haqqi: Dhalika al - `A:shiq , (al - Qa:hirah : al - Hila:l,1992. 2), p.38.

317) J.Brugman, An Introduction to the History of Modern Arabic Literature in Egypt, (Leiden : E.J.Brill, 1984), p.265.

318) Miriam Cooke, Good Morning! and Other Stories, (Three Continents Press, 1987), p.35.

그와 조화되는 언어와 이미저리로 매우 자세히 묘사되고 있다.

또한 『항의(al - 'Ihtija:j)』(1934)에서 여주인공은 강한 의지를 갖고 있지 못하기 때문에 신랑을 맞이할 당연한 권리를 박탈당하며, 그녀에게 유일하게 관심을 보이고 있는 남자마저 잃게 된다.

또한 단편 『가게의 추억(Dhikraya:t Dukka:n)』에서 전개되고 있는 내용도 주인공의 아들이 죽고 난 후 뚜렷한 의지력 없이 살아가려는 소망은 그 소망을 갖고 있는 인물의 완전한 파멸만을 초래할 뿐이라는 것을 보여 주고 있다.

이 작품에서 야흐야 학끼는 전쟁이 인간에게 끼치는 영향과 마약으로 인한 불행한 결말을 언급하고 있다. 여기서 아편 중독은 전쟁 때문이기도 하지만 약화되어 가는 의지의 한 단면으로 묘사되고 있다.

1950년에 발표된 단편 『유리 없는 거울(Mira' Bighair Zuja:j)』에서 야흐야 학끼는 작품의 주제를 신화체계 mythology의 영역으로 발전시키고 있다.[319]

이 작품은 똑같은 외모를 갖고 있지만 인생에 대해서는 상반된 태도를 보이고 있는 두 인물을 다루고 있다.

한 사람은 강력하고도 현실적인 의지를 갖고 있으나, 또 다른 한 사람은 단순한 꿈과 소망을 갖고 있다. 작품 구조의 근저(根低)에는 변형과 윤회 사상, 그리고 부활에 이르게 하는 신화적인 죽음의 씨를 내포하고 있다.

동일 주제이시만 변형된 또 다른 모습들이 『망각(al - Nisya:n)』

---

319) Sabry Hafez, The Rise & Development of the Egyptian Short Story(1881 - 1970), (London: Univ. of London, 1979), p.273.

(1961)과 『빈 침대(al - Fira:sh al - Sha:ghir)』(1961), 『마치 그런 것처럼』등에 나타나고 있다.

단편집 『안타르와 줄리야트』에 수록된 단편 『안타르와 줄리야트』(1955)는 저소득층에 속해 있는 주인공이 소유하고 있는 안타르라는 개와 상류층에 속하는 부인이 소유하고 있는 줄리야트라는 개를 중심으로 전개되는 이야기이다. 줄리야트의 처지와는 달리, 안타르의 여주인은 경제적인 어려움 때문에 경찰에 떠돌이 개로 잡혀 있는 안타르를 구조하는 데에 주저할 수밖에 없었고, 따라서 안타르의 운명은 비극적이었다.

이 작품에서는 동물에 비유하고 있지만, 결국 인간의 경우에도 우유부단한 의지가 불행을 초래하게 된다는 것을 시사하고 있다.

야흐야 학끼는 그 밖의 많은 다른 단편소설에서도 사회적 압력과 심리적 억압과 싸우고 있는 개인을 묘사함으로서 의지에 관한 주제를 다루고 있다. 예를 들면, 『감옥 이야기』(1931), 『우리는 세 명의 고아였다(Kunna Thala:tha:t 'Ayta:m)』(1942), 『약혼녀의 파산 ('Ifla:s Kha: iba)』(1946), 『이유들이 많다(Tanawwa`at al - 'Isba:b)』, 『콩 없는 장(Mu:lid Bila: ummu)』(1959) 등이 있다.

또한, 두 가지 갈등을 일으키는 의지 사이에서 나타나는 황홀한 관계를 탐색한 작품들로 『거북이는 날고 있다(al - Sulafa: Ta i:r)』(1939), 『사진(su:ra)』(1946) 등이 있으며, 의지라는 주제와 얽혀 있는 신화적인 요소들을 탐색하는 작품들로는 『아부 푸다』(1933), 『수수(Su:su:)』(1958), 『구리 침대(al - Sari:r al - Nu a:s)』 등이 있다.

그리고 1인칭 화자와 여주인공이 쿠쿠라는 앵무새를 기르고 있는 청년에게 성적 욕망을 느끼지만, 결국 그 사랑을 이루지 못한다는 단편 『쿠쿠(Ku:ku:)』 (1955)와 의지의 박약과 이상주의 때문에 적극적이고 능동적인 사랑의 접근에 실패하는 『향수병('Iza:zat Ri:ha)』(1931) 등 성적 억압에서 벗어나는데 실패한 의지를 다룬 작품들이 있다.

위에서 언급한 작품들을 분석해 보면, 감정과 이성은 갖고 있지만 주도권을 쥐고 자신의 통찰력을 효과적으로 나타내 보이거나 실천에 옮기지 못하는 인간들이 자주 묘사되고 있다.

동질성(identity)을 추구하는 싸움에서 패배한 사람을 야흐야 학끼는 깊게 이해하고 있다. 이와 같은 작가의 태도에 독자들은 이집트인, 더 나아가서 인간 또는 인간의 삶에 관한 여러 가지 측면들을 더 깊게 이해할 수 있다.[320]

위에 열거한 수편의 실례들은 의지의 박약과 인생에 대한 무기력한 지배력 때문에 숙명적인 결과를 부정적인 방법으로 설명한 것이라면, 동일 개념을 긍정적인 방법으로 설명하는 또 다른 인물들이 야흐야 학끼의 작품 세계에 등장하고 있음을 볼 수 있다.

단편집 『움무 하쉼의 램프』에 수록된 단편 『거북이는 날고 있다』의 화자는 강한 의지와 분명한 목적의식을 갖고 자신의 목표를 달성하는 데에 성공하고 있음을 보여 주고 있다. 그의 승리는 자신에게 깊은 만족을 준다.

단편 『사원의 돗자리』(1932)에서 시장이 갖고 있는 강한 목적의식은 사신의 이익을 위해 상황을 유리하게 조종하는 방법을 잘 알고 있으며, 또한 그렇게 하겠다는 강력한 의지로 잘 뒷받침되고

---

320) Sabry Hafez, op.cit., (1979), pp.274 - 275.

있다.

단편 『아부 푸다』의 여주인공은 그녀와 관련된 사람들 중에서 제일 힘 있는 사람은 아니나, 상황을 조정하는 능력을 과시하고 있다. 즉, 의지가 있으면 상대방의 육체적 또는 정신적 도전에 대항할 수 있는 방법이 항상 있다는 것을 보여 주고 있다.

앞서 언급한 단편 『무능력자들의 어머니』에서 주인공 외에 등장하는 세 명의 인물들은 그들의 단호한 의지 때문에 주인공이 점유하고 있는 세 가지 직업을 그 주인공으로부터 모두 빼앗는 데에 성공하고 있다.

그러나 긍정적인 방법에 의한 실례로서 단편 『불쌍한 여인』'Imra'a Miski:na(1961)의 여주인공이 보여 주는 경우는 대표적인 예라고 할 수 있다. 이 작품에서 여주인공은 강력하면서도 놀라운 목적의식을 갖고 있는 사람이다. 그녀는 거의 출발점이라고 볼 수 있는 곳에서부터 서서히 그리고 착실하게 스스로 인생의 항로를 헤쳐나아가면서 자신이 의도한 목표를 달성하며, 사회적 지위도 획득하게 된다. 물론, 작가는 독선적인 행동 때문에 고통 받는 의지가 약한 인물도 항상 염두에 두고 있다.[321]

궁극적이고 거의 신성한 가치로서 삶을 살아가는 데에 있어서의 강력한 추진력과 그 가치에 대한 깊은 인식의 중요성을 야흐야 학끼는 부정적인 방법과 긍정적인 방법으로 설명하면서 인간의 의지를 격찬하고 있다.[322]

---

321) Sabry Hafez & C.Cobham, A Reader of Modern Arabic Short Stories,(Saqi Books, 1988), p.148.
322) Sabry Hafez, op.cit., (1979), p.275.

그러나 비록 야흐야 학끼가 지면을 많이 할애하여, 살아갈 의지가 박약하고 인생에 대한 열의가 없는 인물들을 고도의 예술적 측면에서 절묘하게 비난했다고 해서, 속임수를 쓰거나 인도주의 원칙을 위반하고서 그들의 목적을 달성하는 인물들을 옹호한 것은 아니다.

그러나 한 사람의 예술가로서 삶과 사회적 변화에 의한 희생자에 대해서는 분명하고 강한 동정을 보여 주고 있다. 그의 휴머니티 정신이 높이 평가 받는 소이도 바로 이런 점에 있다고 하겠다.

본장에서는 인간의 의지와 그 중요한 역할의 주제가 돋보이는 단편 다섯 편을 선정하였다. 즉, 의지가 박약한 탓으로 인간의 기본 권리마저 포기하게 되는『항의』와 사랑에 실패하게 되는『향수병』, 주변 환경에 적극 대처하지 못하고 스스로 타락해 가는 의지를 그린『빈 침대』, 우유부단한 의지 때문에 비참한 결과를 초래한다는 내용의『안타르와 쥴리야트』, 강한 의지로 자신의 목표를 달성해 가는 여주인공을 묘사한『불쌍한 여인』을 선정하여 분석하고자 한다.

특히 여기에 선정된 단편들은 작가가 작품의 성장기(1926 1931)에서 성숙기로 접어들어 인간적인 존재 의 차원에서 인간 문제를 다루고 있는 것이 특징이라 할 수 있다.

1. 『향수병('Iza:za:t Riha)』[323]

향수병은 소위 알-사이디야트 다섯 편 중 한 작품으로, 1931년 8월 알-마잘라 알-자디다(al – Majalla al – Jadi:da)에 발표되었고, 단편집 『무능력자들의 어머니』에 수록되었다.[324]

이 작품은 자기기만에 대한 통쾌하고 풍자적인 묘사와 함께,[325] 자기 자신에게 심취하면서 한 술집 여자인 수수(Susu)를 사랑하는 젊은 검사(사미 Sami: 고귀한 이라는 의미를 갖고 있으며 작품의 성격에 잘 어울리는 이름이다)의 이야기로 작가 자신을 연상시키고 있다. 비록 『향수병』은 알-사이디야트의 한 작품이지만, 사건의 대부분은 카이로에서 일어나고 있다.

작가가 카이로를 떠나 지방인 알-사이드에 근무하면서 겪은 여러 가지 체험 중의 하나가 이성(異性)과의 접촉을 최초로 가지게 됨으로써 성(性)에 처음으로 눈을 뜨게 했다고 볼 수 있고, 그는 이러한 경험들을 알-사이드를 배경으로 한 작품을 통해 발표하면서 성의 묘사에 특별한 관심을 가지게 되었다.

작가들 가운데 처음으로 성을 인간의 마음에서 본질적인 요소로서 문제를 제기한 사람이 야흐야 학끼였다.[326]

---

323) 『무능력자들의 어머니』,(al – Hai'ah al – Misriyyah al – `A:mmah Lil – kita:b, 1984), pp.186 – 209.

324) Saiid ha:mid al – Nassa:j, Dali:l al – Qissah al – Misriyyah al – Qahi:rah (1910 – 1961), (al – Hai'ah al – Misriyyah al – `A:mmah Lil – kita:b, 1972),p.174.

325) Miriam Cooke (tr.), Yahya Haqqi, Good Morning and Other Stories, (IJMES, 1990. 11), p.495.

326) Gha:li: Shukri:, `Azma al – Jins fi: al – Qissa al – `Arabi:ya:, (Da:r al – Shuru:q, 1991), p.126.

그의 문학에서 성에 대한 의미는 성의 위기를 설명하거나 성의 문제를 해결하려는 의미가 아니라, 인간의 본능을 주의 깊게 분석하고 이 본능을 구성하고 있는 요소들을 포괄적으로 이해하려는 것이다. 그리하여 야흐야 학끼는 삶의 현장으로 인간을 밀고 나아가는 하나의 긍정적인 요인으로서 성을 제시하고 있다.

단편『향수병』은 작가가 성에 관해 관심을 가지게 되면서 위와 같은 시각에서 다루어진 작품이다.

이야기의 줄거리는 다음과 같다.

알─사이드에서 근무하였지만 그 환경에 적응하지 못하고 카이로로 귀향한 카이로 태생 검사가 술집에서 일하고 있는 수수를 사랑하게 되는 이야기이다.

그 검사는 수수가 보통 여자와는 다른 특별한 여자라고 보았기 때문에 그녀에게 자신의 사랑을 고백하고 애인이나 부인이 되어주길 희망했으며, 그녀와 같이 있으면 모든 행복을 누릴 수 있을 거라고 생각했다.

그의 마음을 알리는 가장 중요한 시도이자 유일한 방법은, 그녀에 대한 자신의 느낌을 그녀에게 솔직히 고백하고 인생의 반려자가 되어 달라고 요청하는 것이다. 그러나 그는 감히 이런 요청을 시도하지 못했다. 그녀가 그의 요구를 거절하면, 그의 마음에 상처를 입을 것이고, 그와 동시에 위신에 손상이 갈 것이라고 그는 생각했기 때문이다. 따라서 마음속에 그와 같은 두려움을 항상 갖고 있었기 때문에, 사랑의 시도는 이루어지지 않았고, 자신에게 변명만 늘어놓았을 뿐이었다. 그럼에도 불구하고, 한편으로는 그녀의 거절 같은 일은 절대로 발생하지 않을 것이라는 확신이 있었기 때문에 그는 그녀에게 압력을 가하고 싶지 않았다. 그는 그들의 관계가 무르익을 때까지 기다려야 한다고 생각하였으며, 그럴 경우에만 두 사람은 그들의 사랑의 열매를 함께 나눌 수 있다고 믿었다. 그는 짝사랑이 아닌 함께하는 사랑을 서로 나누고 싶어 했던 것이다.

이처럼 그는 항상 비현실적인 이유나 변명을 갖고 있었고, 환상과 공상 속에서 방황하였다.

그러니 결과는 어떻게 되었겠는가? 그는 자신의 마음을 전할 최악의 방법을 선택했다. 건달이자 술주정뱅이인 친구를 통해 축제 기간을 이용하여 그녀에게 향수를 전달하기로 했다. 그러나 그의 친구는 사미의 부탁을 잊고 자신의 이름으로 선물을 전달하고 말았고, 그녀는 그 선물을 진심으로 받아 준 것이 아니라 주정뱅이의 허튼 소리를 피하고 싶은 마음에 받았을 뿐이었다.[327]

이 작품에서 주인공의 의지는 실패의 의지인데, 그 실패의 원인을 두 가지로 요약하자면, 첫째는 의지의 박약이며, 둘째는 이상주의(idealism) 때문이다. 이상주의는 환경이 나쁜 사회 여건 속에서는 아무런 소용도 없다. 지나친 이상주의는 의지를 구사하는 데에 오히려 장애물이 될 뿐이며, 목적을 이루지 못하게 하는 원인이 될 뿐이다.

작가는 단편 『향수병』에서 사미가 수수의 마음을 사로잡는 데에 실패한 것은 의지의 박약과 지나친 이상주의 때문이라는 것을 시사해 주고 있다.

---

327) Naʻìːm ʻAtiyaː, <u>Yahya: haqqi: wa ʻAːlamuh al – Qissasi,</u> (Maktabat al – Anjulu: al – Misriyyah, 1978), p.53.

이제 작품을 본격적으로 분석하고자 한다.

상이집트에 위치한 마을에서 2년 간 검사 생활을 마치고 고향인 카이로로 발령을 받은 주인공 사미가 기차를 타고 오면서 따흐따에서의 생활을 회상하는 것으로 이야기는 시작된다. 그는 그 조그만 마을에서 발생하는 범죄와 카페에서 똑같은 살인 이야기를 끊임없이 반복하는 마을 사람들의 단조로운 회합을 증오했었다.

사실 사미는 그런 대화에 결코 끼어들지는 않았으나, 듣지 않을 수가 없었다. 그러나 그는 자신은 그런 하찮고 무의미한 일 따위는 초월한 사람이라는 것을 모든 사람들이 알기를 원했다. 따흐따에서는 높은 직책에 있는 공무원에게 가까이 접근하는 여자들이 있었고, 사미도 여러 명의 여자를 만났었다.

그러나 그들은 말과 행동은 저속하고 예의가 없었기에, 사미는 유혹에 넘어갈 여러 번의 기회가 있었지만, 위엄과 자존심 때문에 육체적인 관계는 거부했었다.

그러나 그는 따흐따에서의 여자와의 경험을 자랑으로 여기고 그때의 사건들을 다시 머리에 떠올리며 미소를 지어 보였다. 그는 여성들이란 본능적으로 반응을 보이지 이성이나 논리로 대응하지는 않는다는 사실을 알게 되었다.

그가 어느 날 자신을 찾아온 부잣집 상인 딸에게 사랑과 여성에 관한 자신의 원칙과 믿음을 이야기했을 때, 그 여자는 깔깔대며 웃었을 뿐 아무것도 이해하지 못했다. 그렇다면 왜 그녀는 사미를 찾아왔는가? 그 여자는 남성에 관심을 둔 것이 아니라 검사직에 관심을 두었고, 모든 사람들이 두려워하는 공무원을 가까이하고 싶었던 것이다.

카이로로 돌아온 지 6개월이 된 어느 날, 그는 이맘 알 – 딘(Imam al – Din) 거리를 걷던 중 따흐따에서 온 터번을 한 유지를 만나게 되었다. 그 두 사람은 그 곳에서 가장 가까운 바로 들어갔다.

그 곳에서 유지와 대화를 마치고 막 일어나려는 순간, 주인공 사미는 기름 냄새가 나는 모자를 쓴 동창생인 압둘 카림을 우연히 만나게 된다.

그는 자기 자신을 불운과 사람들이 자신을 미워하기 때문에 인생에 실패했다고 믿고 있었으며, 공짜로 술을 얻어 마시는 사람으로 타락해 있었는데, 사미를 보고 아는 척을 한 것이다. 사미는 예의 바른 사람이었기 때문에, 그에 대한 기억은 희미했지만 그를 옆에 앉게 하고 최소한의 예의로 브랜디 한 잔을 권했다.

그때 작은 키에 검은 옷을 입고 짧은 소매를 한 아름다운 소녀가 유리잔과 얼음을 가져와 압둘 카림에게 술을 준비해 주었다. 그녀는 이 두 사람에게 전혀 관심을 두지 않은 채, 그들이 주문한 스낵을 가져오도록 웨이터에게 요청한 후 곧 그 자리를 떠나 버렸다. 사미가 따흐따의 유지와 처음 이곳에 들어왔을 때에는 그 동안 잊고 있었던 따흐따 소식에 열중했기 때문에 그녀를 알아보지 못했다. 그의 친구 압둘 카림은 단숨에 술을 마셔 버린 후에, 술에 취해 충혈된 눈으로 그녀를 뚫어지게 바라보는 것을 본 사미는 압둘 카림에게 그녀가 누구인지 물었다.

> 사람들은 그녀를 수수라고 부르네. 허나 그녀의 진짜 이름은 아직 모르네. 왜? 설사 그녀가 진Jiin이라는 이름을 갖고 있다 해도 기어코 이름을 알아내고야 말겠어. 왜 본명을 숨기고 있을까? 왜 그녀가 저렇게 거만한지 내가 어떻게 알아? 가문 있는 집에서 왔다고들 하네. 누가 알아? 그녀가 아지자나 사미라

오래 전부터 그녀를 알고 있었는지를 묻는 사미의 말에 압둘 카림은 그녀에 대해 자세하게 말해 주었다. 그의 말에 의하면 그녀는 두 달 전부터 이곳에서 일하고 있으며, 그녀가 오기 전에 이 술집은 파산 직전이었으나, 지금은 단골손님이 많아 그녀가 단골손님들을 애태우고 있다는 것이다. 압둘 카림은 그녀에 관해 많은 사람들이 지껄이는 말은 모두 거짓말투성이이고, 그녀는 자신에 관해서는 아무런 말도 하지 않고 있다고 덧붙여 말했다. 사미가 계산을 하고 있을 때 그녀는 아래를 보고 있었고, 그녀의 속눈썹은 그녀의 두 뺨을 덮고 있었다.329) 약간의 팁을 주자 미소만 살짝 지어 보이고는 다른 테이블로 가 버렸다.

사미와 그녀의 만남은 이렇게 시작되었다. 이 소녀는 누구인가? 그녀는 그에게 신비롭게 보였다. 그녀의 창백함은 마음의 병을 가리키고 있었다. 그는 그의 친구가 그녀를 바라보지 않았을 때 그녀가 앉아서 머리에 손을 대고 한숨짓는 것을 바라보았다. 그녀는 어떤 잔악한 운명의 희생자인가?.

전문가의 눈은 그녀가 다른 여자와 다르다는 것을 가르쳐 주었으며, 그녀의 정신적 숭고함은 그녀를 신비스럽고 이상하게 보이도록 만들었다. 그녀는 단 한 번도 웃거나 저속한 몸짓을 하지 않았고, 고객의 탐욕스런 눈초리도 일체 무시했다. 주점이 풍기는 분위기는 틀림없이 그녀의 순진함이나 숭고함을 더럽혔을 것이다. 그러

---

328) 『무능력자들의 어머니』, op.cit., (1984), p.198.
329) Ibid.

나 그는 그녀가 공손하고 진지한 여자라고 믿었다. 그녀의 옷매무새, 손짓, 머리 모양, 그리고 진지한 눈초리는 비록 아무도 이해할 수 없는 모습이지만 순수한 남자를 찾고 있다고 믿었다.[330]

그녀에 대한 사미의 첫인상은 그녀가 처한 환경을 뛰어넘어 이상하고 신비스런 분위기로 그녀를 감쌌던 숭고함 바로 그것이었다.

그녀의 이미지는 그의 잠자리에도 남아 있었으며, 잠이 들기 전에 그녀를 다시 만나야 하는가 하는 문제를 그는 결정하지 못하였다.

사미는 매일 밤을 그 주점에서 보냈고, 그의 인생은 새로운 전기를 맞았다. 무엇이 그에게 그렇게 철저한 변화를 가져오게 했는가?

예전에 그는 의상, 모임, 음식, 그리고 마시는 것에 그렇게 까다롭던 사람은 아니었다. 압둘 카림이 수수에 관한 모든 소문을 사미에게 전할 때, 사미는 수수를 포함한 모든 사람들이 자신을 뚫어지게 보지 않도록 잠시도 위엄을 잃지 않은 채 친구 옆에 앉아 있었다. 사미는 다른 사람들과 달랐고, 그의 감정도 그들과 달랐다. 그는 음지와 밀담, 그리고 인내와 신중함 같은 그런 분위기를 좋아했다. 만일, 그가 남의 음식을 먹는다면 그는 분명히 자살하고 말았을 것이다.

사미는 압둘 카림의 저속한 말에 신경 쓰지 않았다. 그저 듣는 척을 하면서 자신과 이 소녀를 결합시킬 사랑만을 꿈꾸고 있었다.

수수가 그의 친구의 농담의 대상이 될 수는 없었다. 그녀는 너무나 완벽하고 아름다우며 품위 있고 고상해서 친구의 말과는 거리가 있었다.

사미는 수수의 옷차림과 행동을 계속 주시했다. 그러나 그는 현

---

330) Ibid., p.200.

실과 이상 사이에서 방황하고 있었다.

작가는 여기서 유머러스한 어조의 문체를 사용하고 있다.

> 그는 그의 사랑과 그녀의 나일론 스타킹 사이에서, 그의 희망과 그녀의 귀걸
> 이 사이에서, 그의 몹시 흐트러진 감정과 그녀의 진주 목걸이, 반짝이는 높은
> 구두 사이에서 방황하였다.331)

그녀에 관한 과거 그리고 현재의 이야기를 부정하고 싶었다. 그의 세심한 관찰은 그를 더욱 심각하게 만들었다. 저 비싼 옷들을 모두 어디서 구했을까? 돈 많은 추한 남자와 거리를 걸어가는 그녀를 상상했다. 압둔 카림은 그녀를 알고 있는 포주를 드디어 발견했다고 했다. 마루는 담배꽁초와 침으로 뒤범벅이 되어 있고, 그곳에는 영혼도, 사랑도, 연민도, 시도, 노래도 없을 것이다. 그것이 그녀에게 어울렸을 것이다. 이런 식의 그녀에 대한 경멸은 어느 정도 마음의 안정을 되찾아 주었고, 결국 그는 인내심과 교양이 있었기 때문에 마음의 평화와 안정을 되찾을 수 있었다.

그러나 그 추한 소문들은 재빠르게 아름다운 꿈들로 바뀌었다. 두 사람의 만남과 사랑의 열매를 따는 것, 그것은 불가능한 꿈이 아니었다.332)

두 영혼의 영묘한 만남이 있지 않은가? 그는 이 꿈을 더럽히지 않기 위하여 이 소녀를 피할 필요가 있었다.

그는 그녀가 뭔가를 얻기 위해 뭔가를 대신 주고 있고, 또 그녀가 주고 받기의 값어치를 계산하고 있다고 생각하고 싶지 않았다.

---

331) Ibid., p.202.
332) Ibid., p.204.

그는 마치 그녀가 그녀의 여행 끝에 목적을 달성했던 것처럼, 그의 애정을 그녀에게 주고 싶었다. 후회나 유감없이 그녀는 그에게 의기양양하게, 그리고 자발적으로 그의 따스함 속으로 들어올 것이다.

사미는 힘들게 자신을 되돌아보았다. 압둘 카림과 같은 미친 사람을 믿는 것이 우스꽝스럽지 않은가? 그가 진실을 말했다는 무슨 증거가 있는가? 사미는 그녀가 방탕하다고 믿을 수가 없었다.

그는 수수의 아름다움으로부터 나온 거미줄에 걸려들어[333] 이 소녀를 완전히 단순하게 사랑했다. 사미는 질투와 독재, 폭력을 초월한 사람이었기 때문에 자신의 사랑에 조건을 두지 않았다.

시간이 흘렀지만 아무 일도 일어나지 않았다.

그가 주점에 갈 때마다 그녀는 그가 원하는 것은 물어 보지도 않고 재빠르게 한 잔의 위스키와 스낵만을 주고 되돌아갔다.

그가 더위나 영화에 관해 이야기하면 그녀는 크게 놀라지 않고 천천히 그의 시선을 받아넘겼다. 때때로 그녀는 다른 손님들의 주문을 무시한 채 잠시 그의 곁에 서 있는 것 같았고, 사미는 그녀가 의미심장하게 그녀의 목걸이를 갖고 놀았다고 생각했다. 어떤 때에는 그녀가 무슨 말인가 그에게 건네려고 노력한다고 느꼈다.

마침내 사미는 압둘 카림의 도움을 받기로 결심할 수밖에 없었다.

사미가 압둘 카림에게 그녀와의 만남을 주선해 줄 것을 요청했을 때, 그는 최선을 다하겠다고 대답하였지만, 수일이 지나도 그는 계속 변명만을 늘어놓을 뿐이었다.

그러던 중에 큰 명절인 희생제 축제가 다가오고 있었다. 사미는 이 축제가 수줍고 위엄 있는 남자와 신비스럽고 매력 있는 소녀

---

333) Miriam Cooke., op.cit., (1984). p.76.

사이의 장벽을 무너뜨릴 절호의 기회라고 생각했다.

이 장벽을 극복하면 그에게는 다음 단계가 준비될 것이고, 어려움이 발생하여 극복하지 못한다면 그는 패배를 자인하고 시들어버려 거리에 던져진 장미를 더 이상 생각하지 않을 것이다.

그런데 그녀의 환심을 살 새로운 방법이 잘 모색되지 않았고, 그의 머리에 떠오르는 것은 역시 널리 알려진 옛날 수법이었다. 결국 그는 값비싼 향수병을 선물하기로 했다.

그렇지만 자신이 직접 주면 위엄에 어울릴 것인가?. 이 일을 압둘 카림에게 위임하면 안 될까? 만일 그녀가 받아 준다면 사미가 기뻐할 것이고, 만일 그녀가 거절해도 그녀는 사미의 눈물을 보지 않게 될 것이다.[334]

그는 사랑을 연상시키는 상표가 붙은 조그만 향수병을 구입해서 압둘 카림에게 주면서 그가 해야 할 일을 말해 주었다.

약속된 저녁 시간, 압둘 카림은 거의 주점의 마감 시간이 다 될 때까지 남아 있었다. 압둘 카림은 술에 취해 벌겋게 달아오른 눈을 한 채 떨리는 손으로 그녀에게 향수병을 가지고 갔다.

하느님만이 아실 거요. 축제가 되면 당신께 무슨 선물을 할까 결정하는 데에 얼마나 많은 시간이 걸렸는지 모를 거요. 받아 주겠어요, 안 받아주겠어요? 당신께는 값어치 없는 아주 사소한 것이긴 하지만요. [335]

그녀는 공짜 술만 마시는 이 가난한 주정뱅이 손에 들린 향수병을 보고 크게 놀랐다.

---

334) 『무능력자들의 어머니』, op.cit., (1984), p.207.
335) Ibid., p.208.

그는 그녀가 망설일 기회를 주지 않기 위해서, 그 선물을 테이블 위에 놓고 그녀를 뚫어지게 보고 있었다. 수수가 그의 시선으로부터 얼굴을 돌렸다. 그녀의 두 턱이 부르르 떨렸다.

그녀는 이 주정뱅이를 급히 피하고 싶었다. 그래서 "대단히 고맙습니다. 메르시, 친절에 감사합니다"[336] 라고 말했다.

그녀는 피하려고 일어섰고, 압둘 카림은 밖의 길을 쳐다보았다. 자신으로부터 시선을 돌리던 모든 사람들은 어디 있는가?. 그는 그들에게 자기도 부유한 생활을 하고 있다는 것을 보여 주고 싶었다. 그들 가운데 수수에게 선물하고 싶은 마음을 갖고 있는 사람이 얼마나 많은가? 그는 승리감에 도취된 채 친구와의 약속을 파기하고 있다는 것을 잊고 있었다.

작가는 이 작품에서도 다른 작품에서와 마찬가지로 적절한 비유법과 여주인공이 무식하다는 사실을 동시에 느끼게 하는 극적 아이러니를 구사하고 있으며, 간결한 문체로 현대 이집트의 고통 받는 정신을 묘사하여 독자의 관심을 사로잡고 있다.

2. 『항의(al - 'Ihtija:j)』[337]

『항의』는 1934년에 알 - 마잘라 알 - 자디다에 5부로 나뉘어 발

---

336) Ibid., p.209.
337) 『무능력자들의 어머니』, (1984), pp.37 - 57.

표된 작품으로, 단편집 『무능력자들의 어머니』에 수록되어 있다.

단편집 『무능력자들의 어머니』에 수록된 작품들은 작가가 시골이나 지방 도시에 관심이 있듯이 대도시에도 관심을 갖고 있다는 것을 보여 주는 작품들이다.

이 이야기는 노예의 신분으로 주인의 종이 되어 살아가는 여주인공이 그녀의 주인집에 세 들어 사는 젊은 목수와의 만남을 통해 생애 처음으로 이성(異性)을 느끼게 되고 결혼할 생각을 가지게 되지만, 주인과 그 가족들의 압력과 냉소로 그녀의 항의는 여지없이 묵살되고 결혼의 꿈이 산산조각 되면서 예전처럼 인간 이하의 대우를 받으며 묵묵히 살아간다는 내용이다.

여기서 작가는 인간의 기본 권리 중의 하나인 가정을 가지려는 소망 앞에 장애물이 나타났을 때 자신의 의사를 적극적으로 밝히지 못하고 무기력하게 물러나는 것은 강한 의지력이 결여되어 있기 때문이라는 것과 지금까지 오랫동안 뚜렷한 목적도 없이 인생을 살아왔기 때문에 당연히 의지력의 약화를 보일 수밖에 없다는 점을 시사해 주고 있다.

중산층의 생활과 그들의 투쟁 속성 등을 보여 주는 사회주의 리얼리즘에 속하는[338] 이 작품은 이집트 중산층에 속하는 카이리야 부인의 하녀로 일하는 가난한 이집트 시골 출신인 여주인공 붐바를 중심으로 한 살아있는 묘사이다.[339]

카이리야 부인을 비롯한 그 가족과 붐바와의 관계는 주인과 노

338) al-Saʻiːd al-Waraqiː, 'Ittijaːhaːt al-Qissa al-Qahiːra fiː al-ʻAdab al-ʻArabiː al-Muʼaːsir fiː Misr, (al-Haiʼah al-Misriyyah al-ʻAːmmah Lil-kitaːb, 1979), p.246.
339) Miriam Cooke(tr.), op.cit., (1990. 11). p.495.

예의 관계로서 주인과 그 가족들이 붐바보다 나이가 많건 적건 간에 붐바는 주인들의 지시를 거역할 수 없었다. 열 살 때 카이리야 부인의 하녀가 된 이후로 세월이 흘러 이제는 마흔 살의 노처녀가 되었지만, 카이리야 부인의 명령 없이는 옥상의 돗자리에 잠을 자기 위해 올라갈 수조차 없었다. 어머니 때부터 대를 물려 이 집의 노예가 된 그녀는 자신의 뿌리는 물론 가족 상황조차 모르고 있었다. 또한 그녀는 추한 얼굴을 가지고 있어서 남의 밑에서 살아가는 것이 더 어울리게 보였고, 그녀의 외모는 비록 추했지만 너무나도 순진하여,[340] 그 집 식구들의 저속한 욕설에도 대항하여 화를 내지 않았다.

그녀는 오직 일만 하는 단순한 기계처럼 인간의 존엄과 자존심은 이미 오래 전부터 잃고 살아오면서, 어떤 문제도 카이리야 부인의 허가 없이는 능동적으로 행동할 수 없었다.

이제 작품을 분석해 보면 다음과 같다.

어머니의 뒤를 이어 카이리야 부인의 하녀로 일하는 붐바는 시간이 흐르면서 그 집 모든 구성원들의 길들여진 노예가 되어 갔다. 어려서부터 시작한 과다한 시중 때문에 이제는 두 뺨이 쪼글쪼글해지고 몸이 축 늘어진 야윈 개처럼 보였다.

그러던 어느 날 이 처녀가 새로운 운명에 접하게 되는 것으로 이야기는 시작된다. 주인집 1층에 하산이라는 젊은 목수가 세를 들게 되었던 것이다.

---

340) Naï:m 'Atiya:. Yahya: haggi: wa 'A:lamuh al-Qissasi,(Maktaba al-Anjulu: al-Misriyyah, 1978), p.31.

그리고 나서 그는 목수인 하산에게 열쇠를 건네주었다. 흰 갈라비야의 재킷을
입고 한쪽으로 기울어진 터키 모자를 쓴 얼굴이 창백한 청년이다. 341)

하산이 이곳으로 이사 온 후 붐바는 난생 처음 본능적으로 그를
동경하게 되었다. 그도 붐바처럼 가난하여 집세도 재대로 못 낼
형편이었다. 하산은 그녀에게 아무런 두려움 없이 농담을 건넸으
며, 붐바는 그럴 때마다 늘 얼굴이 빨개지면서도 들리지 않는 웃
음소리를 냈다. 그에게서 뭔가를 느꼈고, 그녀의 몸은 가볍게 떨며
자기를 사로잡는 이상한 당혹감에 빠져들게 되었다. 하산이 그녀에
게 물을 뿌리면 그녀의 두 뺨이 붉어지고 눈을 반짝거리며 소리를
질렀다. 몸은 비록 주름살이 생길 정도로 늙었지만, 마음만은 그렇
지 않은 것을 보여 주었다. 그녀는 하산을 통해 이성을 알게 되었
고 결혼을 생각하게 되었다.

한편, 하산의 이용 가치 때문에 그 청년과 카이리야 부인 가족
과의 관계는 돈독하게 되었으며, 가게 월세도 정기적으로 낼 수
없는 처지임에도 불구하고, 하산은 카이리야 부인에게 양가의 규수
를 신부로 소개해 달라고 요청했다.

이 문제에 관하여 저녁 식탁에서 가족 간에 대화가 오갔는데,
그 때 붐바는 부엌과 식탁 사이를 오가며 음식과 식기를 운반하다
가 그 이야기를 우연히 듣게 되었다. 모두가 붐바보다 훨씬 나은
소녀를 추천하였다. 아마도 죽을 때까지 무료로 고용한 노예를 잃
게 되는 것을 그들은 우려했을지도 모르기 때문에 아무도 붐바를
기론하지 않았다.342)

---

341) 『무능력자들의 어머니』, op.cit., (1984), p.37.
342) Naï:m ʿAtiya: op.cit., (1978), p.22.

다음은 줄거리의 핵심을 이루고 있는 대화의 인용으로서, 그 지방 토박이들의 생생한 어투가 매우 인상적이다.

이야기의 첫 페이지에 나오는 카이리야 부인과 그녀의 아들인 마흐무드 간의 대화에서처럼 학끼의 대화체는 대부분 사투리를 사용하되 카이로 토박이들의 말투에 매우 가까운 것이 특징이라 할 수 있다.

먼저, 카이리야 부인이 목수 하산의 결혼 가능성에 대해 이야기하기 시작했다. 그녀는 하산이 그녀가 아는 친지들 중에서 규수 한 사람을 알아봐 달라고 요청한 사실을 끄집어냈다.

마흐무드 : 그가 여기에 살고 있다고 해서 그의 문제를 우리에게 억지로 떠맡길 수 있다고 생각하는 모양이군. 안 돼 그 문제에 우리가 끼어들어서는 안 돼요.

파이까 : 부추겨 주면 객들은 다 그런 모양이야

힐미 : 골치 아픈 문제예요. 마치 80파운드를 내는 것처럼 그 적은 돈도 안내면서 결혼하려고 들다니.

자이나 : 신부 값은 얼마나 낼지?

카이미야 : 좋은 일을 하는 것보다 더 복받을 일은 없단다.

파라쥐 : 사무실에 배달부가 있는데 그에게 예쁜 딸이 있어요.

니으마 : 그녀를 본 적이 있어요?

파라쥐 : 아니. 하지만 아버지는 좋은 사람이야.

니으마 : 그게 무슨 상관이예요. 촌스러운 사람이라구.

자이나 : 낯선 사람들을 왜 끌어들이세요? 멀리 갈 필요 있어요? 중개상 딸인 자이납이 있잖아요?

카이리야 : 시간을 더 낭비하기 전에 그 신부감을 하산에게 보내 줬으면 좋겠어요.

니으마 : 그를 기죽일 시골 처녀를 그는 원치 않아요. 자이납은 아직 어리고 순진해요. 마흐디 영감은 어때요? 아주 예쁜 딸이 있어요. 그녀는 쿠란도 암기하고 기도도 하죠.

힐미 : 어떻든 가구는 문제 없겠구만. 그가 스스로 잘 알아서 할 테니까. 돈 들게 없어요.

파라쥐 : 잘 됐어. 그렇지만 식기들은 ? 그리고 침대는 비용이 많이 들 텐데
파이까 : 마루바닥에서 자라고 그러지 뭐. 노란 구리 침대, 가구, 모기장, 우
단으로 된 긴 의자, 그리고 벽은 색 칠하지 않고 그대로 두고. 343)

붐바는 그들이 말하는 동안 컵에 물을 채워 식탁 위에 놓았다. 그들이 물을 다 마시면 남아 있는 음식에 있는 파리를 쫓기 위해 그녀는 수건을 사용하곤 했다. 그녀는 부엌에 왔다 갔다 했기 때문에 그 대화를 모두 들을 수는 없었다. 그녀는 갑자기 억지로 나오는 것 같은 얕은 기침을 자주 하게 되었다. 대화는 다시 이어졌다.

카이리야 : 나는 이웃집 하녀인 피르다우스에 눈길이 가네. 그녀는 고아이지만
일을 잘해. 예쁘고 나이는 어리지만 성숙한 몸매를 갖고 있어요.
파이까 : 설사 그가 그녀를 좋아하고 그녀의 피부가 너무 갈색이고 머리칼이
불결하다고 말은 안 한다 하더라도 혹시 돈과 땅이 많은 처녀를 원
하는 건 아니예요?
카이리야 : 아냐. 그런 말을 한 적은 없어. 그는 좋은 청년이야. 그는 행복
하고 싶고 내가 추천하면 받아 들일 거야. 344)

밥그릇 쪽으로 손들이 열심히 움직였다. 음식이 모두 없어지고 접시 바닥에 흩어져 있는 낟알들이 한가운데로 모아졌다.

붐바가 그 접시를 잡으려고 손을 뻗치다가 그녀는 그만 컵을 엎어 버렸다. 파라쥐 무릎 위로 물이 엎질러졌다. 이전에는 그런 일을 본 적이 결코 없었기에 모든 사람들이 어이없이 붐바를 바라보았다. 그녀의 얼굴은 붉어지다가 곧 다시 창백해졌고, 그녀의 입술은 파르르 떨고 있었다. 그리고 나서 그녀는 멍한 사람처럼 지껄였다.

343) 『무능력자들의 어머니』, op.cit., (1984), pp.52 - 55.
344) Ibid., pp.54 - 55.

마님, 정의는 존재하지 않나요?
붐바, 무슨 얘길 하려고 하니?
왜 그러세요? 그를 위해 열심히 일했어요. 불평 없이 견뎌 왔어요.
그녀는 목이 메어서 말을 끝낼 수가 없었다.
뭘 얘기하려고 그러는 거야. 붐바, 말해 봐
왜 제 손을 그 남자로부터 뿌리치려고 그러세요?345)

그녀는 사회적 양심, 즉, 그녀의 인생의 권리를 요구하며 흥분했다. 그녀는 하산을 통해서 인간의 가치를 인식했던 것이다. 놀랍고도 이해할 수 없는 적막감이 식탁 주위를 맴돌았다. 그러나 잠시 후 모든 사람들이 식탁에서 일어나 크게 웃었다.

힐미가 그녀를 향해 뭔가 잘 못된 것 아냐, 붐바?346)라고 빈정거렸다.

그러나 그녀는 어떤 비난도 아랑곳없이 문 옆에 앉아 기침을 계속했다.

카이리야 부인이 지나가면서 그녀의 머리를 만지며 말을 네 불쌍한 머리에 무슨 일이 일어난 게군. 알라께서 너를 보호해 주실 거야. 너는 돌았어. 빨리 건강을 회복해야 되겠구나347) 하면서 말을 건넸다.

붐바는 그곳에 잠시 동안 꼼짝 않고 있다가 식사를 하기 위해 일어서서 음식 찌꺼기를 모았다. 카이리야의 아들 마흐무드가 그녀 앞에서 웃으면서 조롱했다.

345) Ibid., p.55.
346) Ibid., p.56.
347) Ibid., p.57.

> 결혼식 날 밤 무엇을 할지 내게 말해 다오. 향수, 분, 코흘을 사려고? 목욕도
> 해야지? 난 네가 목욕하면 체중이 줄까봐 걱정이야. 348)

그녀는 입술에 부끄러움과 수치심이 깃든 미소를 띠웠다. 분노
의 눈이 다시 누그러졌고, 옛날의 만족과 무감각으로 되돌아왔다.
그녀는 자신을 달랬다.

이야기는 다음과 같이 끝난다.

> 부끄러움을 알아야지. 나는 하산보다 더 나을 게 없어. 그는 도움을 필요로 하
> 지만, 나는 그럴 수가 없어. 349)

그녀는 앉아서 음식을 입에 넣고 있었다.

작품에서 여주인공 붐바는 결국 그녀가 지금까지 오랜 세월 동
안 목적 없이 인생을 살아왔기 때문에 그것이 그녀의 의지에 부정
적인 영향을 주게 되었고, 처음으로 그녀를 하나의 인간으로 대해
주었던350) 사람을 남편으로 맞을 정당한 권리 앞에 장애물이 나타
나자 항의해 보지만, 인간으로 취급해 주지 않는 카이리야 부인
가족의 압력과 냉소에 그녀는 쉽게 굴복하여 스스로 인간 이하의
상태에 만족해 버린다.351)

---

348) Ibid.

349) Ibid.

350) Miriam Cooke, The Anatomy of an Egyptian Intellectual Yahya Haqqi, (USA :
Three Continents press, 1984), p.34.

351) Muha: Mahmu:d a:li, op.cit., (1992), p.38.

결국 이 작품은 『첫 번째 교훈』al－Dars al－'Awwal, 『향수병』, 『안녕히 주무셨습니까』? 등과 더불어 현대 이집트의 고통 받는 정신을 그린 작품이라 할 수 있을 것이다.352)

3. 『안타르와 줄리야트(`Antar wa Ju：li：ya：t)』353)

이 작품은 1955년에 잡지 알－이자아 알－미스리야(al－'Idha：`ah al－Misriyyah)에 처음 발표되었으며, 동일 제목의 단편집에 수록되어 있는 단편소설이다.

『안타르와 줄리야트』 단편집에 수록된 아홉 편의 단편들은 전체가 인간의 속성과 센티멘탈리즘(sentimentalism)을 다룬 것이 특징이다.354)

이 작품은 인간과 동물의 관계가 마치 이야기의 주제처럼 부잣집의 개(줄리야트)와 가난한 집의 개(안타르)를 중심으로 전개된다.

이 작품에서 안타르라는 이름을 가진 개의 주인은 관청에서 거리를 돌아다니는 개를 붙잡아 주인이 벌금을 지불할 때까지 가두고 있다가 주인이 찾아가지 않으면 개를 죽여 버리는 관례 때문에 죽을 운명에 처해 있는 자신의 개를 구해 내려고 열망하지만, 그

---

352) Miriam Cooke, op.cit., (1987), p.4.
353) 『안타르와 줄리야트』, (al－Hai'ah al－Misriyyah al－`A：mmah Lil－kita：b, 1986), pp.108－126.
354) hamdi: al－Sakku：t, Dira：sa：t fi: al－'Adab wa al－Naqd, (Maktaba al－Anjulu: al－Misriyyah, 1990), p.67.

녀는 재정적인 문제 때문에 안타르를 구하는 일에 결단을 내리지 못한다. 즉 가족 생계가 우선이냐, 아니면 충견인 안타르의 죽음이냐 하는 선택의 기로에서 방황하는 주인 때문에 안타르의 운명은 비극적으로 끝날 수밖에 없다.

재정적 무능력이 직접적인 원인이긴 하지만, 그녀의 우유부단한 의지 때문에 안타르의 운명은 비극적인 상황에 처하게 되고, 따라서 독자의 동정을 성공적으로 불러일으키고 있다.[355]

이 작품은 동물에 비유하여 인간의 의지의 중요성을 다시 한 번 강조하는 것이라고 평가된다.

사건은 두 마리의 개를 중심으로 일어난다.

한 마리는 가난한 카우캅 부인이 소유하고 있는 안타르라는 개로서, 밤처럼 검고 짧은 털을 가진 초라한 모습을 하고 있으며,[356] 다른 한 마리인 줄리야트는 상류층인 이즐랄 하님 부인이 소유한 개로, 주인인 이즐랄 하님과 자동차로 외출하는 경우 외에는 혼자서 문밖을 한 발짝도 나가지 않는다. 그러던 어느 날, 이 두 마리의 개는 집 밖으로 나왔다가 떠돌아다니는 개를 단속하는 경찰 호송차 안에서 우연히 만나게 되는 운명을 갖게 된다.

줄리야트는 그 여주인이 재빨리 벌금을 물어 특별히 석방되지만, 안타르는 자기의 주인이 그녀 가족의 생계 문제와 벌금 사이에서 망설이고 걱정하다가 결국 벌금을 물지 않아서 불쌍한 운명에 처하고 만다는 내용이다.

---

355) Ibid., p.69.
356) 『안타르와 줄리야트』, op.cit., (1986), p.114.

이제 작품을 분석해 보면 다음과 같다.

이 단편의 여주인공은 카우캅이다. 그녀는 가난하지만 심성이 고운 여자로서, 자기의 운명에 만족하며 살아가는 남편 하산 아판디와 많은 자식들과 함께 행복하게 살고 있었다. 어느 날 거리를 배회하던 잡종 개인 안타르가 그녀를 따라와 그녀 곁에 머물게 되자, 결국 먹을 것은 부족했지만 인정이 많은 카우캅의 식구가 되었다. 안타르는 훈련된 개는 아니었지만 밖에 나가서 놀다가 시간이 되면 어김없이 카우캅에게 돌아왔다.

이즐랄 하님 부인은 아름답고 호화스런 빌라에 살며, 남편 카밀은 경비원, 요리사, 하인들을 데리고 있는데, 그녀는 외부와의 접촉이 별로 없으며, 어쩌다가 외출할 경우에는 차를 타고 다닌다. 그러나 불행하게도 하느님이 그녀에게 자식을 주지 않으심에 따라 그녀는 대신에 족보 있는 개를 비싼 돈을 주고 사서 많은 사랑을 쏟았다. 암컷인 줄리야트는 주인의 명령에 잘 따르는 훈련된 애완용 개로서 너무나 세련되고 민감하였고, 외출이라곤 주인 차를 타고 갔다 오는 것뿐이었다.

이 두 개는 돌아다니는 개를 단속하는 경찰관에게 붙잡혀 불운한 장소에서 우연히 만나게 되었다. 그러나 줄리야트는 주인들이 사방으로 수소문하여 찾았기 때문에 운 좋게 풀려나 혼자 떨어져 밤을 보낼 필요가 없어졌다.

여기서 낮과 밤에 대한 작가의 모순된 상징을 엿볼 수 있다. 야흐야 학끼는 낮과 밤의 충돌을 사실주의적 상징주의적으로 묘사하길 좋아한다. 낮에 힘겹게 살아가는 사람들은 밤에 평화를 가질 수가 없으며, 따라서 야흐야 학끼의 밤은 어둠침침하며 잔인하고

비인간적이며 두려움으로 가득 차 있는 것으로 암시된다.[357]

안타르가 없어진 것을 뒤늦게 알아차린 카우캅은 수소문 끝에 안타르가 경찰 유치장에 갇혀 있다는 것을 알게 되었다. 안타르를 구하기 위해서는 벌금을 지불해야 했지만, 그녀의 지갑 속에는 6리알이 남아 있을 뿐이었고, 봉급을 타려면 아직도 10일이나 남아 있었다.

> 카우캅은 정처 없이 걸었다. 그러나 두 발길에 이끌려 그녀는 집으로 돌아오고 있었다. 그녀 머리는 갈등으로 어지러웠다. 그녀의 검소한 어머니의 손은 불 속에 있었고, 그녀의 심장 고동은 계속 아니다, 아니다……라고 말하고 있었다. 그녀는 결국 자기의 마음을 배반하지 않았다. 그 호소가 자선이나 구원이었을 경우에 그녀는 이와 같은 배반의 오명을 자신에게 가져올 만큼 경솔한 여자는 아니었다. 애원자는 안타르였다. 그는 하나의 영혼이었다. 구제받을 가치가 있다. 그는 벙어리였기 때문이다. 그리고 그녀의 자식들은? 그녀는 주위를 돌아보았다. 거리에는 피로와 권태로 점점 수가 적어지고 있는 몇몇 유령들을 제외하고는 통행인들은 없었다. 그녀는 하늘로 얼굴을 올렸다. 그리고는 대지를 감싸고 있는 밤을 바라보았다. 그녀의 두 눈에는 눈물이 흘러넘쳤다. 그녀는 손수건을 꺼내서 눈물을 닦으며 서 있었다.[358]

이와 같이, 이즐랄 하님 부인과는 달리 카우캅 부인의 의지는 주저의 순간(즉 우유부단의 의지)과 부딪치고 있다. 그러나 이즐랄 하님 부인은 두 가지 결정 사이에서 방황하는 고통은 맛보지 않았다. 즉 그녀는 자기가 낳은 개와 자식 중에서 어느 하나를 선택해야 할 운명에 처해 있지는 않았다.

그녀는 불임의 여자이다. 그러나 그녀가 설사 10명의 자식들을 가졌더라도, 그녀는 부자이기 때문에 줄리야트의 몸값을 지불했을

---

357) Sabry Hafez, op.cit., (1979), pp.256-258 참조.
358) 『안타르와 줄리야트』, op.cit., (1986), pp.125-126.

것이다. 인내의 명예라는 것은 가난한 사람들에게만 국한되는 상황이지 부자들에게 해당되는 것은 아니었다.[359]

카우캅 부인의 의지는 두 가지 책임 중 하나를 선택해야 한다.

첫 번째 책임은 어머니와 부인으로서 자식들과 남편의 생계를 위해 적은 돈이지만 아껴 써야만 한다. 그녀는 친지와 이웃들로부터 돈을 빌릴 수가 있었지만, 그렇게 많은 빚을 지게 되면 어떻게 갚아 가야 하는가 하는 현실적인 문제에 부딪혔다.

두 번째 책임은 첫 번째 책임보다 더 나쁜 경우로서, 하나의 사건이었다. 그것은 아니라고 외치는 심장의 고동으로[360] 인간의 책임을 묻고 있었다. 귀여운 동반자가 구원을 간청하는 외침이다.

> 그녀가 병이 들어 오직 침대에 누워 있을 때, 그가 어떻게 하고 있었는지 내게 묻지 마라. 그는 먹지 않았다. 그는 그녀의 발끝에서 절대로 일어나지 않았다. 그의 몸은 야위었다. 피부는 변색되었다. 두 눈은 희미해졌다. 눈물이 눈에서 흘러내리지 않고 눈 안에서 흐르고 있다.[361]

> 그가 원한다면 밖으로 나간다. 어떤 공상이 그를 데려간 것처럼 멀리 가 버린다. 그러나 해가 지기 전에 돌아오지 않는 날은 한 번도 없다. 마치 그들에게 오는 밤을 두려워하듯. 그가 돌아오면 그는 모든 식구들 주위를 잽싸게 돈다. 그들로부터 안도감을 받고 싶어 한다.
> 마치 그가 그들로부터 떠나간 것처럼 그들 중 누구도 잃어버리지 않고 있다는 것을 확인하기 위하여.[362]

---

359) Na'i:m `Atiya:, op.cit., (1978), pp.63 - 64.

360) 『안타르와 줄리야트』, op.cit., (1986), p.125.

361) Ibid., pp.113 - 114.

362) Ibid., pp.114 - 115.

『안타르와 줄리야트』에서는 선택의 순간보다 더 많은 주저의 순간이 있다. 카우캅 부인의 가슴 속에서 일어난 갈등과 개와 자식들 사이에서 하나를 선택해야 한다는 그녀의 당혹감 앞에 우리는 놓이게 된다. 가족들의 생계, 즉 물질적 요구를 이행하느냐, 아니면 정신적 요구인 안타르의 삶이냐 하는 갈등이다. 슬퍼하며 잠자게 되는 것인가, 아니면 부끄러움 속에서 잠자게 되는가?

선택의 순간 앞에서 그녀는 도와줄 친지가 없다는 것을 느꼈다. 그녀 혼자서 선택해야 한다. 무엇을 선택하고 무엇을 거절해야 할 것인가? 그녀에게 주어진 것은 자유라는 것뿐이었고, 그것은 외부에서 오지 않는 힘이었다.

야흐야 학끼는 주저 그 자체의 순간에서 작품을 끝내고 있다. 카우캅 부인이 어떻게 선택했는지, 무엇을 선택했는지를 말하지 않았다. 그는 선택의 어려움, 카우캅 부인을 짓누르는 한계, 자비의 요청에 응답할 수 없는 가난한 인간을 중점적으로 묘사했다.

인간은 정말 자유로운 것인가? 그는 선택의 순간을 어떤 한계까지는 어렵고 피곤한 것으로 간주했기 때문에,[363] 자유의 본질은 선택이고 그것이 인간적 존재라면 카우캅 부인이 갖는 자유의 슬픔과 고통은 클 것이라고 여겼고, 따라서 야흐야 학끼는 주저의 순간에서 이야기의 막을 내림으로써 선택의 고통으로부터 그녀를 보호했다.

위와 같이 이 작품은 인산과 농불의 관계가 마치 이야기의 주된 주제처럼 부잣집의 개와 가난한 집의 개를 중심으로 이야기가 전

---

363) NaʾiːmʾAtiyaː, op.cit., (1978), p.65.

개되고 있다. 특히, 두 마리의 개와 그 소유주인 주인들의 관계에서 여러 가지 미묘한 차원을 설명하기 위해 시적인 이미저리(imagery)와 운율 있는 언어와 접속사가 없는 문체를 사용하고 있다. 따라서 이 작품은 작가가 고대 아랍 문학에 심취하면서 열중하게 되었던 과학적 문체가 크게 돋보이는 작품으로 평가할 수 있으며,[364] 만자라우이(M. Manzalaoui)는 이것을 하나의 훌륭한 산문시라고 호평하였다.[365]

인간과 동물의 관계는 등장인물을 민감하고 효과적으로 이해할 수 있는 수단이며, 그들에게 자신의 현실을 새로운 각도로 보게 하는 작가의 수법이다.

이미 야흐야 학끼는 초창기 작품 활동 때부터 동물 묘사에 큰 관심을 보여 왔고, 이 작품은 이전보다 훨씬 진일보한 것이라고 볼 수 있다. 즉 야흐야 학끼는 1926년 7월 알 - 파즈르(al - Fajr) 신문에 『플라 - 미쉬미쉬 - 루루』(Fulla - Mishmish - Lu:lu:)라는 단편을 발표한 바 있는데, 이 작품이 단순하고 유머러스한 상황 묘사를 한 작품이라면, 『안타르와 줄리야트』는 능숙한 사건 전개와 이야기 구성을 보여주고 있는 진일보한 작품이라고 평가될 만하다.[366]

작가 자신이 중산층에 속하면서 카이로의 중산층을 다룬 작품 가운데 하나인 이 글에서 주목되는 점은 각각 사회적 환경이 다른 두 마리의 개를 비교하면서 물질적 무능력으로 인한 정신적 패배와 불행을 밝히고 있고, 또 인간의 운명에 있어서 동물은 인간의

---

364) Yu:suf al - Sha:ru:ni:, op.cit., (1975), p.21.
365) Mahmoud Manzalaoui, op.cit., (1985), p.76.
366) Mustafa: I. Husayn, op.cit., (1970), p.39.

삶에 동참하며 동물의 삶이 인간의 운명을 지배할 수도 있다는 것을 암시하는 것이라 하겠다.[367]

4. 『빈 침대(al‐Fira:sh al‐Sha:ghir)』[368]

이 작품은, 야흐야 학끼의 작품 중 비교적 늦은 1961년 알‐카팁(al‐Ka:tib)잡지에 발표된 것으로, 정신 요법의 한 가지 시도로 쓰였기 때문에, 일반 대중에게 강요되어서는 안 된다고 작가가 느끼고, 잡지 발표로 끝나길 원하며 어떠한 단편집에도 수록되기를 작가 스스로 거부한[369] 이색적인 단편이다.

부언하면, 이 작품은 작가가 심리학 서적에 심취하고 프로이트와 애들러의 정신분석 이론에 영향을 받아 심리 분석에 큰 관심을 보인 작품 중의 하나이다.[370]

후에 푸아드 두와라가 편집한 전집 중 제19권으로 출판된 이 작품은 주변 환경의 영향으로 의지력을 상실하여 실패로 끝나 버린 자아 탐색과 은둔과 외고집으로 일관된 생활을 하다가 점차 몰락해 가는 주인공에 관한 이야기다.

이 작품은 정신적 붕괴에 관한 정확한 분석[371] 또는 인간의 타

---

367) Ibid., p.38.
368) 『빈 침대』, (al‐Hai'ah al‐Misriyyah al‐`A:mmah Lil‐kita:b, 1986), pp.250‐274.
369) Mahmoud Manzalaoui(ed.), Arabic Short Stories(1945‐1965), (AUC, 1985), p.86.
370) 『움무 하쉼의 램프』, op.cit.,(1975), pp.50‐51.
371) 'Idwa:r al‐Kharra:, op.cit., p.109.

락을 진지하게 묘사했다372)는 평가를 받고 있으며, 또한 방언을 사용하지 않고서 표준 아랍어를 가장 완벽하게 사용함으로써 새로운 예술에 적합한 새로운 언어를 제시하였다는 평가도 아울러 받았다.373)

하피즈는 이 작품이 성격 묘사, 작품 구조, 언어 면에서 매우 뛰어난 작가의 작품 중의 한 작품으로 이집트 단편 발달의 획기적인 이정표라고 극찬하였고,374) 작품 분석을 통해 보면 이 단편소설은 인생 또는 사회의 변화로 인하여 희생된 인물에 대한 작가의 동정과 인도주의를 보여주는 훌륭한 작품이다.

특히, 이 소설은 작가의 그동안의 작품 성향에서 이탈하여 매우 이색적인 장면으로 음침하고 섬뜩한 분위기를 자아내면서 처음 출판되자마자 큰 반응을 불러일으켰던 작품이었다.375)

작가는 주인공의 의지력의 상실로 인한 인간의 타락 과정을 진지하고 세밀하게 묘사함으로써 덕목의 가치와 근원으로서 의지의 중요성을 강조하고 있다. 특히 허무주의나 인생에 대한 부정적 태도는 인간을 악의 길로 이끌며, 그 희생자를 더 깊은 곳으로 떨어뜨릴 수 있다는 점을 경고하면서, 허무주의는 사회의 교활한 적이며 개인의 자존심을 파괴한다는 점을 보여주고 있다.

이제 작품을 분석하여 보면 다음과 같다.

---

372) Mahmoud Manzalaoui, op.cit., (1985), p.86.
373) Yu:suf al-Sharu:ni:, Sab'u:na Sham'a fi: Yahya: haqqi:, (al-Hai'ah al-Misriyyah al-'A:mmah Lil-kita:b, 1975), p.223.
374) Sabry Hafez, op.cit., (1979), p.276.
375) al-Ahram Weekly, (Cairo, 1992. 17-23 December), p.9.

화자는 처음부터 유쾌하지 못한 광경을 묘사한다. 장의사의 위치를 소개함으로써 앞으로의 사건을 예견케 하고 있지만, 그러나 이 장의사는 다른 많은 가게나 상점들 사이에 끼여 있는 평범한 가게 중의 하나로 묘사될 뿐이다.

> 알 – 이마마인(al – ʾIma:main) 광장에서 알 – 리한(al – Ri:ha:n) 거리로 들어서서 몇 발짝 걸어가게 되면 왼편에 한 조그만 가게를 만나게 된다. 그러나 그 가게는 발걸음을 빨리 했을 때에는 그냥 지나쳐 버리기 쉬운 곳에 위치하고 있다. 왜냐하면 그곳은 곧게 뻗어 있건 굽어 있건 간에 폭은 좁지만 포장된 거리와 나란히 엇비슷하게 다닥다닥 붙어 있는 초라한 가게 중의 하나이기 때문이다.376)

여기서 화자는 알 – 이마마인과 알 – 리한의 두 단어를 의미심장하게 선택했다. 즉 알 – 이마마인은 이맘 알 – 샤파이와 이맘 알 – 리싸를 뜻하는데, 이 두 곳은 카이로에서 가장 중요한 묘지로 손꼽히고 있는 장소이다. 또한 장의사가 있는 거리는 알 – 리한가(街)이다. 아랍인들은 묘지에 올라갈 때 야자 잎과 알 – 리한을 가지고 가는 관습이 있는데, 아랍에서 야자 잎은 영속성을 의미하는 것으로, 사람들이 그곳 묘지를 방문할 때 야자 잎을 가지고 감으로써 죽은 자들과의 관계를 계속 유지할 수 있다고 믿었으며, 알 – 리한은 좋은 향기를 가지고 있는 모든 식물을 말한다.

알 – 리한이라는 단어를 선택한 이유는 아랍어로 정신을 뜻하는 단어 루흐(ru:h)와 어감도 비슷하고, 문맥적으로 일치하기 때문일 것이다. 또한 알 – 리한 안쪽이라고 하지 않고 알 – 리한가(街) 입구(아랍어로 알 – 왈리즈(al – Wa:lij))라고 표현하고 있는데, 이는 성과

---

376) 『빈 침대』, op.cit., (1986), p.250.

관련해서 사용할 때 특별히 음성학적 효과를 가지고 있다.

아마도 독자들은 작품 속에서 이 모든 암시와 의미, 그리고 상관관계를 포착하기가 매우 어려울 수도 있기 때문에, 이러한 단어들을 무관심하게 지나쳐 버릴 수도 있다. 그러나 다음과 같은 시각적 청각적 후각적 묘사를 주의 깊게 살펴보면 그 묘사가 가지는 느낌을 반드시 가지게 될 것이다. 즉 야흐야 학끼는 죽음과 인생이 혼재된 이상스러운 환경을 묘사할 때 모든 감각적 수단을 동원하고 있는 것이다.

> 그래서 머리들은 가슴 앞으로 굽어져 있고, 두 눈꺼풀은 성가신 문의 볼트처럼 움직이고 있으며, 위로는 끈으로 죄어 있지만 바람에 흔들리고 있다. 몇 푼의 동전을 받은 후 손님에게 물건을 넘겨주듯 손은 휘청거리고 있고, 두 입술 언저리에 흘러 있는 침과 눈꺼풀 주변에 괴어 있는 눈물, 그리고 귓밥을 타고 흐르고 있는 아름다운 색깔과 끈적끈적하고 선명한 분비물 등을 빨아 먹으려는 파리들을 쫓아내고 있다.377)

작품 속에서 이 장의사는 부드러운 턱 위에 생긴 뾰루지, 정숙한 부인 가운데 섞여 있는 창녀, 기분 좋은 포주가 건네준 신선한 우유를 마시는 동양의 한 왕자의 하렘에 있는 문둥이로 묘사되고 있다.

한편 장의사의 오른쪽에는 소금에 절인 가지를 파는 야채가게가 있다. 그런데 진열된 절인 가지를 자세히 들여다보면 마치 부패한 시체와 비슷한 점을 발견할 수 있다. 그럼에도 불구하고 여기저기서 침들을 흘리고 있다고 묘사한다.

> 가지는 알맹이 씨가 모두 너무 익어 튀어나와 있고, 부패되어 있는 살점은 조

---

377) Ibid., pp.250 - 251.

각조각 떨어져 있다. 그때 만일 손님이 독수리이거나 하이에나라면 입에 침이 흐르게 될 것이다.378)

장의사의 왼편에는 푸줏간 가게에서 가져온 가죽으로 가방의 겉은 소가죽으로, 내부는 염소의 뱃가죽으로 만든 가방을 파는 사람이 살고 있다.

이별과 순례용으로 만든 여러 가지 크기의 가방들은 집 없는 영혼처럼 땅을 배회하고 있다.379)

따라서 이곳은 죽은 자와 산 자가 밀집해 있고 육신과 영혼이 섞여 있는 세계이다. 그러나 화자는 이 묘사만으로 만족하지 않고, 다음과 같이 당나귀가 끄는 차의 모습을 묘사함으로써 삶과 죽음의 혼재를 상징하고 있다.

당나귀가 끄는 차가 지나갔다. 야자 술의 알코올 냄새를 뿌리고 갔다. 그것은 지붕이나 울타리가 없는 하나의 닭장이며 검은 옷을 입은 여자들로 가득 차 있다. 저마다 달걀을 품고 있다. 그 달걀이 부화되지 않게 되면 그들에겐 재앙이 있을 것이다. 왜냐하면 그녀들은 끊임없이 탐욕스럽고 끈질기게 그들의 병아리를 낚아채 훔치려 드는 솔개와 씨름하고 있기 때문이다. 한편 당나귀는 뼈만 앙상하게 남아 있고, 주인은 정신은 없지만 탐욕스럽고 욕심 많은 사람이다.380)

화자는 어깨에 관과 관을 쌀 천을 메고 장의사 앞에서 걸어 나오는 청년을 등장시키면서 그 음침한 광경에 대한 묘사를 끝낸다.

장의사의 맞은편에는 부모와 같이 사는 한 희생자의 집이 있는

---

378) Ibid., pp.251 - 252.

379) Ibid., p.252.

380) Ibid.

데, 여기서 희생자는 오래전부터 두꺼운 장막 뒤에서 살아오고 있는 이상한 가정의 외아들이며 이 작품의 주인공이다. 그러나 그는 정신병원에 입원해 있기 때문에 현재 그의 가족과 함께 살고 있지 않으며, 그 외아들은 몸집이 큰 수행원의 보호 속에서 한 달에 한두 번 정도 가족을 방문하고 있다. 그는 세상에 권태를 느껴 자기 자신과 자신의 욕망을 버리고 어둠의 세계로 물러나 있었으며, 더 이상 그 가족의 희망이자 아들이 아니었다.

이 가정은 암흑으로 둘러싸여 있으며, 우리가 아는 것은 그 주인공의 부모가 이웃은 물론 모든 인간 세계와 단절되어 살아가고 있다는 사실이다.

부모가 재산은 많지만 대인 접촉이 거의 없었기 때문에 아들은 자연히 원만한 대인 관계를 가지지 못하게 되었고, 일종의 자아 구속을 강요받아 왔으며, 더욱이 남에게 베풀지는 않고 받기만 하려는 이기주의적인 성격마저 갖게 되었다. 외부 세계와의 접촉은 외부 현실의 황폐한 비열함만을 보게 되고, 자신들의 무력감만을 보여줄 뿐이라고 그들은 믿고 있었다.

그들에게 있어 가족을 결속시키는 방법은 세상으로부터 물러나 주변에 — 글자의 의미 그대로 그리고 은유적으로 — 높은 울타리를 설치하는 것이었다. 따라서 주인공 청년은 외부 세계의 현실과 완전히 차단되어 있으며, 세상에 관한 그의 지식은 극도로 피상적이었다.

그가 가지고 있는 불안은 가족의 그에 대한 과잉보호와 원만한 대인 관계의 결핍으로 현실에 대한 그의 혼돈된 시각과 접근에서 빚어진 결과였다.

세상은 그의 앞에서는 무의미하고 무익할 뿐이며, 그는 자아 추

구에 대한 희망을 가지고 있기는 하지만 의지만 약화시킬 뿐이었
다.381)

그들은 인간 세상으로부터 벗어나 자연과의 관계를 강화시켰다.
즉 원시적인 상태로 되돌아간 것이다. 그리하여 가족들 간의 나이
도 뒤죽박죽이 되었다. 이는 주인공 가족들 간의 탈선행위를 보여
주는 것이며, 마치 오이디푸스 콤플렉스(Oedipus Complex)와 같은
증상이다.382)

> 따라서 남편은 자기의 부인을 어머니라고 부르고, 그녀는 남편을 아들이라고
> 부르며, 부부는 자기의 외아들을 우리들의 친구라 부른다.
> 또한 아들은 어머니를 나의 신부라고 한다. 한편, 아들은 자기 아버지에 대한
> 호칭을 잊어버렸다. 그가 다섯 살이 되었을 때부터 아버지라는 호칭을 더 이
> 상 사용하지 않았기 때문이다.383)

즉 아들은 어릴 때 그 의식이 이미 머릿속에서 굳어 버렸다. 아
버지는 자기 부인에게서 어머니를 찾고 있었고, 아들이 청년이 되
었지만 여전히 오이디푸스 콤플렉스 증상을 보이는 것이다. 인간의
의지력이 상실되면 자신의 책임을 완수 못 하며, 여기서도 가족
구성원 간의 정신적 일탈이 나타나는 것이다.

그리고 어머니를 소유하기 위하여 아버지와 아들 사이에 보이지
않는 쟁탈전을 보이고 있으며, 또한 아들은 생식에 대한 두려움을
보여준다. 그러나 그러한 순간들은 잠시 비춰질 뿐, 그들 모두는 베

---

381) Sabry Hafez, op.cit., (1979), p.276.
382) Mustafa: I. Husayn, op.cit., (1968), p.72.
    Na:ji: Naji:b, al-Nuzu:ʻ ʼlla al-ʻA:lamiyyah wa Nashʼat al-Wa:qaʼiyyah,
    (Beirut: Da:r al-Tanwi:r Lil-iba:ʼa wa al-Nashr), p.76.
383) 『빈 침대』, op.cit., (1986), p.256.

푸는 것을 그만둔 결과로 부드럽고 공손하게 하나로 결합되고 있었는데, 여기서 준다는 것은 포괄적인 의미를 지니고 있다. 그들은 성장이 멈추었고 감각을 잃었으며, 다른 사람들과의 관계도 끊기었다.

아들은 목적 없이 살았기 때문에 그의 학업에 실패하였으며, 이내 권태감에 빠져 버리고 말았다. 그러던 중에 상과대학에서 문과대학으로 옮겼으나, 1년의 허송세월 끝에 법과대학 공부를 다시 시작했다. 그가 문학 공부에 싫증을 낸 후 집에 틀어박혀 있는 동안 그는 결혼을 생각했다. 재산이 있어 돈을 벌 필요가 없었기 때문에 모든 것을 참을 수는 있었다. 그렇지만 그는 자신을 스스로 입증하고 자질을 충분히 발휘하며 권태와 불안으로부터 자신을 보호할 방법을 여전히 모색하고 있었다. 그래서 최종적인 방법으로 결혼을 생각한 것이다.

> 그 청년이 문학과 법학 사이에서 집에서 빈둥거리며 있는 동안 그의 나태함을 치료할 수 있는 것은 한 가지 일밖에 없다는 것은 당연하였다. 다시 말해서, 모든 일 중에서 제일 단순하고 쉽고 가치 있는 일이며 가장 진실하고 제일 감각적인 것, 그것은 남편이라는 직업이다. 그는 총각이었으나 자기와 결혼할 여자는 성적 경험이 있어야 한다고 고집했다.384)

그는 자신의 수고를 들이지 않고 결혼하고 싶어 했다. 그래서 그는 부모의 간섭 없이 독단적으로 가난한 시골 소녀를 선택했고, 그 가난한 소녀의 머리 위에 손을 뻗어 장난감 가게에서 어린아이가 하듯 이것이라는 말 한마디로 선택했던 것이다. 그녀는 알-사이드 시골 소작인의 딸로서 이미 이혼한 경력을 가지고 있었다.

---

384) Ibid., p.258.

그러나 그는 그녀가 강한 욕정과 욕심을 가지고 있는 알-사이드 출신의 여자라는 것을 모르고 있었다. 그는 이미 언급한 바와 같이 남에게 베푸는 것을 모르는 가정에서 자란 사람이었고, 그는 이 소녀를 순진한 여자로 생각하여 기뻐하였으며, 그녀는 그의 모든 희망이라고 생각했었다.

그는 그녀를 가난하고 순진하게 보았기 때문에 남편의 말에 순순히 따를 것이며, 그에게 어떤 책임을 지우거나 어깨에 무거운 짐을 주지 않고 남편이 하자는 일에 순종할 것이라고 그는 믿었던 것이다.

그녀는 그녀의 어머니를 통해서 상류 사회 출신인 카이로 남자와 결혼하면 이런 판자로 된 침대보다 훨씬 좋은 스프링 침대를 가지게 될 것이라는 희망을 남자에게 전했다.

얼마 후 순진한 소녀가 사납고 해로운 맹수로 바뀌자, 그 청년은 당연히 그녀와 충돌하게 되었고, 남에게 베풀지 않는 병이 다시 재발했다. 그는 그녀가 자기가 빠져 있는 생지옥으로부터 자기를 구제해 줄 것이라고 기대하였지만, 실제로는 그를 인생에 대한 위험한 의구심과 무기력 속으로 더 깊게 몰아넣었을 뿐이다. 결혼 3일 후 그녀는 "알-사이드의 여자들은 알-사이드의 남자들을 위해 태어났어요. 나는 당신의 돈과 우아함, 당신의 고상한 말들에 정말로 오줌을 끼얹겠어요."[385]라고 그에게 말했다.

그러고 나서 그녀는 예언자의 목소리를 흉내 내면서 말을 계속했다.

---

385) Ibid., p.262.

"흰색, 검은색, 붉은색으로 칠해진 미라들을 당신에게 찾아 주겠어요."386)

결국 두 사람은 헤어져야만 했다.

그 결과 그는 자신의 몸을 쥐어뜯는 이상한 병에 걸리고 말았다. 의사가 그에게 투여한 약은 대부분 효과를 보지 못했는데, 의사는 어떤 생물학적인 결함 때문이 아니라 그 청년에게는 병에 대항하려는 의지가 없기 때문이라고 그 이유를 설명했다.

그의 인생에서 그녀의 등장은 비록 짧은 기간이었지만 그녀의 거부로 인해 실력 발휘를 해 보리라는 그의 마지막 희망이 산산이 부서졌고, 그의 자멸적 경향은 더욱더 심화되었다. 곧, 그는 나약함에 빠져서 일종의 나르시스병Narcissism387)에 걸렸으며, 따라서 이것은 자기 자신과 멋진 의상에 대한 관심 속으로만 빠져들게 하였다.388)

> 그는 법과대학에 입학했고, 그때의 상황에 종지부를 찍게 되었다. 그곳에서 그의 우아함과 침착함은 동료들의 주목을 받았다. 그의 동료들은 그에게서 느껴지는 어떤 매력의 원인이 무엇인가를 정확히 알지 못해서 그의 주변을 맴돌았다. 그의 손톱인가? 그의 부드러운 손가락인가? 그의 눈에 흐르는 달콤함인가? 그의 목소리에 담긴 호기심인가?389)

---

386) Ibid., p.263.
387) Narcissism(정신분석) 자기도취
  인간 정신에서 이기주의가 최고조에 달했을 때 일탈과 복잡성 수준에 도달할 수 있다는 것을 작가가 암시하고 있다.
  인생의 본질은 주고받는 것이기 때문이다. 그리고 이러한 실패는 어떤 형태로든 일탈로 이끌게 되며, 그중 한 가지 예를 들면 성적 일탈을 보이는 경우이다.
388) Mustafa: I. Husayn, op.cit., (1968), p.71.
389) 『빈 침대』, op.cit., (1986), p.265.

그러나 그의 동료 중에 어느 한 사람도 그의 진정한 친구가 될수 있을 만큼 그와 가깝지 못했고 결속되지도 못했다. 그런데 그는 이런 분위기 속에서 외로움을 느끼는 것이 아니라 오히려 아주 편안함을 느끼며, 단지 다른 학생들에게 자기가 친절과 높은 지성의 모델로 보이게 하는 데에만 관심이 있을 뿐이었다.

법과대학에서 학업을 계속하려 노력했지만, 인간의 자유와 활력에 스스로 회의를 느끼며 싫증과 무기력에 다시 빠져들었고, 세 군데 대학에서 모두 실패할 때마다 책임감에 대한 반감만 증폭되었으며, 인간의 기본 요소인 책임 완수의 욕구마저 파멸시켰다.

그새 마침 장의사의 한 점원을 만나게 되었다. 주인공 젊은이의 집 맞은편에 위치한 장의사에서 일하는 그 사람은 테두리를 두른 짐 속의 목화처럼 뚱뚱한 몸과 굵고 짤막한 팔, 지나치게 큰 손, 낮은 이마, 좁고 가는 눈을 가지고 있는 젊은이였다. 주인공은 그 점원과 함께 장의사에서 보내는 시간을 점점 많이 가지게 되었다.

두 사람 사이는 빠른 시간 안에 가까워졌고, 주인공은 그와의 우정으로 위안을 찾았다. 그 장의사 점원은 며칠 후 권태감에 빠져 있던 그를 시체를 닦는 작업에 동참시키는 데에 성공했다. 거의 넋을 잃을 정도로 시체의 모습에서 섬뜩함을 느꼈지만, 시간이 지남에 따라 시체를 닦는 일이 좋은 취미가 되었고, 일이 없는 날은 오히려 무료하고 생기가 없어졌다. 그는 열의를 가지고 열심히 일했고, 시체를 자세히 들여다보면 모두 구별이 되는 것이 즐거웠다.

그때 장의사의 점원은 그 청년이 자기 곁을 떠나지 않으리라는 것을 확신하게 되었다. 그리고 "요리가 다 되었다고 생각했을 때 그를 자기에게 맡기라"고 하며 어두운 모퉁이에서 동성연애를 요구하기도 했다.

어느 날 장의사 점원은 그 청년이 지난날을 후회하며 제 정신을 찾는 것을 느꼈고, 이를 우려한 나머지 다른 음모를 꾸미게 되었다.

그는 동업자의 예를 들어 그에게 결혼 첫날 죽은 신부 얘기를 꺼냈다. 결혼 예복을 입혀 그녀를 매장했다는 것이다. 그녀가 아마도 알-사이드 출신의 갈색의 피부를 가진 여자일 것이라는 이야기를 들었을 때, 그는 방향 감각을 상실하고서, 그 시체와 성관계를 가지고 싶다는 괴상한 욕정을 느끼게 되었다.

그는 그 점원에게 그녀가 묻힌 무덤을 가르쳐 달라고 했고, 그 점원은 자기를 데리고 가야 한다는 조건을 달았다.

두 그림자가 어둠 속으로 급히 사라져 갔다.

그들은 하느님이 축복을 거두어들인 망가지고 부패한 정신과 자각을 삼켜온 탐욕스러운 동물이었다. 장의사의 점원은 자기의 괴팍스러운 욕심 때문에 주인공을 더욱더 파멸시킨다. 작가는 주인공의 성적 무기력증보다 오히려 사회적 심리적 의기소침에 문제점이 있는 것을 강조하기 때문에 그 병적인 결함을 죽은 자의 세계로 발전시키는 것은 당연하다고 보았다.[390]

화자는 다시 처음의 얘기로 돌아가고 있다. 즉 주인공 청년이 병원에 입원해 있다가 사망한 후인 어느 날, 그 병원에서 그 청년의 가족에게 편지를 보냈다. 그 내용은 그의 아들은 이미 사망했으며 그의 침대는 새로운 환자 — 새로운 희생자 — 를 기다리고 있는 빈 침대가 되었다는 것이었다.

---

390) Sabry Hafez, op.cit., (1979), p.277.

이 단편은 위와 같이 소설의 끝부분에서 처음의 내용을 다시 언급하면서 하나의 원(圓)을 완성하고 있다.

결론적으로 이 작품은 인간 정신에 대한 깊은 탐색이며, 의지의 중요성에 관해 작가가 여러 각도에서 조명하고 있음을 보여주는 소설로서, 주제의 철학적 측면을 강조하며, 추상적인 것과 감지할 수 있는 것 사이의 간격을 메우려고 노력한 점이 돋보인다.

그러나 구체적이고 사실주의적인 것으로부터 결코 벗어나지 않으며, 특정한 위치와 성격이 매우 뚜렷한 인물들을 다루고 있는데, 이는 훌륭한 언어 구사력, 설득력 있는 성격 묘사, 조리 있는 구성 때문에 가능하였다고 본다.

특히 분위기에 적합한 화법의 창출과 아름답고 시적인 문체는 주제 접근에 매우 효과적인 역할을 다하고 있는 것으로 분석된다.

5. 『불쌍한 여인 'Imra'a Miskina)』391)

이 작품은 1961년 3월 알-아흐람(al-'Ahra:m) 신문에 연재되었으며392) 단편집 『빈 침대』에 수록된 것으로, 여주인공을 매우 생동감 있게 묘사한 사실주의 단편소설이다.

파괴자의 자기 합리화 관점에서 보이는 것처럼, 어떤 희생을 치

---

391) 『빈 침대』, op.cit., (1986), pp.228-249.
392) Sai:d a:mid al-Nassa:j, Dali:l al-Qissa al-Misriyyah al-Qahi:ra, (al-Hai'ah al-Maisriyyah al-'A:mmah Lil-kita:b, 1972), p.175.

르더라도 자기의 의지를 적극 주장함으로써 자신의 목표는 달성하나, 타인을 파괴하는 한 인간에 대한 묘사로서 불쌍한 여인을 들 수 있다.[393] 그러나 야흐야 학끼는 일반적으로 그 의지를 주장하는 사람에 의해 고통받는 의지 약한 인간들에게 보다 많은 관심을 보이고 있다.

이 작품의 주요 인물은 항상 파트히야로서 그녀가 직접적인 원인을 제공한 것은 아니지만, 간접적인 영향을 줘 입원한 남편보다도 더 강한 의지를 소유한 인물로서, 그 불패의 의지는 목적 달성을 위해서 수단 방법을 가리지 않고 목적만을 정당화시키는 마키아벨리주의식 의지와 같다.[394] 이 작품에서 특히 우리의 관심을 끄는 것은 자기 행동과 생각에 대한 변명이다.

이 이야기의 줄거리는 다음과 같다.

평범한 가정주부인 이 작품의 여주인공은 그녀의 남편이 신경쇠약 증세로 정신병원에 입원하게 되자 재정적인 어려움에 직면한다. 그녀는 남편이 일하던 항공회사 상사에게 불쌍한 여인으로 보이도록 외모에 신경을 쓴 후에 도움을 청한다.

유급 병가와 시설이 훨씬 좋은 사립 병원으로 그녀의 남편을 옮겨 줄 것을 남편의 상사에게 요청하지만, 그의 반응이 탐탁지 않자 그녀는 불만의 표시를 하게 되고, 결국 그는 식료품 구매 감독직을 한시적으로 그녀가 맡아 줄 것을 제안한다. 갑작스러운 그의 제안에 다소 망설이지만 마침내 그녀는 그 제안을 수락하였고, 남

---

393) Sabry Hafez & Catherine Cobham, A Reader of Modern Arabic Short stories, (Saqi Books, 1988), p.148.
394) Sabry Hafez, op.cit., (1979), p.275.

편의 상사는 병원장으로부터 남편이 6개월 이상 치료를 요한다는 증명서를 발급받아 오도록 조건을 내세웠다.

그녀는 힘들었지만 그 증명서를 발급받는 데에 성공했고, 회사에서 일을 시작하여 곧 회사에서 인정받는 직원으로 부상하게 되었다. 그러던 어느 날 남편의 병세가 호전돼서 1-2주 후면 복직이 가능하다는 병원장의 말을 전해 듣고 그녀는 회사의 중요한 업무 수행 차 유럽 출장이 불가피하다고 설명하면서 남편의 한 달간의 퇴원 연기를 강력히 요청한다. 그녀는 회사와의 채용 계약을 갱신하고 직장 상사와 함께 마침내 유럽행 비행기 트랩에 오른다는 내용이다.

얼핏 보면 표제는 단순히 풍자적인 것으로 보인다.

형용사인 아랍어 미스킨(miski:n 불쌍한)은 남편이 신경쇠약에 걸린 후 남편 사무실 직원들에 의해 두 어린 아이들을 데리고 용감하게 자신을 관리하며 살아가는 한 여인으로 평가를 받으며, 너그러운 동정을 받고 있는 파트히야를 가리키고 있다.

그러나 우리는 이야기를 통해서 비록 그녀가 인정하지는 않고 있으나 남편의 신경쇠약에 그녀가 큰 책임이 있으며, 또 한편으로는 불쌍한 여인으로 간주되고 있는 것을 그녀는 잘 알고 있고, 그녀가 남의 이목을 의식하며 주제넘게 잘 나서면서 필요한 경우 그 사실을 이용할 마음의 준비를 갖고 있다는 것을 알게 된다.

그녀는 이유 여하를 불문하고 자기가 어떤 대가를 받아 내야 하는 정당성이 있다고 느끼고 있다. 스스로 가련하다고 보지는 않는다 하더라도 혼자서 수많은 난관을 극복하는 한 사람이라는 사실을 정말로 생각하고 있기 때문이다. 이것은 그녀가 주변 환경의 희생자이며 억압받는 여성으로서 또는 더욱 타당한 이야기인지는 모르나 앞만 보고 나아가는 악녀임을 암시하는 것이다.

이제 작품을 분석하고자 한다.

분명히 극적인 기법으로 작가는 작품 첫 페이지에서 우선 독자에게 아들 푸아드의 편에 서 있는 시어머니를 통해서 적대적인 며느리인 파트히야를 소개하고 있다.

> 어머니는 거의 대부분 잠을 자지 못하고 이리저리 뒤척거렸다. 아침 기차를 타고 여행하는 날처럼 동이 트기도 전에, 그녀는 깨어나 예배하기 위해 몸을 닦으러 조급하게 갔다. 여느 때와는 달리 신발소리에 주의를 기울이지 않았다. 며느리 파트히야가 어서 일어나기를 바라는 마음에서였다. 그녀를 괴롭히는 것은 며느리가 늦잠 자는 것이다. 아침부터 식구 모두가 모이기 위해 집안 식구들이 모두 일어나길 바란다.
> 그녀는 혼자 견딜 수가 없었다. 그들에겐 바쁜 날이다. 문병 가는 날이고 많이 걸어야 할 중요한 날이다.395)

거울 앞에서의 파트히야의 외출 준비, 남편의 동료 직원 특히, 직장 상사에 대한 그녀의 이미지 창출은 해학적으로 묘사되고 있다. 그러나 그녀의 행동을 여성의 부도덕 탓으로만 돌리지는 않는다. 그녀의 머릿속에 떠오르는 것은 남편 직장 사무실에 있는 남자들이고, 그들에게 여성으로서의 매력을 보여주어야 하며, 그들은 실제로 눈물로써 비참한 꼴을 보여주지 않는 한 동정적인 반응을 보이지 않는 냉정한 사람들이었다. 그러나 여기서 그녀의 냉소적인 판단을 엿볼 수가 있으며, 이는 그녀의 고된 경험에서 얻어진 것

---

395) 『빈 침대』, op.cit., (1986), p.228.

임을 추측할 수 있다.

파트히야는 옷을 입고 외출 준비를 하고 다시 거울 앞에 섰다. 그녀의 몸매는 외출할 때에는 멋이 있으나, 집에 있으면 작달막하고 뚱뚱해 보였다. 구두는 모두 하이힐이다. 둘을 낳고 세 번 유산해서 허리에 붙은 군살을 혁대로 조였고, 아몬드형의 두 눈에는 코흘 화장을 했다. 그런데 어느 옷이 더 좋을까? 그녀는 불행에 빠진 유부녀였다. 남편은 죽은 것도 아니고 살아 있는 것도 아닌 채 병들어 있고, 그녀는 직장 상사의 동정을 사기 위해 회사에 가야 하며, 회사에서는 그의 많은 부하들이 그녀를 에워쌀 것이다. 가장 완벽하고 화려한 화장을 하는 것이 적당한가? 그것은 여성의 강력한 유혹의 무기가 될 것이며 결코 실패할 경우는 없을 것이다. 더욱이 그녀는 쉽게 녹슬지 않는 순수한 광물로 이루어진 여인임을 회사 사람들에게 보여줄 것이다.

아니면 옷과 머리에 신경 쓰지 말고, 화장도 안 한 채로 나갈까? 남편에게 순종하는 여자고 근심과 불행으로 가득 찬 여인으로 보이면, 많은 동정을 살 수가 있을 것이다. 마침내 그녀는 최종 단안을 내렸다. 중간으로 결정했다. 너무 화려하지도, 너무 초라하지도 않은 모습을 보이기로 했다. 낡은 외투를 입고 그 위에 예쁜 혁대를 했다. 머리는 있는 그대로 하고 눈은 화장을 했다. 장보러 가는 여자처럼 하자 누가 알겠는가?[396)

당돌한 그녀의 태도와는 달리 작가는 그녀의 허약한 면을 지적히고 있다.

짧고 빠른 걸음으로 외출하지만 며칠 밤을 남편 없이 혼자서 잠

---

396) Ibid., pp.229 – 231.

5장 삶의 의지 219

을 편히 이룰 수가 없었기 때문에 매우 피곤하다고 그녀는 느끼고 있었다.

작품 속에서 그녀의 남편 푸아드는 항상 아내가 주도하는 일로 인해 피해 보는 희생자로 묘사되고 있다. 그러나 남편의 직장 동료들이 그녀로부터 눈물을 기대하는 것처럼, 그는 그녀가 얼마나 자기에게 감사할 줄 아는지를 기대하며 그가 긴장하였을 때 비록 거짓말이라도 그를 달래 줄 친절한 말을 최대한 필요로 할 때[397] 그가 인정사정없이 대하는 것을 얼마나 원망했는지를 기억하고 있다. 분명히 그는 그녀의 논리적인 사고나 그러한 사고방식을 원망하였다. 이것은 작가가 강한 의지 때문에 타인을 파괴하는 한 인간에 대한 실례를 설명하는 것이다.

빌어먹을 자비심이라곤 눈곱만큼도 없는 여자야. 빌어먹을.[398]

파트히야에게 유리하게 전개된 중요한 점은 푸아드의 직장 상사가 그녀에게 직장을 알선한 것이었다.

처음 그녀가 남편의 직장 상사인 국장을 찾아간 목적은 두 가지였다. 남편의 입원 기간 동안 완전 유급 병가로 해 줄 것과 국립 병원보다 시설이 훨씬 좋은 사립 병원으로 옮겨 달라는 것이었다. 그 국장은 3개월간의 유급 병가는 인정하여 주지만 사립 병원으로 옮기는 문제는 진찰 결과에 따라 결정될 문제라고 대답한다. 순간적으로 그녀의 안색이 나빠지자 그는 회사가 기내에 제공할 식료

---

397) Ibid., p.233.
398) Ibid.

품의 구매 감독 자리를 임시로 맡아 줄 것을 긴급 제안한 것이었다. 나중에 파트히야와 그 직장 상사가 당초 생각했던 것보다 푸아드에 대해서 더 나쁜 불이익을 가져다주었다 하더라도, 그녀는 처음에 잠시 주저했을 뿐, 재빨리 그 기회를 포착하고 어려운 상황을 스스로 정당화하면서 동료 직원들로부터 찬탄과 동정을 불러일으키며 최대한 이 기회를 이용했을 것이다.

그러나 국장은 파트히야에게 자신은 그 제안을 할 수는 있으나 최종 승인은 전무의 권한이니 만큼 그 잠정적인 계획에 대해 파트히야 본인이 직접 가서 승인을 받아 오되, 남편은 적어도 6개월간은 치료를 요한다는 말을 반드시 잊지 말고 전할 것을 충고한다. 그녀는 시어머니에게서 적당히 여러 가지 이유를 들어 취업에 나서게 되었다.

국장과의 면담 후 남편의 병원을 찾아간 그녀는 시어머니와 두 자녀, 그리고 남편의 친지들, 남편의 직장 동료들과 함께 어릴 때 같이 자랐던 사촌 동생을 만나게 되었다.

그녀의 인생에 갑자기 다시 등장한 비굴한 성격의 외사촌 압둘라힘의 모습은 그 외사촌 동생을 멀리하는 데에 그녀가 얼마나 힘들었는가를 분명하게 말해 준다.[399]

어릴 때 그녀는 사촌동생보다 오히려 항상 강인했고 그를 괴롭혔었다.

오랫동안 보이지 않던 그가 어려운 상황에 놓인 그녀 앞에 나타나 도와주겠다고 치근대는 것을 그녀는 단호히 거절했다.

한편 그녀는 병원장을 만나서 남편이 6개월 이상 장기 치료를

399) Ibid., pp.244-245.

요한다는 증명서 발급을 요청했다.

치료 기간을 판단하기가 매우 어렵다는 병원장의 말에, 그녀는 흥분하며 강력하게 요구한 끝에 결국 증명서를 발급받는 데에 성공했다. 그녀는 남편을 사립 병원으로 옮기도록 건의하는 증명서의 요청은 잊어버릴 정도로 흥분했었다.

임시 계약 기간의 절반이 지나가면서 그녀는 사무실의 중요 인물로 부상하게 되었다. 그녀는 처음부터 출근 시간을 지켰으며, 옷치장도 제대로 못 하고 심신이 지칠 정도로 열심히 일했던 것이다.

비대했던 몸매는 날씬해졌으며, 화장에도 크게 신경을 써서 매력 있는 여자 직원으로 변해 있었다.

어느 날 파트히야는 남편의 문병을 가서 뜻밖에 남편의 병세가 갑자기 크게 호전된 것을 알게 되었다. 의사로부터 곧 퇴원하여 집에서 일주일 또는 이주일간만 요양하면 다시 근무할 수 있을 것이라는 말을 듣고 그녀는 자신의 승진에 영향을 줄 위태로운 사실을 염려했다.

선생님 제가 직장에 나가는 거 아시죠. 외국 비행기에 공급할 물품을 감독하기 위해 회사는 저를 유럽에 보내기로 이미 결정했어요. 내주에 떠날 예정입니다. 이것은 황금의 기회입니다. 여권, 비자 모두 준비됐어요. 원하신다면 가져오겠어요. 열심히 일해서 승진할 기회를 주세요. 한 달만 퇴원을 연기해 주세요.
제가 혼자 벌어서 사는 걸 잊지 말아 주세요. 예정보다 일찍 퇴원할 경우 밤중에 재발하면 어떻게 해요. 편안한 마음을 가졌으면 좋겠어요. 저는 직장에서 일을 해야 하고 혼자예요. 불쌍한 여자니까요.400)

---

400) Ibid., pp.248 - 249.

그녀는 처음으로 분명하게 거짓말을 한다. 자신이 가지고 있는 도덕적 가치와 다시 잔인한 타협을 한 것이다.[401] 그녀는 남편의 퇴원을 연기하는 문제에 대하여 의사를 설득하는 데에 성공하고, 승진이라는 목적을 달성하기 위하여 직장 상사와 함께 사업 및 휴양의 이름으로 실제로 유럽행 비행기 트랩에 오른다.

한편 파트히야의 딸 아말은 가족들에게 변명하고, 타인들의 시선을 방어하는 어머니에게 무의식적으로 도전하는 유일한 인물로 등장하고 있다. 즉 아말 혼자서 자신에게 피상적으로 던져지는 어머니의 말을 끝까지 지켜보고 있고, 또한 아버지인 푸아드의 신경쇠약에 대한 그녀의 공포감은 작품 속에서 암시적으로 나타나고 있다.

파트히야는 결국 자신의 안정을 되찾고, 나아가 출세를 위해 도덕성을 손상시키면서까지 가능한 모든 일을 성사시켰다. 그러나 야흐야 학끼는 인도주의 원칙을 무너뜨리면서까지 목적을 달성하는 분별없는 인물들의 편에 서지는 않았다.

결국 이 작품은 인생과 사회 변화로 인한 희생자에게 보다 강한 동정을 보여주는 작품으로 평가될 수 있을 것이다.

---

401) Sabry Hafez, op.cit., (1979), p.275.

제 6 장
맺음말

야흐야 학끼의
생애와 문학

قنديل أم هاشم

يحيى حقي

야흐야 학끼는 20세기 전반부에 등단하여 광범위한 경륜과 유럽 문화의 직접적인 체험을 통해서 이뤄진 작품을 통해 아랍 소설의 발전에 크게 이바지한 주요한 소설가들 중의 한 사람이다. 그의 작품은 주제의 보편성은 물론 소설 작법상의 기교에 있어서도 두드러지게 뛰어났을 뿐만 아니라, 작가 스스로 부단한 노력을 경주한 작가여서 후배 작가들에게도 중대한 영향을 끼치기도 했다. 특히, 그는 아랍 소설이 성장 단계에 놓여 있고 소설 발달에 여러 장애물과 난관이 존재하고 있다고 인식하고, 이집트 소설, 더 나아가서 아랍 소설이 나아갈 방향에 대하여 진지하게 그 나름대로 투쟁해 왔고, 비평 등을 통해서 선배와 동료 작가들의 작품을 재인식시킨 선구자적 면모를 지닌 작가이다.

그는 소설 발전에 가장 두드러진 장애물로서 당시 이집트 소설이 여러 주변 상황에 의하여 제약을 받고 있으며 주제의 폭이 제한되어 있다고 보았다.[402] 그 제한성을 극복하고 소설의 질을 높이기 위하여 야흐야 학끼는 장막 뒤에 숨어서 사회와 사회 윤리의 대상으로부터 멀어진 여성의 역할을 밝혀내는 데에 성공했다. 단편집인 『피와 진흙』에서는 엄격하고 가혹한 관습으로 둘러싸여 있는 환경에서 자신의 역할을 수행하고 있는 여성의 모습을 여실히 증명해 주었다.

가난과 무지, 낙후된 현대사회 속에서의 갈등과 방황 속에 그리고 숙명과의 투쟁으로 몸부림치는 이집트 민중의 고민을 섬세하고

---

402) 『이집트 소설의 여명』, (Da:r al-Qalm, 1960), p.214

예리한 필치로 묘사한 야흐야 학끼는, 냉엄한 현실을 꿰뚫어보는 통찰력을 지녔으며, 인간의 복잡한 갈등과 미묘한 심리를 예민한 관찰력을 통해 사실적으로 묘사하였다.

그가 묘사한 작중 인물들은 결코 완벽하고 훌륭한 사람들이 아니라 이집트의 평범한 중산층 내지는 가난하고 불쌍한 하류 계층에 속하는 인물들로서 그들 나름대로의 결점을 지니고 있다.

그러나 야흐야 학끼가 이들의 결점에 큰 관심을 갖고 있다고 해서 결코 이들을 묵인하거나 비난만 한 것은 아니다. 그는 이들의 고통과 불행 또는 이들의 결점 자체를 인간적으로 동정하면서 그는 좌절과 갈등 속에서 방황하는 인물들이 살고 있는 어둡고 고통스러운 세계를 그리고 있지만, 본질적으로 그는 인간을 중시하고 인간을 이해 포용하려는 휴머니스트라고 말할 수 있다. 이것은 야흐야 학끼의 문학을 주제를 중심으로 연구해 볼 때 가장 두드러지게 나타나는 점이다. 따라서 인간에 대한 사랑은 그의 문학의 특성이라 할 수 있다.

그의 문학이 지닌 또 하나의 특성은 주인공들이 보여주는 자기 것에 대한 주체성이자 이집트 정신이라 할 수 있다. 외세의 간섭과 무능하고 부패한 이집트의 지도자들 때문에 당시의 이집트 사회는 혼란과 위기의 상황에 빠져 있었다. 약 14세기 동안 이슬람이 모든 것을 지배했던 사회에, 특히 1920 – 1930년대에 이집트 민족주의가 출현한 후의 이집트 앞에 갑자기 등장한 서구의 문명과 충돌하지 않고 어떻게 이를 수용해야 하는가 하는 문제와 그 후 계속된 꼭두각시 왕정하에서 성행한 부정과 부패로부터 이집트 사회가 어떻게 조화롭고 슬기로운 대처 방안을 모색할 것인가에 대한 심각한 문제가 제기되었다.

이집트 사회는 다른 어느 사회와 마찬가지로 이집트적인 특수한 성격을 갖고 있으며 또한 자연스럽게 현 세계의 흐름을 반영하고 있다.

'근대화의 갈등과 화해'는 야흐야 학끼의 문학에서 중심적인 주제이며, 동시에 아랍 소설에 많이 나타나는 주제 중의 하나이다.

본 연구에서 '근대화의 갈등과 화해'라는 제목하에 취급한 두 편의 장·중편은 공교롭게도 모두 작가 자신이 주인공이며, 따라서 작가 자신의 경험과 사상이 그 소재가 되고 있고, 작가의 개인적인 성향이 가장 잘 반영되고 있는 주제로서 특히, 이집트 정신에 대한 작가의 입장이 가장 명확히 나타나고 있다.

주인공들은 갈등의 사회에서 자신의 전통과 유산, 신앙, 역사, 신화, 관습을 보지하면서 이집트인의 주체성을 잃지 않으며, 인간다운 삶을 위하여 새로운 문명을 받아들이고 새로운 사회 건설을 위한 개혁에 동참하는 모습을 보여주었다.

작품의 주제와 내용 외에 등장인물과 배경의 성격에서도 작가의 이집트 정신을 더욱 구체화할 수 있는 요소들이 묘사되고 있다. 즉 작가의 이집트 정신에 대한 깊은 신뢰를 보여주는 현상들은 그가 이집트의 자연과 동물 묘사 등 이집트 환경과 해학과 이집트 역사에 대한 남다른 관심과 예술적 접근을 보여주는 데서 알 수 있다. 나일 강이나 자연의 여러 모습들이 단순한 배경으로 묘사되지 않는 점, 등장인물과 사건 전개에 영향을 주는 특별한 상징물로서 동물을 묘사한 점, 이집트 민중의 가장 두드러진 정신적 유산이자 가장 강력한 문화적 도구인 해학 중에서 작가가 아이러니[403]를 예술적 구성의 핵심으로 이용한 점, 그리고 마지막으로 고대 파라오 역사에 대한 관심들이 그의 대부분의 작품 속에서 이집트 정신으로 살아 숨 쉬게 하고 있는 점 등이다.

이 세상에서 인간을 고통과 불행 속에서 살아가게 만드는 중요한 요인들 중의 하나는 운명의 시련이다. 작가는 인간이 본래 선하다고 보았고,[404] 사회계층 간의 차이나 인간에 대한 차별은 인간의 개성이나 교육 때문이 아니라 인간을 억압하는 환경이 어떠한 상황을 강요하는 것 때문이라고 보았다.[405] 따라서 삶의 고통과 불행에 대해서는 인간에게 책임이 없으며 사회 환경에 전적인 책임이 있다고 보았다. 그리하여 작가는 숙명과 투쟁하는 주인공들을 비판하고 그들에게 냉소적인 태도를 보이는 것이 아니라 운명의 시련에 도전하는 그들을 따뜻이 이해하고 동정하면서 사회 환경의 개선의 필요성을 암시하고 있다.

작가는 카이로의 중산층 출신임에도 불구하고 가난한 계층과 불쌍한 농부들과 같이 생활하면서 그들과 고통을 같이 나누려 했고, 그들의 불행을 슬퍼했다.

이러한 모든 그의 느낌들을 해학과 슬픔, 분노와 동정이 혼합된 풍자적 문체로 과장이나 거짓 없이 활기 있고 생동감 있는 진솔한

---

403) 아이러니에 있어 야흐야 학끼는 이집트의 체호프라고 평가되고 있다.
   Mustafa: I. Husayn, <u>Yahya: haqqi: Mubdi'an wa Na:qidan</u>, (al – Majlis al – 'A'la Liri'a:yah al – Funu:n wa al – 'Ada:b wa al – 'Ulu:m al – 'Ijtima:'iyyah, 1968), p.61.

404) P. M. Kurpershoek, <u>The Short Stories of Yusuf Idris</u>, (Leiden: E. J. Brill, 1981), p.77.
   Nabi:l Faraj, <u>Mawa:qif Thaqa:fiya</u>, (Maktabat al – Anjulu: al – Mi riyya 1980), p.455.

405) Miriam Cooke, The Anatomy of an Egyptian Intellectual Yahya Haqqi, (Three Continents Press, 1984), p.32.

상황 전개를 통하여 묘사하며 휴머니티를 강조하였다. 특히, 그의 작품들 가운데 단편집 『피와 진흙』에서 이러한 주제가 두드러지게 나타나고 있음을 알 수 있다.

『우체부』, 『감옥 이야기』, 『아부 푸다』 등 단편집 『피와 진흙』 중에서 대표적인 세 작품에서 주인공들은 모두 사회 환경의 탓으로 인간의 인간다운 점과 인간 존재의 참다운 가치를 느끼지 못하고 운명의 시련 속에 불행한 인생을 마치게 된다.

단편 『나선 계단』은 위에서 언급한 세 작품과는 달리 카이로를 배경으로 한 점에서 특이하다고 할 수 있다. 주인공 파르갈리는 어린 나이에 가족의 생계를 책임지기 위해 농촌에서 카이로로 올라온 가난한 세탁공이다. 어느 날 그는 권세 있고 부유한 자들만이 사용하는 고급 계단을 이용한 죄로 사회의 제재를 당하고 인간적인 대우를 받지 못한다. 개에 물렸기 때문에 일을 못 하게 됨에 따라 송금할 돈이 부족해 쩔쩔매게 된다.

이처럼 '운명에의 도전과 시련'이라는 주제하에서 야흐야 학끼는 가혹하고 엄격한 전통적 가치관과의 충돌 때문에 운명적 시련 속에 살아가는 희생자들을 부각시켰다. 다시 말해서 작가는 사회의 관습에 역행하는 인물이나 시대를 뛰어넘는 등장인물의 행동은 사회적인 또는 종교적 가치체계와 항상 충돌하게 되며, 사회적 제재나 자발적인 희생이 뒤따른다는 것을 암시하고자 했다. 그러나 야흐야 학끼는 그 희생자들을 엄격하게 단죄하거나 비난하지는 않았다. 오히려 독자로 하여금 사회적 관습을 비웃지 않는 자밀라나 압바스, 일라이와, 파르갈리 등에게 인간적인 동정을 느끼도록 독자를 인도하며 인간의 행위에 대한 책임의 문제를 진지하게 제기하고 있다.

야흐야 학끼는 또 다른 시각에서 참된 인간의 모습과 인간의 정신을 보여주고자 노력하였다. 그는 이 세상을 극심한 생존 경쟁을 위한 싸움터로 보았고, 이 싸움에서 이기기 위해서는 무엇보다도 강인한 의지가 필요함을 강조하였지만, 그는 작품 속에서 의지가 강한 인물보다는 의지의 박약으로 위험한 결과를 초래하게 되는 비극적 주인공들을 등장시켰다. 모든 인간은 인간다운 안락한 생활을 누리기 위한 강한 소망을 갖고 있지만, 의지가 결여될 때 그 결과는 오히려 심각해진다는 것을 다수의 작품에서 표출시켰던 것이다. 그렇다고 해서 정당하지 못한 방법으로 자신의 목표를 달성하기 위해 의지력을 행사하는 것을 용인한 것은 결코 아니다.

'삶의 의지'라는 주제하에서 분석한 『향수병』, 『항의』, 『안타르와 줄리야트』, 『빈 침대』 등의 작품들이 의지의 박약과 삶에 대한 장악력이 부족해서 숙명적인 결과를 맞게 되는 부정적인 묘사라면, 『불쌍한 여인』은 이와 반대로 긍정적인 방법으로 의지의 중요성을 강조하고 있다. 여주인공 파트히야는 강력하면서도 놀라운 목적의식을 갖고 있는 사람이다. 그녀는 남편이 신경쇠약증에 걸려 입원하자 서서히 그리고 착실하게 자신의 인생의 향로를 헤쳐 나아가 목표에 다다르며 사회적 지위도 획득한다.

비록 야흐야 학끼가 고도로 예술적이며 절묘하게 살아갈 의지가 박약하며 열의가 없는 인물들에 대한 묘사에 지면을 많이 할애하고 있지만, 속임수에 의한 수단이나 인도주의적 원칙에 반하는 대가로 그들의 목적을 달성하는 인물들을 지지하지는 않았고, 삶과 사회적 변화에 따른 희생자에 대해서는 참으로 분명하고 강한 동정을 보내고 있다.

본 연구에서 주제를 중심으로 하여 야흐야 학끼의 작품을 연구한 결과 그의 작품에 대하여 다음과 같은 결론을 얻었다.

새로운 문명을 받아들이거나 개혁을 추진하는 사회에서는 기존의 가치 체계와 충돌하지 않을 수 없으며, 그러한 와중에서 민중들은 방황하게 마련이다. 이와 같은 혼돈스러운 사회 현실 속에 자아를 되찾고 인간다운 삶을 누리기 위해서는 자신의 것에 대한 확신과 남의 것에 대한 조화로운 수용이 필요하며, 작가는 이를 위해서는 이집트 정신에 대한 믿음과 강화가 전제되어야 한다고 보았다.

한편 이 사회는 곳곳에 숙명에 부딪쳐 괴로워하는 부류들이 많이 있으며, 험난한 세상에서 의지의 결여로 인생의 목표를 달성하지 못하거나 비참한 생활을 맞이하게 되는 불쌍한 인간들이 많다. 사회 환경의 개선이 요구되며, 인간이 인간다운 삶을 개척해 나가기 위해서는 소망만을 가져서는 안 되며, 이를 뒷받침할 수 있는 정당하고 강한 의지가 절대로 필요하다고 보았다.

이처럼 깊이 있고 진지한 주제를 날카롭고 생생한 묘사와 짜임새 있는 구조 속에서 다루면서 야흐야 학끼는 독특하면서도 보편적인 인물들을 창조해 내는 데에 성공했다. 또한 그는 날카로우면서도 자연스러운 세부 묘사와 소위 과학적 문체라고 일컬어지는 절제되고 간결한 문체, 뛰어난 상징성과 적절한 아이러니와 삽입문, 그리고 정확한 심리 묘사를 사용한 최고 수준의 단편 작가이며 동료 작가들과는 달리 유수프 이드리스와 나집 마흐푸즈에 비견할 만한 작가로 평가받고 있다.

결론적으로, 그의 문학은 인간에 대한 사랑과 문화, 그리고 이집트 정신이 복합적으로 어우러져 있는 결정체라 할 수 있고, 소설가로서의 야흐야 학끼의 탁월함은 아무도 부정할 수 없을 것이며, 이집트 문학사에서 그가 차지하는 비중은 막중하다 할 것이다.

참고문헌

야흐야 학끼의 단편집

1. Qindi:l 'Umm Ha:shim(al — Ha'iah al — Misriyyah al — `A:mmah Lil — kita:b, 1975).
al — Sulhafa:h Tati:r(al — Siya:sah, 1939).
al — Qadi:s la: Yuha:ru(al — Risa:lah, 1940).
Bayni:....Baynak(1940).
Kunna: Thala:thah 'Aita:m(1942).
Kunna······Ka:na(1944).
Qindi:l 'Umm Ha:shim(Da:r al — Ma`a:rif, 1944).
Si:rah Dha:tiyah Biqalam: Yahya: haqqi:(1974. 5).

2. 'Umm al — `Awa:jiz(al — Ha'iah al — Misriyyah al — `A:mmah Lil — kita:b, 1984).
'Iza:zah Ri:hah(al — Majallah al — Jadi:dah, 1931).
hasi:r al — Ja:mi`(Jari:dah al — Bala:gh, 1932).
'Ihtija:j(al — Majallat al — Jadi:dah, 1934).
`Aqrab 'Afandi:('Akhba:r al — Yaum, 1945).
Fi: al — Si:nima:(Majallat al — Thaqa:fah, 1945).
'Ifla:s Kha:tibah(Majallah al — Ra:di:u al — Misri:, 1946).
su:rah(al — Ka:tib al — Misri:, 1946).
Wara:' al — Sita:r(al — Ka:tib al — Misri:, 1946).
'Umm al — `Awa:jiz(al — Ka:tib al — Misri:, 1947).
Mir'a:h Bighair Zuja:j(al — Kita:b, 1950).
al — Sha:`ir Basi:r(Majallah al — Kita:b, 1952).

Ku: Ku:(n.d).

Tanawwa`at al — 'Asba:b(n.d).

Dhikraya:t Duka:n(n.d).

Qissah fi: `Ardiha:l(n.d).

al — Dars al — 'Awwal(n.d).

sahwah(n.d).

3. Dima:' wa ti:n(al — Ha'iah al — Misriyyah al — `A:mmah Lil — kita:b,
      1979).

haya:h Liss(al — Siya:sah, 1926).

Qahwah Di:mitri:(al — Siya:sah, 1926).

Man al — Majnu:n(al — Saya:sah, 1927).

Qisssh Fi: Sijn(al — Majallah al — Jadi:dah, 1931).

'Abu: Fu:dah(al — Siya:sah, 1933).

al — Bu:staji:(al — Majallah al — Jadi:dah, 1935).

4. `Antar  wa  Ju:li:yat(al — Ha'iah  al — Misriyyah  al — `A:mmah Lil — kita:b,
      1986).

`Alam  'Aqull  Laka(al — 'Idha:`h al — Mi riyah, 1955).

`Antar  wa  Ju:li:yat(al — 'Idha:`h al — Mi riyah, 1955).

Su: Su:(al — Jumhu:riyah, 1958).

al — Sullam al — Laulabi:(Jari:dah al — Jumhu:riyah, 1959).

Mu:lid Bila: hummu(al — Jumhu:riyah, 1959).

al — Di:k al — Ru:mi:(n.d).

al — Sari:r al — Nuha:s(n.d).

Fi: al — 'Iya:dah(n.d).

al — Wada`(n.d).

5. al — Fira:sh al — Sha:ghir(al — Ha'iah al — Misriyyah al — `A:mmah Llil —

kita:b, 1986).

Fullah — Mishmish — Lu:lu:(al — Fajr, 1926).

al — Qalb al — Masmu:m(al — Fajr, 1926).

al — Mau:t wa al — Tafki:r(al — Fajr, 1926).

al — Sukhri:yah ’Au al — Rajul dhu: Wajh al — ’Aswad(al — Fajr, 1926).

Muhammad Bika Yaju:ru `Izbatahu(al — Fajr, 1926).

`Abdu al — Tawwa:b ’Afandi: al — Sajja:n(al — Siya:sah, 1927).

al — Wasa:’i ya: ’Afandim(al — Siya:sah, 1927).

Niha:yat al — Shaigh Mustafa:(al — Siya:sah, 1927).

`Idah(1928).

Dunya: (1929, al — Siya:sah).

al — Khaznah `Alaiha:  Ha:ris(al — Siya:sah  al — ’Usbu:`iyah, 1934).

al — Nisya:n(al — ’Ahra:m, 1961).

’Imra:h Miski:nah(al — ’Ahra:m, 1961).

al — Fira:sh al — Sha:ghir(al — Ka:tib, 1961).

Ka’anna(al — Masa:`, 1968).

6. Sa:riq al — Kuhl(al — Ha’iah al — Misriyyah al — `A:mmah Lil — kita:b, 1985).

’Imra:h Miski:nah(al — ’Ahra:m, 1961).

al — Fira:sh al — Sha:ghir(al — Ka:tib, 1961).

Ka’anna(al — Masa:`, 1968).

Sa:riq al — Kuhl(n.d).

야흐야 학끼의 장편소설

Sahh al — Naum(al — Ha’iah al — Misriyyah al — `A:mmah Lil — kita:b, 1955)

야흐야 학끼의 평론 문학에세이 기타

Khali:ha: `Ala: ’Allah(1) (Kutub Liljami:`, 1956).

Khali:ha: `Ala: ’Allah(1)(al − Mu`sisah al − Mi riyah al − `A:mmah Lilta`li:f
   wa al − Na<u>sh</u>r, 1956).

Fajr al − Qissah al − Misriyyah(Da:r al − Qalm, 1960).

<u>Kh</u>u uwa:t Fi: al − Naqd(Maktabat al − `Uru:bat, 1961).

Fikrah Fa:btisa:mah(1962).

Dam`ah Fa:btisa:mah(1965).

Ta`a:l Ma`i: ’Ila: al − Ku:nsi:r(1969).

Haqi:bah fi: Yad Musa:fir(1969).

Na:s fi al − zil(1971).

’Un<u>sh</u>u:dah Lilbasa: ah(1971).

`Itr al − ’Ahba:b(Da:r al − Kita:b al − Jadi:d, Mata:bi` al − ’Ahra:m al −
   Tija:riyah, 1971).

Ya: Lail wa Ya:`Ayi:n(Da:r al − Kita:b al − Jadi:d, Mata:bi` al − ’Ahra:m
   al − Tija:riyah, 1972).

`I<u>sh</u>q al − Kalimah(1987).

Fi: al − Si:nima: (1988).

Ha<u>dh</u>a: al − <u>Sh</u>i`ur(1988).

Fi Mihrab al − Fann(n.d).

Madrasat al − Masrah(n.d).

Humu:m <u>Th</u>aqa:fiyah(n.d).

Safaha:t Min Ta’ri:<u>kh</u> Misr(n.d).

Min Fai al − Kari:m(n.d).

Tura:b al − Mi:ri: (n.d).

Min Ba:b al − `A<u>sh</u>m(n.d).

Kuna:sah al − Dukka:n(n.d).

관련 참고문헌

* 약어

IJMES: International Journal of Middle East Studies.
GEBO: General Egyptian Book Organization
JAL: Journal of Arabic Literature.
AUC: American University in Cairo.

논문

* 국내

사희만, 무스따파 카밀의 수사 및 언어 분석 연구, (서울: 한국외국어대
    학교 대학원 박사학위 논문, 1993).
송민호, 아랍세계의 근대화에 관한 연구, (서울: 한국외국어대학교 대학
    원박사학위 논문, 1983).
조희선, 이집트 문학의 근대화 과정 연구, (서울: 한국중동학회 논총13,
    1992).

* 영어

H. Kilpatrick, The Arabic Novel a Single Tradition? (JAL V, 1974).
Jabra Ibrahim Jabra, Modern Arabic Literature and The West, (JAL,
    1971).
Katrina Mclean, Poetic Themes in Yahya Haqqi's Qindil Umm Hashim,
    (JAL. 1980).
Miriam Cooke, The First Lesson, (JAL, 1980).
_____, Yahya Haqqi as Critic & Nationalist, (IJMES, 1981).
_____, Egypt – Baptism of Earth, (al – Arabiyya. 14, 1981).
M. M. Badawi, The Lamp of Umm Hashim: The Egyptian Intellectual

Between East & West, (JAL, 1970).

Muhammad Siddiq, Deconstructing The Saint's Lamp, (JAL, 1986).

Pierre Cachia, Antar and Juliette by Yahya Haqqi, (JAL, 1973).

Sabry Hafez, The Egyptian Novel in The Sixties, (JAL, 1976).

_____, The Fiction of Yahya Haqqi, (Azure, 1978).

_____, The Rise & Development of The Egyptian Short Story (1881 – 1970), (Ph. D., Univ. of London, 1979).

_____, A Complete Bibliography of Collections of Egyptian Short Stories(1921 – 1970), (JAL, 1980).

Susan. A. Gohlman, Women as Cultural Symbols in Yahya Haqqi's Saint's Lamp, (JAL, 1979).

W. B. Fisher, Egypt – Physical and Social Geography, (London: Europa The M/East & N/Africa 1982 – 1983).

* 아랍어

`Abdu al – Fata:h Rizq, 'Usta:dhna – Yahya: haqqi:, (Ru:z al – Yu:suf, 1992. 12).

`Abdu al – Fata:h `Uthma:n, sahh al – Nawm wa Tawti:f al – Jumlat al – 'I`tira:diyyat `Inda Yahya: haqqi:, (al – Faisal, 1993. 1).

`Abdu al – hami:d 'Ibra:hi:m, Yahya: haqqi: wa al – Shakhsiyah wa al – sa`i:diyah, ('Ibda:` al – Qa:hirah 1983).

'Ahmad Ha:shim al – Shari:f, Daraja al – Nubu:gh al – 'Insa:nii, (saba:h al – Khair, 1992. 12).

'Ahmad 'Ibra:hi:m al – Hawa:ra:, Qara:'ah Naqdiyyah fi: Qissa Yahya: haqqi:, (Fusu:l, 1982. 9).

Fari:da al – Nuqa:sh, Qindi:l 'Umm Ha:shim: al – Shaqafah `Ala: Jaish al – Namal, (al – Qa:hirah: 'Adab wa Naqd, 1991. 8).

Fu`a:d Duwara:h, Lima:dha: 'Ara:da Saiid Qutb Jald Yahya: haqqi:, (al – Mussawar, 1992. 12).

_____, Fann Bal 'Umm Ha:shim, (al – Qa:hirah: al – Hila:l, 1992. 11).

'Idwa:r al — Kharra:, al — Qaswah wa al — Diqqah wa al — hanan, ('Adab wa Naqd, 1991. 8).

`Izz al — Di:n l — Makhzu:mi:, Yahya: haqqi: Na:qidan, (M. A. Univ. of Cairo, 1983).

Jala:l 'Ami:n, al — 'Asa:lah al — Mau`a:sarar Baina Yahya: haqqi: wa al — taib sa:lih, (al — Hila:l, 1993. 1).

Jama:l.al — Ghita:ni:, Yahya: haqqi: Khara:t al — `A:j, (`Adab wa Naqd, 1991. 8).

Khairi: Shalabi:, Fi: Mar'ah Yahya: haqqi: 'Istinsha:q `A r al — 'Ia ba:b, (al — Qa:hirah: 'Adab wa Naqd, 1991. 8).

Muhammad `Uwais Muhammad, 'In Kisa:r al — Batal fi: Qisas Dima:` wa tin, ('Ibda:'a, 1983. 4).

Mar`i: Madku:r, Yahya: haqqi: wa Hajj al — sadaq 'Alladhi: Rahala, (al — Faisal, 1993. 1).

Muha: Mahmu:d sa:lih, Yahya: haqqi: Dhalika al — `Ashiq, (al — Hilal, 1992. 2).

Muhammad Ru:mi:sh, Yahya: haqqi: wa Thau:rah Yu:li:u 1952, (al — Qa:hirah, al — Hila:l, 1990. 2).

Na:dir `Adli:, Rasi:duh al — Si:nima: Thala:thah 'Afla:m wa Thulth, (al — Qa:hirah: Nisf al — Dunya:, 1992. 12).

Na:ji: Naji:b, Yahya: haqqi: Mu'asisu al — Wa:qi`iyah al — hissiyyah, (al — Hila:l, 1984. 1).

Na:di:ya Ki:la:ni:, Yahya: haqqi: wa Difa:a``an al — Lughah al — `Arabiyah, (al — Hila:l, 1985. 2).

Naji:b Mahfu:z, Rihlat `A a:'i, (al — Thaqa:fah al — Jadi:da, 1993. 1).

Ramada:n B.Muhammad, Yahya: haqqI: 'A`uma:luh al — 'Adabi:yah, (al — Thaqa:fah al — Jadi:dah, 1993. 1).

Sabri: Musa:, Yahya: haqqi: 'Abu: al — Dhauq wa 'Atr al — 'Ahba:b, ('Adab wa Naqd, 1991. 8).

저 술

* 국 내

김정위, 이슬람 사상사, (서울: 민음사, 1987).

송경숙, 전완경, 조희선 공저, 아랍문학사, (서울: 송산출판사, 1992).

전완경, 이집트 단편소설 연구(Ⅰ), (서울: 세종출판사, 1989).

* 영 어

Albert Hourani, A History of the Arab Peoples, (London: Faber & Faber Ltd., 1991).

Brace M. Borthwick, Comparative Politics of the Middle East, (U.S.A.: Prentice-Hall International, 1980).

David Semah, Four Egyptian Literary Critics, (Leiden: E. J. Brill, 1974).

Ellis Goldberg, Peasants in Revolt-Egypt, (IJMES. 24, 1919, 1992).

E. W. Lane, Manners & Customs of the Modern Egyptians, (Every Man's Library, 1963).

Fatma Moussa Mahmoud, The Arabic Novel in Egypt(1914-1970), (GEBO, 1973).

Hamdi Sakkut, The Egyptian Novel & Its Main Trends From 1913 to 1952, (AUC, 1971).

nea Bushnaq(ed), Arab Folktales. (Penguin Book, 1986).

Issa J. Boullata, Critical Perspectives on Modern Arabic Literature (1945-1980), (Three Continents Press, 1980).

John A. Haywood, Modern Arabic Literature 1800-1970, (Lund Humphries, 1971).

J. Brugman, An Introduction to The History of Modern Arabic Literature in Egypt, (Leiden: E. J. Brill, 1984).

Leonard Binder(ed.), The Study of The Middle East, (John Wiley & Son, 1976).

Mahmoud Manzalaoui, Arabic Short Stories(1945-1965), (AUC, 1985).

Miriam Cooke, The Anatomy of an Egyptian Intellectual Yahya Haqqi, (Three Continents Press, 1984).

_____, Good Morning and other Stories, (Three Continents Press, 1987).

M. M. Badawi, The Saint's Lamp & Other Stories, (Leiden: E. J. Brill, 1973).

Piere Cachia, An Overview of Modern Arabic Literature, (Edinburgh University Press, 1990).

P. J. Vatikiotis, The History of Egypt, (Weidenfeld & Nicolson, 1985).

P. M. Kurpershoek, The Short Stories of Yusuf Idris, (Leiden: E. J. Brill, 1972).

Roger Allen, Modern Arabic Literature, A Library of Literary Criticism, (New York: The Ungar Publishing Co., 1987).

_____, The Arabic Novel an Historical & Critical Introduction, (Univ. of Manchester, 1982).

R. C. Ostle(ed.) Studies in Modern Arabic Literature, (England: Aris of Phillips Ltd, England, 1975).

Saad al – Gabalawy, Three Pioneering Egyptian Novels, (New Brunswick, York Press, 1985).

Sabry Hafez & Catherine Cobham, A Reader of Modern Arabic Short Stories, (Saqi Books, 1988).

Sasson Somekh, The Changing Rhythm, (Leiden: E. J. Brill, 1973).

* 아랍어

`Abdu al – Fata:h `Uthma:n, al – sira:` al – hada:ri:, fi: al – Riwa:yah al – `Arabiya:, (Da:r al – `Ada:la, 1990).

_____, al – 'Uslu:b al – Qissasi: `Inda Yahya: haqqi:,(Maktabat al – Shaba:b, 1990).

`Abba:s Khidr, al – Qissah al – Qasi:rah Fi: Misr Mundh Nasha`tiha: hata: 1930, (al – Da:r al – Qawmiyyah Lil – tiba:`a wa al – Nashr, 1966).

`Abdu al — Mun`am al — Jada:wi:, al — Jari:mah fi: al — Riwa:yah al
— `Arabiyyah, (Da:r al — Hila:l, 1990).

'Ahmad 'Ibra:hi:m al — Hawa:ra:, al — Batal al — Mu`a:sir fi: al — Riwa:yah
al — Misriyyah, (Da:r al — Ma`a:rif, 1979).

`Ala: al — Di:n Wahi:d, Dira:sa:t Naqdiyyah, (al — Ha'iah al — Misriyyah
al — `A:mmah Lil — kita:b, 1990).

`Ali: al — Ra`i:, Dira:sa:t Fi: al — Riwa:yat al — Misriyah, (al — Ha'iah al —
Misriyyah al — `A:mmah Lil — kita:b, 1979).

Fathi: Radwa:n, 'Afka:r al — Kiba:r, (al — Ha'iah al — Misriyyah al
— `A:mmah Lil — kita:b, 1978).

Fa:timah al — Jahra:`, al — `Ana:sir al — Ramji:ya:h fi: al — Qissah al —
Qahi:rah, (al — Qa:hira: Da:r Nahadah Misr Liltab` wa al — Nashr,
1984).

Fu`a:d Duwa:rah, `Ashrah 'Udaba:' Yata hadathu:n, (Da:r al — Hila:l,
1965).

_____, Fi: al — Riwa:yah al — Misriyyah, (Da:r
al — Ka:tib al — `Arabi: Llil tiba:`a wa al — Nashr, 1968).

Gha:li: Shukri:, Madha: 'Ada:fu 'Ila: dami:r al — `Asr, (al — Qa:hira: al —
Mu`asasah al — Misriyyah al — `A:mmah Lilta'li:f wa al — Nashr,
1967).

_____, 'Azma al — Jins fi: al — Qissah al — `Arabiyah,
(Da:r al — Shuru:q, 1991).

Hamdi: al — Sakku:t, Dira:sa:t fi: al — 'Adab wa al — Naqd, (Maktabat al
— Anjulu: al — Misriyyah, 1990).

hilmi: Muhammad al — Qa:`u:d, Mausim al — Bahth `an Huwaiyah, (al —
Ha'iah al — Misriyyah al — `A:mmah Lil — kita:b, 1978).

`Isa:m Baha:, al — Rihlah 'ila: al — Gharb fi: al — Riwa:yah al — `Arabiyyah
al — hadi:thah, (al — Ha'iah al — Misriyyah al — `A:mmah Lil — kita:b,
1991).

'Isma:`il `Abd al — Fattah, Qindi:l 'Umm Ha:shim Yahya: haqqi:, (al —
Qa:hirah: al — Ha'iah al — `A:mmah Lil — 'Isti`ula:ma:t).

Mahmu:d Shari:f, ’Ashar al — tatawwur al — ’Ijtima:`i: fi: al — Riwa:yah al — Misriyyah(1912 — 1953), (Da:r al — Shaqa:fah Lil taba:`ah wa al — Nashr al — Qa:hirah, 1976).

Majdi: M. Shams al — Din, al — Qass Bayn al — haqi:qah wa al — Khiya:l, (al — Ha’iah al — Misriyyah al — `A:mmah Lil — Kita:b, 1990).

Muhammad Hasan `Adu ’Allah, al — Waqi`iyah fi: al — Riwa:yah al — `Arabiyah, (al — Ha’iah al — Misriyyah al — `A:mmah Lil — kita:b, 1991).

Muhammad Mandu:r, al — Naqd wa al — Nuqa:d al — Mu`a:siru:n, (Maktabat Nahdat Misr).

Mustafa: ’Ibra:hi:m Husayn, Yahya: haqqi: Mubdi`an wa Na:qidan, al — Majlis al — ’A`la: Liri`a:yah al — Funu:n wa al — ’Ada:b wa al — `Ulu:m al — ’Ijtima:`iyyah, 1968).

Nabi:l Farj, Mawa: qif Thaqa:fiyah, (Maktabat al — Anjulu: al — Misriyyah, 1980).

_____, Naji:b Ma fu: haya:tuh wa ’Adabuhu, (al — Ha’iah al — Mi riyyah al — `A:mmah Lil — kita:b, 1986).

Na`i:m `A iyah, Yahya: haqqi: wa `A:lamuh al — Qissasi:, (Maktabat al — Anjulu: al — Misriyyah, 1978).

_____, Lahza:t al — `Arabiyat, (al — Qa:hira: al — Ha’iah al — `A:mmah Liqsu:r al — Thaqa:fah, 1992).

Na:ji: Naji:b, al — Nuju:` ’Ila: al — `A:lamiyyah wa Nash`at al — Wa:qi`iyah al — hissiyyah:, (Beirut: Da:r al — Tanwi:r Lil aba`h wa al — Nashr, 1985).

Ni`uma:t ’A mad Fu’a:d, Qimam ’Adabi:yyah (`Alam al — Kutub, 1984).

Nuha Yahya: haqqi:, Dhikraya:t Matwiya:, (Da:r Su`ad al — Saba:, 1992).

Raja:` al — Naqa:sh, `Aba:qarah wa Majani:n, (Markaj al — ’A ra:m Liltarjamah wa al — Nashr, 1990).

Ramada:n B. Muhammad, Yahya: haqqi: ’A`uma:luh al — ’Adabi:yah, (al — Thaqa:fah al — Jadi:dah, 1993. 1).

Sai:d ha:mid al — Nassa:j, Tatawwur, Fann al — Qissah al — Qas:rah Fi:

Misr Min Sanah 1910 – 1913, (Da:r al – Ka:tib al – `Arabi: Liltaba`ah wa al – Na<u>sh</u>r 1968).

_____, Dali:l al – Qissah al – Misriyyah al – Qasi:rah (1910 – 1961), (al – Ha'iah al – Mi riyyah al – `A:mmah Lil – kita:b, 1972).

al – Sa`i:d al – Waraqi:, 'Ittija:ha:t al – Qissa al – Qasi:rah fi:al – `Arabiyyah al – Mu`a:sira fi: Misr, (al – Ha'iah al – Misriyyah al – `A:mmah Lil – kita:b, 1979).

_____, 'Ittija:ha:t al – Riwa:yah al – `Arabiyah al – Mu`a:sirah, (al – Ha'iah al – Misriyyah al – `A:mmah Lil – kita:b, 1982).

sala:h Fadl, 'Asa:li:b al – Sard fi: al – Riwa:yah al – `Arabiyah, (Kuwait: Da:r Su`a:d al – Saba:, 1992).

<u>Sh</u>ukri: `Ayya:d, al – Ru'yat al – Muqaya:dat, (al – Qa:hira: al – Ha'iah al – Misriyyah al – `A:mmah Lil – kita:b, 1978).

taha Wa:di:, su:rat al – Mar'at fi: al – Riwa:yah al – Mu`a:sirah, (Da:r al – Ma`a:rif, 1980).

Yu:suf Naufal, al – Fann al – Qissasi: Baina Jilai taha Husain wa Naji:b Mahfu:z, (al – Ha'iah al – Misriyyah al – `A:mmah Lil – kita:b., 1988).

Yu:suf al – <u>Sh</u>a:ru:ni:, Sab`u:n <u>Sh</u>am`ah fi: haya:h Yahya: haqqi:, (al – Hai'ah al – Mi riyyah al – `A:mmah Lil – Kita:b, 1975).

_____, al – Riwa:`i:wu:n al – <u>Th</u>ala:thah, (al – Ha'iah al – Misriyyah al – `A:mmah Lil – kita:b, 1980).

_____, Dira:sa:t fi: al – Riwa:yah wa al – Qissah al – Qasi:rah(Maktabat al – Anjulu: al – Misriyyah, 1967).

▌약력

한국외국어대학교 아랍어과 졸업
한국외국어대학원 졸업(문학박사)
카이로 아메리칸 대학교 연구교수
국립 요르단 대학교 방문교수
한국아랍어문학회 회장 역임
한국중동학회 회장 역임
부산외국어대학교 동양어대학 학장 역임
현재 부산외국어대학교 아랍어과 교수

▌주요논문 및 저서

아랍문학과 영화교육 사례연구(논)
우리 동네 이야기(역)
밤새들의 기도(역)
이집트를 떠받치고 있는 일곱 기둥(역)
아랍의 관습과 매너(저)
아랍문학사(공저) 외 다수

야흐야 학끼의 생애와 문학

초판인쇄 | 2009년 1월 5일
초판발행 | 2009년 1월 5일

지은이 | 전완경
펴낸이 | 채종준
펴낸곳 | 한국학술정보㈜
주 소 | 경기도 파주시 교하읍 문발리 513-5 파주출판문화정보산업단지
전 화 | 031) 908-3181(대표)
팩 스 | 031) 908-3189
홈페이지 | http://www.kstudy.com
E-mail | 출판사업부 publish@kstudy.com

등 록 | 제일산-115호(2000. 6. 19)
가 격 | 16,000원

ISBN   978-89-534-0800-5 93890(Paper Book)
        978-89-534-0801-2 98890(e-Book)